SAGAN

DU MEME AUTEUR

CHEZ LE MÊME ÉDITEUR

Préface à *La Fleur au fusil* de Jean Galtier-Boissière.

CHEZ D'AUTRES ÉDITEURS

Au petit bonheur la chambre, en collaboration avec Marc Kunstlé, Julliard, 1972.
Notre-Dame-des-Esclandres, en collaboration avec Marc Kunstlé, Presses de la Cité, 1973.
Pierre Lazareff à la Une, Stock, 1975.
Gaston Leroux ou le vrai Rouletabille, en collaboration avec Pierre Lépine, Nouvelles Editions Baudinière, 1977.
Arsène Lupin gentleman de la nuit, Grasset, 1983.
Mauriac intime (réalisation d'un album de photographies de Jeanne François-Mauriac présentées par Claude Mauriac), Stock, 1985.

JEAN-CLAUDE LAMY

Sagan

MERCURE DE FRANCE
MCMLXXXVIII

ISBN 2-7152-1498-7
© MERCURE DE FRANCE, 1988
26, rue de Condé, 75006 Paris
Imprimé en France

A Françoise Sagan et les siens
sans qui ce livre n'aurait pas vu le jour.

Tant de souvenirs qui surgissent sans nécessité apparente, à quoi nous servent-ils, sinon à nous révéler qu'avec l'âge nous devenons extérieurs à notre vie, que ces « événements » lointains n'ont plus rien à voir avec nous et qu'un jour il en sera ainsi de cette vie elle-même?

E.M. Cioran
Cette néfaste clairvoyance

Rue de l'université

Paris, 30 rue de l'Université dans le septième arrondissement. René Julliard y a installé sa maison d'édition en 1948. C'est un éditeur célèbre qui collectionne les prix littéraires. Pendant ces années d'après-guerre, les éditions Julliard obtiennent cinq Renaudot, trois Femina et trois Interallié. On le voit, Françoise Quoirez ne frappait pas à une mauvaise porte quand elle se présente rue de l'Université le 6 janvier 1954.

Mais, pour ne pas tout miser sur la couverture blanche encadrée de vert, elle se rend aussi aux éditions Plon, la librairie Plon, selon la vieille dénomination de la maison, située dans un hôtel particulier de la rue Garancière. A chaque fois le manuscrit dactylographié se trouve dans une chemise jaune sur laquelle figurent, en haut à droite, des indications notées à la main : « Françoise Quoirez, 167, boulevard Malesherbes, Carnot 59-81, née le 21 juin 1935. »

Aux éditions Julliard, une jeune fille timide, menue dans son imperméable trop grand, un petit visage triangulaire et sans fard, le front barré d'une mèche châtain, tend son paquet à Marie-Louise Guibal préposée à l'accueil et qui joue un rôle subalterne dans la maison auprès d'Yvette Bessis, la tonitruante et très efficace attachée de presse.

« Dans combien de temps aurais-je une réponse ? » lui demande Françoise après avoir rempli sa fiche de renseignements. Quoique guère plus âgée qu'elle, Marie-Louise est particulièrement frappée par la jeunesse de son interlocutrice qui s'en va sans rien dire de plus comme quelqu'un d'un peu sauvage.

Chez Plon où Charles Orengo occupe les fonctions de directeur littéraire, c'est une autre jeune femme, Michèle Broutta, la secrétaire du comité de lecture, qui reçoit des mains de Françoise, toujours aussi réservée, un exemplaire de *Bonjour Tristesse*. Il n'y a pas loin de la rue de l'Université à la rue Garancière et c'est en quelque sorte à pile ou face que va se jouer le destin du premier roman d'une inconnue.

René Julliard rêve d'être le Bernard Grasset ou le Gaston Gallimard de l'après-guerre. Contrairement à Grasset qui a des velléités d'écrivain et des ambitions personnelles confinant à la mégalomanie, Julliard est essentiellement un homme d'affaires, avec une devise empruntée au moniteur qui lui apprit à piloter son propre avion : « La sécurité dans la vitesse ».

En publiant vite et beaucoup il devient un concurrent sérieux de Gaston Gallimard, installé de l'autre côté de la rue de l'Université. C'est dans cette atmosphère de rivalités de clocher, à une période où la NRF se voit attribuer le plus souvent le prix Goncourt, que le phénomène Sagan ranime la compétition entre les deux maisons voisines.

Etonné par l'âge de Françoise Quoirez, le directeur littéraire de Julliard, Pierre Javet, qui se faisait apporter chaque matin les manuscrits reçus la veille, commence à lire *Bonjour Tristesse*. Après avoir vérifié que la première phrase n'était pas du style : « Par un frais matin de printemps, le séduisant lieutenant de X... s'éloignait du château au trot de son alezan... », il est tout de suite sensible à la fraîcheur d'écriture de cette gamine de dix-huit ans.

Au bout de vingt pages, définitivement conquis, il avertit René Julliard de sa trouvaille et demande à François Le Grix, le lecteur le plus méticuleux de la maison, de lire ce manuscrit en priorité. Le lendemain Le Grix remet son rapport à Julliard ; l'œuvre de Mlle Quoirez, « qui fera difficilement un livre de plus de 225 pages », lui a beaucoup plu ; il n'y voit aucune fausse note : « C'est un roman où la vie coule comme de source, dont la psychologie pour osée qu'elle soit, demeure infaillible car ses cinq personnages, Raymond, Cécile, Anne, Elsa, Cyril, sont fortement typés et nous ne les oublierons plus ».

François Le Grix, dit Grixe, ou la Grise, « un peu ridicule avec une moumoute qu'il était le seul à croire invisible »[1], porte à la langue française un amour de tous les instants qui ne souffre pas la moindre contrariété. Sans rien enlever à son enthousiasme, il s'attache à découvrir les fautes de syntaxe, d'où ce commentaire : « La plume de Mlle Quoirez court joliment sans défaillir. Cela nous empêche de remarquer les impropriétés nombreuses qu'il conviendrait de faire disparaître d'un texte si heureux. Dès la première ligne, je m'arrête sur ceci ''A ce sentiment inconnu... j'hésite à opposer le beau nom de tristesse.'' Offense à l'euphonie mais aussi à la syntaxe. L'auteur écrira quelque part ''à l'entente de ce rire comblé'' au lieu de : à entendre ce rire. J'ai souligné beaucoup de ces défaillances qu'un peu d'attention suffirait pour corriger. A remarquer aussi que cette écriture est d'une forme si naturellement classique qu'en bien des cas l'imparfait du subjonctif s'imposerait comme plus naturel que le présent, ce qui est rare. Or Mlle Quoirez s'y refuse avec persévérance. Autre et assez curieux exemple d'impropriété tiré du titre lui-même de ce livre, inspiré par les dernières lignes, l'auteur nous raconte que le soir venu, elle voit apparaître un visage inconnu qu'elle salue de ces mots : *Bonjour Tristesse*. Ne vaudrait-il pas beaucoup

1. Préface de Claude Mauriac à l'album *Mauriac intime*, Stock.

mieux écrire *Bonsoir Tristesse* et d'ailleurs le titre n'y gagnerait-il pas ? »

Comme quoi le charme poétique s'accommode mal de la rigueur d'un raisonnement d'intellectuel tatillon. Ni Françoise qui a emprunté son titre à un poème d'Eluard, ni Julliard soucieux de respecter le style d'un roman qui lui a plu d'emblée, ne tiendront compte de cette remarque de Le Grix. Directeur, pendant l'entre-deux guerres, de la *Revue Hebdomadaire*, premier découvreur de Julien Green et de Georges Bernanos, le lecteur de Julliard plutôt vieux jeu, assez en tout cas pour refuser les premiers manuscrits de Marguerite Duras et de Christiane Rochefort.

En revanche tout le monde tombe d'accord pour faire réviser le texte, une tâche qui revenait de droit à Maurice Hugot, le correcteur en chef de Julliard. Si Pierre Javet est de petite taille, l'air un peu ratatiné, Maurice Hugot, lui, a l'allure du général Dourakine, montre de gousset étalée sur sa bedaine.

Il habite sur place, occupant sous les toits de l'immeuble une grande chambre toujours en désordre, encombrée de livres et de paperasses. De ce capharnaüm, Maurice Hugot tire volontiers une bouteille d'eau-de-vie pour trinquer avec ses visiteurs. Ceux-ci, généralement des auteurs débutants, écoutent ce grammairien imbattable et fin lettré, leur donner une leçon de français très supérieure à celles qu'ils avaient eues au lycée.

Françoise Quoirez grimpe les quatre étages jusqu'à l'antre du savoir, et entend cet homme d'une affabilité d'un autre temps, royaliste bon teint, chanter ses louanges en corrigeant une faute d'orthographe par-ci, une erreur de style par-là, gommant une répétition, rectifiant la ponctuation. *Bonjour Tristesse*, en effet, va être mis en fabrication et sa date de sortie est fixée au 15 mars.

Né à Genève au début du siècle, René Julliard possède la double nationalité française et helvétique ce qui lui vaudra de faire deux services militaires. L'un en Suisse « où l'on chantait des cantiques », l'autre en France « où l'on buvait du vin rouge ».

Grand, brun, portant de grosses lunettes d'écaille, René Julliard possède un pouvoir de séduction dont il se sert habilement sans avoir l'air de forcer la confiance. Ce joueur, cet homme qui aime les banco, reconnaît immédiatement chez la jeune fille intimidée qui s'exprime en bafouillant, à la façon de son ami Pierre Lazareff, le directeur général de *France-Soir*, l'oiseau rare.

Depuis qu'il a décidé de publier le roman, l'affaire, qu'il prend personnellement en main, est menée rondement. Son objectif : atteindre une vente de 20 000 exemplaires. *Bonjour Tristesse*, il l'a lu après un dîner chez Emile Roche, président du Conseil Economique. Julliard lit la nuit et il n'est pas rare que le matin, Marco, son valet de chambre, le retrouve endormi dans un fauteuil, un manuscrit sur les genoux. Enthousiasmé par le roman d'une jeune fille dont il ne savait rien, sinon qu'elle était étudiante, le voilà en train de relire *Bonjour Tristesse*, cette fois muni d'un crayon pour corriger quelques maladresses qui lui ont sauté aux yeux.

Quatre heures du matin ; après s'être assoupi il reprend le manuscrit, parcourt à nouveau plusieurs pages, de plus en plus persuadé d'avoir déniché l'oiseau rare. C'est alors qu'il s'inquiète du contrat à signer d'urgence car un autre éditeur est peut-être en train de lire le manuscrit et d'envisager lui aussi de le publier. Cette idée lui est insupportable, René Julliard décroche son téléphone.

— Allô ! les télégrammes téléphonés ?

A l'autre bout du fil une voix lui demande d'épeler le nom de Quoirez. « Oui, oui... Quoirez avec un Z, s'impatiente-t-il avant de dicter : "Vous attends sans faute à mon bureau a onze heures." »

René Julliard n'arrive jamais beaucoup plus tôt, habitant à proximité, 14, rue de l'Université, un grand appartement où plusieurs fois par mois il reçoit ses relations au milieu des meubles du général La Fayette, dont sa femme, Gisèle d'Assailly, est la descendante. Les dîners mondains organisés par le couple avec un plaisir évident attirent des célébrités artistiques et politiques. Bref, ce qu'on appelle le « Tout-Paris » que Carmen Tessier passe en revue dans sa rubrique quotidienne de *France-Soir*, les fameux « Potins de la Commère ».

La petite prodige s'est fait désirer en laissant son futur mentor sur des charbons ardents. A onze heures, Mlle Quoirez ne vient pas au rendez-vous car elle a mieux à faire : une grasse matinée sur laquelle veille Julia Lafon, la bonne de la famille. Impatient, René Julliard demande à sa secrétaire de lui téléphoner sans plus attendre. C'est Julia qui répond :

— Je ne peux pas déranger mademoiselle.

— C'est de la part de René Julliard, l'éditeur. Il a besoin de la rencontrer aujourd'hui même.

— Mademoiselle dort. Rappelez... Rappelez après deux heures.

Finalement, on convient d'un nouveau rendez-vous pour dix-sept heures, cette fois au domicile de l'éditeur.

Pour se donner du courage Françoise a bu un grand verre de cognac et demandé à sa copine, Florence Malraux, la fille de Clara et André Malraux, de l'accompagner rue de l'Université. C'est dans la Buick noire de son père, que Françoise emprunte de temps à autre, qu'elles rejoignent la rive gauche, terrain de leurs virées pour entendre les orchestres de Claude Luter et d'André Réwéliotty au Club du Vieux-Colombier, ou danser le be-bop au Club Saint-Germain.

— Vos parents ont-ils lu le livre ? demande René Julliard.

— Non. Mon père a autre chose à faire et ma mère... elle ne l'approuverait pas du tout.

— Il me faut la signature de votre père sur le contrat puisque vous êtes mineure, poursuit Julliard.

La discussion se déroule dans sa bibliothèque où Françoise était entrée, anxieuse. Mais déjà l'éditeur a su instaurer un climat amical qui était une des clefs de sa réussite.

Voulant savoir si cette jeune fille était une authentique romancière, comme il le supposait, René Julliard la soumet à un interrogatoire de trois heures. Son livre était-il autobiographique ? Insistant sur un sujet qui lui tenait à cœur, il reprend sa question :

— Cécile, ce n'est pas vous ? Et votre père n'a-t-il rien à voir avec Raymond ?

— Cécile est une fille de mon âge et nous avons certains goûts communs mais c'est tout. Quant à Raymond, je l'ai imaginé comme ça, sans avoir un modèle précis. Vous savez, c'est une histoire inventée de toutes pièces.

René Julliard écoute Françoise lui parler de son enfance à Cajarc et à Saint-Marcellin, du vaste appartement au quatrième étage du 167 boulevard Malesherbes où règne Julia, une fille du Lot entrée au service de la famille Quoirez en 1931, à l'âge de vingt-deux ans, du frère et de la sœur aînée, Jacques et Suzanne, de ses parents, de ses deux meilleures amies, Véronique Campion et Florence Malraux, qui n'est pas restée avec Françoise. Il est enfin rasséréné. Il a devant lui une authentique romancière comme l'entend Flaubert : « L'auteur, dans son œuvre, doit être présent partout, et visible nulle part. »

Lors d'une conférence prononcée à Bruxelles, il définira ce qu'est pour lui ce « mariage » entre l'auteur et l'éditeur. Ainsi, après avoir lu *Dans un mois, dans un an* , il fait venir Françoise Sagan et lui explique gentiment que ce livre pourrait avoir moins de succès que les deux précédents mais que dans le roman français il occuperait une place importante. « Alors, conclut-il, elle s'approcha de moi avec une grande pudeur, comme toujours, posa sa tête sur mon épaule et me dit : ''Pourvu que ça dure !'' »

En publiant *Bonjour Tristesse*, Julliard recrutait un écrivain de choix. On pouvait espérer un succès commercial au moins égal à ceux de Françoise d'Eaubonne (*Comme un vol de gerfauts*) et Françoise Mallet (*Le rempart des béguines*) qui deviendra Françoise Mallet-Joris. Si Bernard Grasset s'était glorifié d'avoir publié les trois M (Mauriac, Maurois, Morand) Julliard lancerait les trois Françoise.

Dans le cas de Françoise Sagan il y aura bien des critiques mal intentionnés pour faire courir le bruit que Maurice Hugot avait entièrement réécrit le manuscrit et même que Pierre Quoirez en était le véritable auteur. Rumeurs sans fondement vite balayées.

Après ce long entretien René Julliard demande à Françoise ce qu'elle désire comme avance sur ses ventes futures. Celle-ci qui ignorait tout du système de l'à-valoir en vigueur dans l'édition, risque le chiffre de 25 000 F [1] en se disant qu'elle exagérait sans doute. Sans hésiter, Julliard lui en offre le double et annonce à la jeune fille éberluée qu'il ferait un premier tirage de 5 000 exemplaires au lieu du chiffre des 3 000, habituel pour un premier roman.

Comme on allait insister sur la jeunesse de l'auteur, il pense à juste titre qu'il y aurait un mouvement de curiosité. Dans ce but l'éditeur a l'heureuse idée de mettre sur la bande qui entourait le livre la photographie de Françoise, avec son regard de petit écureuil effarouché. Et, se souvenant de Bernard Grasset qui avait déclenché un scandale avec *Le Diable au corps* de Raymond Radiguet, il y inscrit : « Le Diable au cœur ».

---

1. L'auteur a rétabli les anciens francs en nouveaux francs.

Un écrivain de dix-huit ans

Il pleut sur Paris ce 17 janvier 1954. La grosse voiture américaine conduite par une jeune fille frêle aux cheveux embroussaillés, roule mollement en direction du café de Flore. Au volant de la Buick paternelle, Françoise se trouve épatante dans son rôle de romancière. En sortant de chez René Julliard, sous la voûte de l'immeuble, elle est tombée nez à nez avec Madeleine, la fille du peintre Jean Souverbie. La jeune femme, qui attend un bébé, habite à proximité, rue de Verneuil. Sa famille entretient depuis longtemps des relations d'amitié avec les Quoirez. Françoise, ravie, tape sur la poche de son manteau et dit à Madeleine : « J'ai un contrat de Julliard pour un livre que je viens d'écrire ». Avant de la quitter, elle n'oublie pas de la féliciter pour la future naissance, mais elle est pressée de partager son bonheur avec Véronique Campion qui s'impatiente sur une de ces banquettes où Sartre et Simone de Beauvoir s'installent pour lire et travailler.

C'est un endroit que les deux étudiantes fréquentent pour humer le même air existentialiste dont elles se sont imprégnées à la lecture de *la Nausée*. Brandissant son chèque comme un trophée, Françoise s'avance vers la table de Véronique et avant de s'asseoir esquisse un pas de danse.

« Ma vieille, tu peux commander un whisky. Je vais être une femme célèbre. Je roulerai en Jaguar et j'aurai des manteaux de fourrure. J'ai un éditeur pour mon bouquin, c'est René Julliard, un type formidable. »

Il faut téléphoner la bonne nouvelle à Florence Malraux qui a dû rejoindre la maison de briques rouges que son père André Malraux habite avenue Victor Hugo à Boulogne-sur-Seine.

En face du Flore, la Brasserie Lipp, où Françoise déjeune parfois en compagnie de son père, commence à accueillir son contingent d'habitués que le patron des lieux, Marcellin Cazes, filtre d'un œil bienveillant. Il est temps de regagner le boulevard Malesherbes après avoir déposé Véronique dans son quartier de la place de l'Europe, au-dessus de la gare Saint-Lazare.

Lorsque Françoise fait son entrée, grisée plus par l'alcool que par son succès du jour, ses parents sont à table.

— Je suis écrivain, j'ai un contrat avec Julliard, il faut que papa le signe...

C'est sa mère qui lui répond :

— Tu ferais mieux d'être à l'heure pour le dîner. Mais avant de manger ton potage, va te donner un coup de peigne.

Marie Quoirez supporte mal le caractère bohème de sa fille et son aspect négligé.

« Si au moins ça pouvait te décider à te coiffer », ajoute-t-elle, tandis que son mari sans prononcer un mot s'amuse de la scène. Personne n'avait lu *Bonjour Tristesse*, le manuscrit ne soulève aucune protestation véhémente. On ne crie pas non plus au génie. Françoise s'est simplement entendu dire :

« Qu'est-ce qui t'a pris d'écrire une histoire pareille ? » Et ce qui lui fit plaisir :

« C'est assez joliment raconté. »

En revanche, Marie Quoirez en apprenant que la maison d'édition était bien décidée à faire paraître le livre sans l'autorisation des parents est prête à se fâcher contre René Julliard. Finalement, Pierre et Marie Quoirez acceptent la publication du roman mais ils demandent à leur fille de prendre un pseudonyme. Il n'y a pas d'autres Quoirez dans l'annuaire, ce qui risque de les gêner si l'on vient à s'intéresser à l'auteur.

Françoise trouva son nom dans Marcel Proust. En feuilletant un des volumes de *A la recherche du temps perdu* elle tombe par hasard sur « la Sagante », l'ancienne épouse de Boni de Castellane, remariée à Hélie de Talleyrand-Périgord, prince de Sagan. Le nom sonnait bien, elle l'adopte sur-le-champ. Celui de Quoirez lui avait valu les quolibets de ses camarades d'école quand, à la rentrée des classes, les professeurs faisaient l'appel par ordre alphabétique. A la lettre Q Françoise était la seule à lever le doigt sous les rires moqueurs. Par ses mariages, Françoise Quoirez, alias Sagan, s'appellera tout à tour Schoeller et Westhoff. « Encore des noms impossibles pour une romancière », dit-elle. Au moins Sagan se prononce de manière distincte avec ses syllabes claquantes.

Lecteur chez Plon et journaliste à *Paris-Match*, Michel Déon sent d'instinct qu'il y avait de la graine d'écrivain-né chez cette jeune fille de dix-huit ans. Michèle, la secrétaire du comité de lecture, séduite par la première page, lui a remis le manuscrit de *Bonjour Tristesse*. Au bout d'une semaine, il le transmet à Charles Orengo en lui conseillant de le prendre sans hésiter. Pour une fois on oublierait d'avertir le conseil d'administration de Plon car si ces messieurs tergiversaient, la gamine risquait de leur passer sous le nez. Mais Charles Orengo laisse tout de même s'écouler trois semaines. Impatiente de connaître son avis, Françoise va frapper à sa porte. La direction littéraire de Plon accepte de publier son manuscrit à condition qu'elle lui apporte des modifications. « Il me demandait de réécrire des pages entières, j'ai catégoriquement refusé de rectifier quoi que ce soit », se souvient-elle.

Si Michel Déon vient, sans en être responsable, de manquer un écrivain qui battra des records de vente, il va bientôt le rencontrer et entre eux naîtra une tendre amitié. Persuadé de son talent, il propose à la rédaction en chef de *Paris-Match* de consacrer un reportage à cette débutante prometteuse.

On refuse sous le prétexte que Françoise Sagan n'est pas connue mais quelques mois plus tard l'hebdomadaire l'envoie à Hossegor l'interviewer. Entre-temps, *Bonjour Tristesse* a obtenu le prix des Critiques et l'on parle d'adapter le roman pour l'écran.

« C'était pendant le tour de France, se souvient aujourd'hui Michel Déon de l'Académie Française. J'ai retrouvé Françoise dans une villa qu'avait louée son père en bordure du terrain de golf. Il y avait Véronique qui lisait à haute voix *Le Maître de Forges* de Georges Ohnet. L'ambiance n'était pas très folichonne. Nous avons bu un verre ensemble. Françoise m'a donné plusieurs de ses poèmes dont un a paru dans *Match* avec mon article non signé. »

Le lancement de *Bonjour Tristesse* se fait plutôt discrètement mais dans la maison, puisque le patron semblait persuadé que le livre ne passerait pas inaperçu, on est bien disposé envers l'auteur. Personne ne s'inquiète de voir *Bonjour Tristesse* laisser les libraires indifférents car les représentants de la maison ont le sentiment que le livre va se vendre.

« Nous tenons un succès », dit l'un d'eux, Jean Decamp, en croisant dans l'escalier Rolande Prétat, qui travaille à la direction commerciale et dont le frère, Jean, représentant également, l'a déjà avertie que le livre démarrait bien malgré l'absence de publicité.

Effectivement, quelques jours après la mise en vente, une première réimpresssion est nécessaire. René Julliard et Pierre Javet étant en vacances, Rolande Prétat décide seule un nouveau tirage de 3 000 exemplaires. « Moi j'en aurais fait tirer 4 000 », dit Julliard à son retour alors que Javet lui reproche d'avoir pris une initiative même si elle se révèle bonne.

Françoise Sagan, comme pour conjurer le mauvais sort après cet excellent départ, parie avec Rolande à qui elle a ainsi dédicacé *Bonjour Tristesse* : « A Rolande Prétat dont je suis l'élève obéissante », de lui donner 1 franc par livre vendu au-dessus de 100 000 exemplaires. En conséquence, au mois de décembre 1955, elle signera un chèque de 100 000 francs à l'employée de René Julliard qui ne s'attendait pas à un tel cadeau.

Le 17 mars 1954, alors que son roman venait juste de sortir, Françoise Sagan achète un exemplaire de *Bonjour Tristesse*, boulevard Saint-Germain.

C'est le cœur palpitant qu'elle demande à la vendeuse si elle a « une excellente nouveauté ». Elle lui présente une dizaine d'ouvrages, avec une bonne volonté touchante, mais pas le sien. Françoise, alors, s'enhardit et lui montre le livre à couverture blanche, orné d'un rectangle vert dans lequel s'inscrit un titre : *Bonjour Tristesse*, et au-dessus, en lettres plus petites, Françoise Sagan.

— Nous l'avons reçu hier, dit la vendeuse. Vraiment je ne vous le recommande pas. C'est une petite dévergondée qui l'a écrit. Je l'ai parcouru, eh bien, mademoiselle, on y raconte des histoires dégoûtantes.

Françoise l'entend à peine et emporte son exemplaire. Elle le paie trois cent quatre-vingt-dix francs, ce qui est un prix normal pour un roman de cent quatre-vingt-huit pages dont Lena Botrel, chef de fabrication des Editions Julliard, a confié le mince manuscrit de cent-soixante feuillets tapés à la machine à son adjointe, Madeleine Verrier, en lui disant : « calibrez-moi ça ! ».

Avec « ça », Françoise Sagan va gagner des sommes folles et devoir choisir entre les deux rôles qu'on lui offrait : l'écrivain scandaleux ou la jeune fille bourgeoise mais l'inverse aurait été plus vraisemblable. Sous le regard réprobateur de la vendeuse qui encaisse les trois cent quatre-vingt-dix francs dont quarante francs reviennent à l'auteur, elle se sent plutôt une jeune fille scandaleuse et un écrivain bourgeois.

C'est une question de point de vue et Françoise, que l'on ne cessa de juger, comprit ce jour-là, dans une librairie du Quartier latin, que rien n'est si utile qu'une réputation, même fondée sur un malentendu.

Les libraires du Sud-Ouest, particulièrement ceux de Bordeaux, de Biarritz, de Bayonne, puis de Toulouse et de Carcassonne sont les premiers à se réassortir chez l'éditeur, réclamant deux cents et même trois cents *Bonjour Tristesse* après avoir écoulé en moins de trois semaines la vingtaine de volumes reçus à l'office. Ayant risqué la rupture de stock, René Julliard cette fois ne se laisse pas prendre au dépourvu : la troisième réimpression est de 25 000 exemplaires, et la suivante, à la veille des vacances, de 50 000, chiffre qui sera celui de chaque retirage pendant des années.

C'est au tour des libraires de Poitiers, Angoulême, Lyon de commander le livre d'urgence. De bouche à oreille le bruit se propage à tous les échos qu'une jeune fille de dix-huit ans a écrit un roman assez osé.

« Ne le laissez pas traîner chez vous, car si votre mère tombe dessus... », s'entend dire une clientèle de moins de vingt ans qui s'est passé le mot. Françoise Sagan — rien à voir, précise-t-on, avec Léontine Sagan, le metteur en scène des *Jeunes filles en uniforme* —sait parler de l'amour sur un ton mélancolique en accord avec le spleen d'une génération en crise de moralité.

Comme le souligne François Mauriac, « cette romancière n'appuie jamais : elle me rend moins attentif à la fragile et trompeuse beauté des corps, pour parler comme Bossuet, qu'à cette brume de mensonge et de pitié qui tremble, au-dessus d'eux, quand ils s'étreignent »[1].

1. « Bloc-Notes » du 13 septembre 1957.

En lui consacrant son éditorial à la « Une » du *Figaro*[1], à l'occasion du prix des Critiques, le prix Nobel de littérature apporte à Françoise Sagan qu'il baptise « un charmant monstre de dix-huit ans » et « la terrible petite fille », la verve acidulée d'une voix qui fait autorité. C'est un article que l'on commente dans les maisons bourgeoises où le journal de Pierre Brisson proclame les convictions d'une société nantie.

Les réflexions caustiques de l'académicien en première page de leur quotidien préféré mettent dans l'embarras tous ces pères et mères offusqués qui, après la parution de *Bonjour Tristesse*, se demandent pourquoi on imprime de pareilles horreurs. Si un esprit comme François Mauriac s'interroge sur une romancière délurée qui a l'âge de leurs enfants c'est qu'il se passe quelque chose dans les mœurs actuelles.

Effectivement, sans le savoir, Mlle Françoise Quoirez, discrète jeune fille croisée d'industriels et de hobereaux, est en train d'apporter sa contribution à une révolution sociologique.

Avec Brigitte Bardot, sur le point de surgir dans sa beauté nue arrogante, filmée par Roger Vadim sur la plage de Saint-Tropez, elle contribue à l'émancipation de la femme sans que Simone de Beauvoir ait à rougir de cette aide qu'elle n'a pas recherchée. L'auteur du *Deuxième sexe* a évoqué la personnalité de celle qui fut son alliée dans une bataille de longue haleine.

« Françoise Sagan... avait une manière plaisante d'éluder son personnage d'enfant prodige... j'aimais bien son humour léger, sa volonté de ne pas s'en laisser conter et de ne pas faire de grimaces ; je me disais toujours en la quittant que la prochaine fois nous nous parlerions mieux ; et puis non, je ne sais trop pourquoi.

Comme elle se plaît aux ellipses, aux allusions, aux sous-entendus, et qu'elle n'achève pas ses phrases, il me semblait pédant d'aller jusqu'au bout dans les miennes, mais il ne

---

1. « Le Dernier Prix » daté du 1ᵉʳ juin 1954.

m'était pas naturel de les briser, et finalement, je ne trouvais plus rien à dire. Elle m'intimidait comme m'intimident les enfants, certains adolescents et tous les gens qui se servent autrement que moi du langage. Je suppose que de mon côté, je la mettais mal à l'aise. »[1]

On dit que l'admiration se passe de l'amitié, qu'elle se suffit à elle-même. C'est ce qu'on peut penser des relations entre Simone de Beauvoir et Françoise Sagan qui, par contre, a eu pour Sartre une passion intellectuelle correspondant à une éthique commune et à une générosité partagée en ce siècle « fou, inhumain et pourri »[2].

1954, l'année où Ernest Hemingway reçoit le prix Nobel de littérature, correspond aussi pour Simone de Beauvoir et Françoise Sagan au couronnement de leur talent respectif : le prix Goncourt est décerné au roman *les Mandarins* et le prix des Critiques à *Bonjour Tristesse*.

C'est le lundi 24 mai qu'un jury composé de Jean Paulhan, Emile Henriot, Georges Bataille, Gabriel Marcel, Maurice Blanchot, Roger Caillois, Marcel Arland, Dominique Aury, Maurice Nadeau, Robert Kemp, Robert Kanters, se réunit chez le directeur des éditions des Deux-Rives pour décerner le prix des Critiques que Albert Camus fut le premier à obtenir en 1946 pour *la Peste*.

René Defez et sa femme Simone habitent avenue Foch, un splendide appartement de quatre cents mètres carrés. Lorsque les jurés y font leur entrée, en fin d'après-midi, il semble que les jeux soient faits. Autour de Jean Paulhan, l'éminence grise de la NRF, la puissance de la maison Gallimard est flagrante au sein du jury. Lors d'une réunion préparatoire le clan de l'éditeur a avancé le nom de Jacques Audiberti. Gabriel Marcel

---

1. *La Force des Choses* (Gallimard).
2. *Avec Mon Meilleur Souvenir* (Gallimard).

s'étant rangé à son avis, « l'affaire était dans la poche avec ce renfort inattendu »[1].

Mais il ne faut jurer de rien, surtout quand il s'agit d'entériner un vote qui n'a pas encore eu lieu ! Simone Defez qui se tient dans la coulisse a pour favori l'outsider, Françoise Sagan. Ne participant pas aux délibérations du jury, elle doit absolument convaincre Gabriel Marcel de porter sa voix sur *Bonjour Tristesse*.

Sans doute trouve-t-elle des arguments persuasifs car le jour du vote, devant ses collègues désorientés, Gabriel Marcel proclame que le roman d'Audiberti, *Le Jardin et les Fleuves*, est de la littérature de « sphincter qui ne fonctionne pas ». La virevolte subite du philosophe entraîne un changement de majorité et c'est Françoise Sagan qui l'emporta par 8 voix contre 6. Mi-fâché mi-content, Gabriel Marcel fera ce commentaire : « Cette jeune fille a beaucoup de talent mais je ne pense pas que son livre apportera à l'étranger une image honorable de la famille française... ». Ce qui lui vaudra d'être traité de « vieille noix » par René Fallet dans *Le Canard Enchaîné*.

Cette victoire arrachée in extremis n'enchante guère Françoise car, ce jour-là, elle a prévu d'aller avec son amoureux en moto à Senlis, où ils sont invités à une surprise-partie. Il faut l'insistance de René Julliard pour qu'elle modifie son programme et, qu' après s'être déguisée en jeune fille bien élevée, elle vienne avenue Foch.

Parce qu'elle est mineure et n'a pas le droit de toucher un chèque, la lauréate reçoit 100 000 F en espèces offerts par la mécène Florence J. Gould. Le lendemain matin Mme Quoirez, en découvrant la liasse de billets dans le tiroir d'une commode, se demandera si sa fille n'a pas commis un hold-up !

Alertés par Yvette Bessis, journalistes et photographes prennent Françoise Sagan pour cible. Son jeune âge les a frappés.

---

1. Robert Kanters, *A perte de vue* (Seuil, 1981).

C'est celui de Radiguet, trente ans après. Mais il n'y a aucune commune mesure entre *le Diable au Corps* dont le héros est un gamin qui couche avec la femme d'un « poilu », et *Bonjour Tristesse* où Cécile, dix-sept ans, orpheline de mère, fille unique, parle de sa première relation sexuelle avec Cyril, un garçon de bonne famille, comme d'une chose naturelle. D'une part l'expression d'un refus de la guerre à travers une situation scandaleuse ; d'autre part, la démonstration d'une liberté amorale au milieu de quelques complications personnelles.

Cette comparaison facilite cependant les choses aux critiques qui, à la parution de son deuxième roman *Un certain sourire*, font à nouveau le rapprochement, y compris le grave Emile Henriot. « C'est mademoiselle Radiguet », s'exclame-t-il, alors que Robert Kemp, également subjugué, parle de Benjamin Constant. Ces deux éminents personnages de la vie littéraire française ont eu la possibilité d'apprécier la souveraine intelligence de la romancière en la rencontrant chez René Julliard.

En effet, lors du dîner servi après le cocktail, les jurés du prix des Critiques n'ont guère l'occasion de se faire une opinion sur Françoise Sagan, stupéfaite de ce qui lui arrivait : Pour un « coup de pot », c'est un « coup de pot ». « Nous étions dix-huit autour de la table, se rappelle René Defez. Assez mal à l'aise au milieu de cet aréopage, Françoise n'a pas ouvert la bouche. » Il faut dire qu'elle vient d'être assaillie de questions sous le regard maternel de l'attachée de presse des éditions Julliard. Un peu affolée, Françoise répond sous les éclairs de magnésium des flashes.

Elle pèse 49 kilos, mesure 1 m 66. Elle ne se maquille jamais, ne met pas de vernis à ongles, s'habille de jupes noires et droites et de pull-over et porte invariablement des ballerines. Mais il lui arrive de passer une robe du soir.

Elle vit chez ses parents; sa chambre qui lui sert de bureau comprend un pick-up dernier modèle, des disques (les concertos de Mozart, Sydney Bechet, Louis Amstrong) et des livres

(Proust, Tchekov, Tolstoï, Gide, Eluard, Faulkner, les séries noires).

Son divan est recouvert de velours rouge. Pour lire, elle s'enveloppe dans un plaid écossais, elle fume des Chesterfield et se sert de temps à autre un whisky.

« Oui, j'ai écrit mon livre en un mois, tapant sur ma machine avec deux doigts... », répète-t-elle aux journalistes insatiables.

Ils ont devant eux une jeune fille comme tant d'autres, aimant vivre, rire, danser, voir des amis, écouter de la musique, lire. Tout cela est très commun mais cette jeune fille au visage étroit, où deux fossettes tentent de démentir la gravité du regard mordoré, est en train d'échapper à son milieu pour suivre sa propre fantaisie.

L'éditorial de François Mauriac éclatant comme une bombe en première page du *Figaro* donne à Françoise Sagan l'aura d'une star. « Etoile filante ou ''nova'' ? » s'intitule la chronique littéraire de Hervé Bazin dans *l'Information*[1].

« Tenons-nous là une héritière du génie impur de Colette (à la situation près — fille de père pour fils de mère — *Bonjour Tristesse* nous restitue souvent l'atmosphère de *Chéri*) ?S'agit-il seulement d'une étoile filante, rayant le ciel — assez vide — de l'année ? », écrit l'auteur de *Vipère au poing*. « L'extrême jeunesse de Françoise Sagan me laisse froid, note-t-il. Qu'elle ait dix-huit ans, voilà qui m'est bien égal : voilà qui ne promet rien en soi, qui lui ferait plutôt du tort en laissant croire que c'est la cause de son succès (alors que sur le plan moral comme sur le plan pratique, c'est au contraire un handicap).

Françoise Sagan proteste elle-même par la bouche de Cécile : ''Je vous en prie, ne me jetez pas ainsi ma jeunesse à la tête. Je m'en sers aussi peu que possible... Je n'y attache pas d'importance.'' Et, en effet, elle n'a pas plus d'âge, d'âge

---

1. Daté du 22 mai 1954.

précis que n'en ont ces adolescents sans innocence et ces hommes sans maturité — les premiers si pressés de jouir déjà, les seconds acharnés à jouir encore — qui composent cette société sans générations où semblent disparaître progressivement les ''situations dignes'' de la vieillesse. Non, vraiment, elle n'a pas plus de jeunesse véritable que n'en avait Radiguet (...) »

Intriguée par la romancière, Hervé Bazin a voulu avoir une conversation avec elle et s'informer sur les origines de cette Cécile qui souhaite des « amours rapides, violentes et passagères ».

« J'ai composé mes personnages, d'abord, et partant d'eux j'ai fait ce récit », lui confie Françoise Sagan qu'il trouve beaucoup plus jeune fille, beaucoup plus « tendron » même que son héroïne de dix-sept ans, et, surtout, bougrement plus intelligente. Conclusion : il n'y a rien de commun entre l'auteur et son histoire. Qui donc est Cécile ?

C'est le mystère insondable de *Bonjour Tristesse* auquel se heurtent les bonnes consciences. Parce que « le péché est la seule note de couleur qui subsiste dans le monde moderne... » — Cécile cite ici Oscar Wilde — elles en déduisent que Françoise Sagan a vendu son âme au diable. D'où le courroux de François Mauriac. Ce qui vaut à l'académicien cette réaction du « charmant monstre » : « Il aime beaucoup s'indigner. C'est de son âge. D'ailleurs il a raison de le faire, puisqu'il a du talent dans l'indignation. Il en veut à mon livre, sans doute parce que la notion de péché n'existe pas. Comme si la vie n'était pas assez compliquée comme ça ! »

Bonjour Tristesse n'a pas fini de susciter des querelles de famille. Ce n'est pas la bataille d'Hernani mais il s'agit bien d'un affrontement entre une nouvelle génération et celle des parents que le roman choquait. D'autres reproches seront faits à Françoise Sagan, en particulier sur le milieu qu'elle dépeint. Michel Déon, dans le passage qu'il a consacré à la romancière, au fil d'un volume de souvenirs, se montre très critique à ce propos après des compliments affectueux :

« La nouveauté dans *Bonjour Tristesse* comme dans les romans qui suivirent, c'est un ton léger et mélancolique à l'exacte mesure de ce que la jeunesse découvrait alors, une douceur amère à la frontière de la résignation, une peinture lucide de caractères d'hommes et de femmes au fond assez proches de ceux que Colette avait si bien réussis dans quelques romans comme *Duo*, *Chéri*, *Gigi* où tout est délicieusement amoral. Mais de même qu'il est dommage que Colette ait prêté la ferme et voluptueuse beauté de son écriture à des personnages d'un demi-monde qui pue, il est dommage que Françoise Sagan ait pris de plus en plus les siens dans une bourgeoisie oisive ou occupée de métiers trop conventionnels que, de roman en roman, on voit s'enrichir comme son époque et vivre dans l'illusion de son importance. Milieu non pas vulgaire mais commun, très artificiel je le crains et que d'ailleurs Françoise imagine d'après je ne sais quelles données car je la vois peu fréquemment (...) » [1]

Rencontrer Colette et Sagan sur le même banc des accusés donnerait envie de mieux chercher entre elles une filiation que semble légitimer une poésie présente à chaque détour de phrase. De toute façon, par coïncidence qui n'explique rien, en 1954, l'année même de la mort de Colette, vient au monde l'écrivain Françoise Sagan.

---

1. *Bagages pour Vancouver (Mes arches de Noé,* t.2) (La Table Ronde, 1985).

Cajarc

Françoise, Marie, Anne Quoirez est née le 21 juin 1935, à Cajarc, chef-lieu de canton du Lot, à onze heures du matin alors que la chaleur était déjà étouffante.

Gémeaux ascendant Vierge, elle a un thème fortement marqué par Mercure qui explique sa lucidité vertigineuse sur elle-même et les autres. En même temps, avec une Lune en Poissons très forte, elle est emportée dans un monde d'émotions sans limites. Il lui faudrait le cosmos pour s'épanouir ! D'où sa personnalité paradoxale qui échappe souvent à son entourage. « Face à quelqu'un comme Françoise Sagan, explique l'astrologue Andrée Hazan, mieux vaut oublier les règles de la logique et de la raison. Pour la sentir il faut l'approcher d'instinct et se laisser entraîner par son immense réceptivité. »

La naissance a lieu trois semaines avant terme dans une belle maison à la façade de pierres grises et au toit d'ardoises, signe distinctif de la bourgeoisie locale par rapport aux autres habitations recouvertes de tuiles du pays. C'est là, sur le Tour de Ville, boulevard circulaire d'environ six cents mètres où l'on déambule après l'heure du dîner, que résident les Laubard, des propriétaires terriens dans ce pays pauvre, où les causses de pierres succèdent aux causses de pierres.

Leurs origines se perdent dans la nuit des temps ; primitivement établis dans le coin de Marcilhac ils furent chargés, pendant plusieurs générations, de la protection et même de l'administration de l'importante abbaye de cette petite cité médiévale. En consultant l'arbre généalogique des Laubard on apprend que les armoiries de la famille figurent à Versailles, salle des Croisades, car des ancêtres sont allés guerroyer en Terre Sainte.

Marie Quoirez était arrivée au mois de mai à Cajarc. Sa mère Madeleine Laubard avait exigé qu'elle vienne accoucher dans la chambre du premier étage où elle-même avait mis au monde sa fille et où étaient nés ses deux autres petits-enfants, Suzanne et Jacques. C'est une tradition qu'il fallait respecter sous peine de s'attirer les foudres de Madeleine, une remarquable personnalité. Fille d'un médecin dont le patronyme était Duffour, orpheline de bonne heure, elle sera élevée par sa tante Fanny qui lui inculque de bons principes et en fait une femme de caractère, autoritaire mais généreuse.

Mariée à Edouard Laubard qui possède à une dizaine de kilomètres de Cajarc une filature installée au moulin de Salvagnac dans l'Aveyron, elle se signalera surtout par deux actions dont on parle encore lorsqu'on évoque le souvenir de la grand-mère de Françoise Sagan. Pendant la guerre de 1914-1918 où son fils aîné Elie fut tué à la bataille de la Marne, elle hébergea des réfugiés belges. Personne n'a oublié non plus l'aide qu'elle apporta à une petite couturière tuberculeuse en accueillant son bébé pour l'élever comme son propre enfant.

De cette grand-mère exceptionnelle, Françoise, que l'on appelle Francette ou bien Kiki dans son entourage, a hérité indéniablement sa force morale et sa bonté naturelle. Mais elle tient aussi de son grand-père Edouard et de son grand-oncle Jules Laubard des habitudes d'oisiveté, le goût de s'abandonner à la paresse. Les deux frères pratiquaient, en effet, un art de vivre qui les poussait à ne rien faire. Leur mère, une demoiselle Calmettes mariée à Pierre Laubard, en 1859, avait su tirer profit de la découverte sur les terres de son domaine de Sauzac, de mines de phosphate dont l'exploitation jusqu'au début du siècle fit la fortune de la famille.

Grâce à cette femme de tête — il s'agit donc de l'arrière-grand-mère de Françoise Sagan — Edouard et Jules Laubard purent se donner du bon temps sans trop se soucier du lendemain. Le premier, vu par son fils Paul, ancien Président de la Chambre régionale de commerce et d'industrie de Paris [1], « était une espèce d'aristocrate campagnard avec un petit prestige local, considérant que le travail était un handicap moral ». N'ayant jamais fait beaucoup d'affaires il sera victime du fameux emprunt russe qui ruina pas mal de bourgeois de l'époque. Jules, lui, connut une heureuse existence de célibataire. « J'ai mené une belle vie, ça m'est égal de partir », confiera-t-il avant de rendre son dernier soupir.

Toujours selon Paul Laubard, sa mère Madeleine « n'avait aucune attache matérielle. Sa maison, précise-t-il, c'était un campement ». C'est encore un point commun entre Françoise Sagan et sa grand-mère maternelle. Françoise, qui n'a cessé de déménager, aurait comme son aïeule plutôt tendance à penser que la possession flétrit toute chose.

Chez Madeleine Laubard il y a une armoire bourrée de livres qui trône dans le grenier de la maison de Cajarc ouverte à tous. Sous les combles, se présentent pêle-mêle des auteurs chargés d'exotisme comme Pierre Loti et Claude Farrère ou les gloires oubliées de cette littérature féminine en vogue dans les années 1900 : Lucie Delarue-Mardrus, Gérard d'Houville, Marcelle Tinayre, Gyp. Au milieu de ces romancières au talent désuet l'instinctive Colette fait figure de grand écrivain mais, à l'époque, il était permis d'en douter. Insolites, trois volumes de Dostoïevski, un tome de Montaigne et un autre de Marcel Proust (*Albertine Disparue*) se sont glissés dans ces éditions à bon marché qui satisfont amplement la curiosité et

1. Décédé en mai 1987, à 88 ans, des suites d'une chute de cheval.

les fringales de lecture de la maîtresse de maison et de ses familiers. Ce grenier où, l'été, il faisait une chaleur étouffante est un des lieux magiques de la jeunesse rêveuse de Françoise.

> « Je me souviens juste d'y avoir transpiré à grosses gouttes sans bouger un cil, assise dans une vieille bergère au velours râpé, surprise parfois par les pas d'un promeneur assez dément pour se risquer sur le Tour de Ville à l'heure de la sieste. » [1]

C'est l'heure privilégiée du temps qui s'immobilise ; Françoise, le nez dans Proust, vient brusquement d'en percevoir l'univers fabuleux grâce à ce volume défraîchi de *Albertine Disparue*. Elle a bien essayé de se plonger dans *La Recherche* mais, ayant commencé *Du côté de chez Swann* qu'elle trouve assommant, son admiration pour Marcel Proust que ses parents commentaient après en avoir lu des extraits, est tombée à plat. Dans cette fournaise, ce fut une véritable révélation : à quatorze ans, en proie à une émotion subite, elle ressent pour la première fois le désir d'exprimer le mystère de la vie, ce qui est obscur et confusément montré par l'artiste.

> « Je découvris qu'il n'y avait pas de limites, pas de fond, que la vérité était partout, la vérité humaine s'entend, partout offerte, et qu'elle était à la fois la seule inaccessible et la seule désirable (...). Je découvris que le don d'écrire était un cadeau du sort, fait à très peu de gens, et que les pauvres nigauds qui voulaient en faire une carrière ou un passe-temps n'étaient que de misérables sacrilèges. » [2]

1. *Avec Mon Meilleur Souvenir* (Gallimard, 1984).
2. *Ibid.*

Au comble de l'émerveillement, Françoise sent combien elle a foi en cette vérité qu'elle énoncerait à son tour en rédigeant son propre livre. Déjà l'année précédente, à Saint-Marcellin, dans l'Isère, où son père depuis janvier 1940 dirige l'usine de la Compagnie générale d'électricité, elle a connu ce genre d'excitation à la lecture des *Nourritures Terrestres* d'André Gide. C'était au début du mois de juin. La journée s'annonçait belle alors qu'il avait plu sans discontinuer sur la campagne dauphinoise et le massif du Vercors.

« Je voulais, dit Françoise, comme Rimbaud, comme Gide, marcher dans les champs à l'aube jusqu'à l'épuisement, défaillir doucement de faim dans une meule de paille quand le soleil se lèverait. Seulement je ne défaillais jamais et, aux premiers rayons du soleil, après avoir parcouru les chemins autour de la maison, je revenais malgré moi y manger quelques tartines. D'ailleurs mon chien me suivait et m'indiquait vite avec des airs interrogatifs et des battements de queue le chemin de la maison, de la sécurité et des tartines. Peut-être sans lui serais-je arrivée très loin à force de marcher par hasard. »

S'enivrer à loisir des charmes de la nature correspondra très tôt chez Françoise Sagan à un besoin irrésistible. Dès l'âge de trois ans, quand la famille Quoirez arrive de Paris dans le Lot, Kiki, à peine descendue de voiture, se précipite dans le jardin de la maison de la grand-mère. C'est un royaume à la mesure de ses jeux d'enfant mais elle sera très vite tentée d'élargir son territoire. A Cajarc elle monte par la route du côté de La Capelette, l'ancienne chapelle des lépreux, et dans la solitude de cet endroit très à l'écart de l'agglomération, elle s'attarde à regarder, d'en haut, ce bourg de mille deux cents habitants situé sur la rive droite du Lot, à la limite du Rouergue. La fillette accompagne parfois son grand-père jusqu'au moulin de Salvagnac. Edouard Laubard, en costume d'alpaga blanc qu'il porte comme un uniforme tous les jours de l'année, s'y rend en voiture à cheval. Raymonde, la fille du meunier, voit arriver sa jeune amie avec joie car c'est l'occasion d'explorer une fois de plus les abords du château féodal voisin, à la recherche d'une entrée secrète.

Au risque de se rompre le cou et il lui arrivera souvent de se blesser en tombant, Françoise adore se percher dans les arbres ou dévaler des pentes abruptes. Avec son comportement de garçon manqué elle n'hésite pas à se mêler à la bande de garnements qui, dans les ruelles de Cajarc, poussent des cris de Sioux en brandissant leurs arcs ou leurs épées de bois. Sa témérité l'entraînera même à se joindre aux plus grands comme s'en souvient Jeannot Roques, devenu garagiste : « Elle voulait être des nôtres quand on jouait aux gendarmes et aux voleurs ou à cache-cache dans les maisons abandonnées de la vieille ville. Kiki nous suivait partout, n'ayant peur de rien, toujours prête à faire les quatre cents coups. »

La célébrité de son ancienne petite camarade d'enfance n'a jamais modifié ses relations avec Françoise Sagan qu'il continue d'appeler Kiki ou Francette comme tous ceux qui l'ont fréquentée autrefois. Ils font équipe pour jouer au tiercé et au quarté, regardant ensemble, avec fébrilité, la course diffusée en direct à la télévision. Leur association a donné d'excellents résultats puisqu'un jour ils encaissèrent cinquante mille francs chacun.

La plus noble conquête que l'homme ait jamais faite devait très tôt exciter l'attention de Françoise car son père lui offre un cheval baptisé « Poulou » pour se promener à Saint-Marcellin. L'intrépide fillette, un fusil à flèches en bandoulière, circule ainsi dans les rues, sous les regards admiratifs des enfants du pays. Elle fait une halte place d'Armes devant un drapier dont elle utilise l'escabeau du magasin pour remonter en selle. Pendant les vacances sa meilleure amie, Anne

Mazauric, une Lyonnaise qui lui ressemble comme une sœur avec sa couronne de cheveux tressés, grimpe derrière elle sur le dos du brave « Poulou » et suivies du chien Bobby les deux adolescentes, joyeuses et insouciantes, partent à l'aventure.

Nous sommes en temps de guerre. La proximité du Vercors, refuge des maquisards, représente l'inaccessible horizon pour les enfants qui ont fait de la campagne dauphinoise leur terrain de jeux. Kiki et Anne, durant cet été 1942, n'ont pas le sentiment d'être à la merci d'événements qui n'affectent en rien leur vie quotidienne en zone libre. Au contraire, elles jouissent d'une indépendance exceptionnelle et profitent au maximum des circonstances favorables à des balades dont Françoise Sagan a évoqué les charmes exquis dans un roman nourri de réminiscences de ce passé lointain. Ainsi cette description :

« Dès le mois de mai, les prés pliaient déjà sous l'été. L'herbe haute, amollie de chaleur, penchait, séchait et se rompait jusqu'au sol (...). »

Ou encore :

« C'était un torrent furieux, si clair, si blanc qu'on était soulagé d'y voir des reflets, bleus ou jaunes, selon la lumière ; un torrent en chute libre qui dégringolait tout droit du Vercors mais qui se reposait ou plutôt se ramassait une minute çà et là dans quelques bassins naturels cernés de rochers, d'où il rejaillissait encore plus dru (...). »[1]

Les deux jeunes amies, constamment à l'affût d'une découverte au cours de leurs parties de cache-cache, visitent les coins et les recoins d'un château en ruine et se hasardent dans des

1. *De guerre lasse* (Gallimard, 1985).

souterrains aux ramifications inconnues. C'est après une promenade fertile en sensations que Françoise, les genoux écorchés, ses vêtements dans un état lamentable, demanda à sa mère l'autorisation d'adopter le chien bâtard, aussi sale qu'elle, qui ne la quittait plus depuis le chemin du retour. Passant outre aux réticences de celle-ci — Pierre Quoirez, lui, cédait facilement aux caprices de sa fille — Kiki décréta que le gentil Bobby ferait désormais partie de la famille.

Chiens et chats ont toujours été les bienvenus chez les Quoirez. Françoise garde un souvenir ému du teckel que son père transforma en chienne à roulettes. Paralysée de l'arrière-train, Câline avait une vieillesse triste à voir. Ayant cherché en vain un orthopédiste qui l'aurait soulagée, Pierre Quoirez, ingénieur diplômé de l'Institut Industriel du Nord, confectionna un appareil dont l'animal dut s'accommoder. Dans le grand appartement du boulevard Malesherbes, Câline se déplaçait sans efforts, prenant de la vitesse lorsqu'elle filait le long du couloir. Sa seule difficulté consistait à négocier un virage et il lui arrivait souvent de se retourner.

« Elle n'a qu'à savoir braquer ! », décrète Pierre Quoirez sur ce ton narquois qui le caractérisait. Né à Béthune, dans le Pas-de-Calais, le 26 juin 1900, d'un père ingénieur civil, il descend des conquérants espagnols de Charles Quint et a hérité de leur fierté ibérique qui le fait apparaître aux yeux de certains comme un homme hautain et distant. Capable aussi de lancer des piques il peut blesser au vif par ses railleries parfois cocasses. En fait, derrière cette apparente froideur et un spirituel persiflage se cache un cœur tendre et généreux.

Son sens de l'humour figure tout entier dans cette anecdote que raconte Françoise Sagan :

« Arrivant en retard à un dîner, mon père fit son entrée en chantonnant gaiement : ''J'arrive au galop... au galop... au galop !'' Mais, subitement, devant les regards ahuris des convives, il réalisa qu'il s'était trompé d'étage. Alors, nullement désarmé, il tourna les talons en s'écriant : "Je repars au galop... au galop !". »

Décédé des suites d'une crise cardiaque le 2 janvier 1978, Pierre Quoirez a laissé pour ceux qui l'ont connu intimement le souvenir d'un esprit original dont on continue de parler sans être sûr de l'avoir percé à jour et bien compris son sens de la plaisanterie. L'un de ses amis les plus proches, le constructeur d'automobiles Jean-Albert Grégoire, pionnier de la traction avant dans le monde, a relaté dans un de ses livres[1] un déjeuner auquel tous deux avaient participé :

« Notre hôte d'aspect glacial se désintéressait exagérément des plaisirs de la table. La frugalité du repas ne détendit pas l'atmosphère. Quoirez tenta de le faire en racontant des histoires, spécialités dans laquelle il excellait. J'ai souvent pensé que l'imagination de Françoise Sagan venait de son père et celui-ci eût brillé dans le roman satirique (...). »

1. *Cinquante Ans d'automobile* (t. 2) (Flammarion, 1981).

Enfance

« Dans quinze ans, un peu blasée, je me pencherai vers un homme séduisant, un peu las aussi. Je me plus à imaginer le visage de cet homme. Il aurait les mêmes petites rides que mon père... » Françoise, dans la chaleur de l'été de 1953, trouve la vie charmante et ce Paris désert du mois d'août qui languit au soleil est en harmonie avec son bonheur. Qu'il est donc agréable de fignoler son manuscrit dans la solitude de l'appartement du boulevard Malesherbes jusqu'où parviennent les bruits feutrés d'une ville assoupie. Le personnage de Cécile lui plaît, c'est le prénom d'une de ses nièces, et son histoire auprès d'un père de quarante ans se compose au mieux.

Ce soir, quand le sien lui demandera machinalement :« A-lors, tu ne t'es pas trop ennuyée ? », elle lui répondra en pensant à cette journée de solitude devant sa machine à écrire : « Ennuyée ? Je passe des vacances formidables ! » Pierre Quoirez a laissé le reste de sa famille dans les Landes où, depuis son départ de Saint-Marcellin, il loue une villa chaque été, tantôt à Cap Breton, tantôt à Hossegor. De la villa Marie-Claire à la villa Loïla ce sont les mêmes vacances, tranquilles et routinières, pareilles à celles de ces millions de citadins qui se sont précipités au volant de leur auto, aux mêmes heures, au même jour, sur les mêmes routes pour satisfaire leur besoin d'évasion.

Les Quoirez ont choisi la côte basque dont le climat vivifiant sera profitable à Françoise, d'apparence chétive. Mais, derrière cette fragilité d'oisillon, il y a une énergie singulière et une volonté qui ne recule jamais. Villa Loïla, avenue du Golf, à Hossegor, qu'il relouera en 1954, Pierre Quoirez est le plus heureux des pères à la vue de Kiki qui se bronze au soleil, sur la terrasse, en prenant son petit déjeuner. Ce lundi 1er août il s'apprête à remonter à Paris pour ses affaires. Ayant quitté la C.G.E. il est entré au service d'une firme américaine qui lui a confié la marche d'une usine d'abrasifs à Argenteuil où des bâtiments désaffectés servent de refuge aux enfants Quoirez et à leurs amis.

— Je pars avec toi, lui dit Françoise.

— Qu'est-ce qui ne va pas ma petite fille ? Tu t'embêtes à Hossegor ?

— Non, non, pas du tout.

Une heure plus tard, Françoise vêtue d'une jupe légere et d'un chemisier rayé, à la main une valise de cuir fauve qu'elle vient de recevoir en cadeau pour ses dix-huit ans, s'asseoit à côté de son père dans la Buick noire sans que personne n'ait bien compris les raisons de son départ précipité. Certes, on la sent préoccupée mais elle ne doit pas avoir de trop grands soucis à en juger sur sa mine enjouée et quelque peu mystérieuse. Il serait inutile de l'interroger car elle n'aime pas faire de confidences. Dès sa tendre enfance, Kiki se refuse à avouer la moindre douleur, le moindre chagrin. A Cajarc, âgée alors de onze ans, elle alarma sa famille qui la chercha pendant de longues heures. Ce n'est qu'à la nuit tombée qu'on la retrouve au fond d'un trou dans les ruines du château, un genou foulé, attendant courageusement sans oser appeler au secours.

L'attrait du danger et cette obstination à ne jamais se plaindre caractérisent la personnalité têtue de Françoise qui sait masquer son orgueil par une attitude insouciante et amusée. Ne rêvant que de plaies et bosses à un âge où les petites filles jouent à la poupée et à la dînette, elle fera preuve d'une vitalité surprenante. On devinait une ténacité de fer dans ce corps gracile. « C'est une vraie paysanne », dit son amie de longue date, la journaliste Monique Gonthier, pour expliquer la résistance de Françoise Sagan que des accidents en cascade n'ont pas réussi à abattre.

Elle avait à peine quatre ans quand « le petit pruneau » comme disait Pierre Quoirez, connut sa première frayeur. Son père, au cours d'une promenade en barque sur un étang de Ville-d'Avray, voulut empêcher Françoise de s'agiter et, en l'installant près de lui, il fit chavirer l'embarcation. Ce sont des joueurs de l'équipe de France de football, en train de se détendre avant leur match contre l'Italie, qui les aidèrent à regagner la rive. A la vue de son mari et de sa fille trempés jusqu'aux os, Marie Quoirez se demanda si un violent orage ne venait pas d'éclater au-dessus du boulevard Malesherbes. Kiki, apparemment remise de son émotion, eut ce joli mot que Mme Quoirez n'a pas oublié : « Avec papa, on s'est baignés tout habillés ! ». Edmond Delfour, le demi du onze tricolore de l'époque, maintenant retiré à Corte, en Corse, était à proximité avec son attirail de pêcheur lorsque les occupants de la barque basculèrent : « J'ai aussitôt plongé car la petite ne savait pas nager et il y avait au moins 1 m 50 d'eau à cet endroit. Son père m'aida à la rattraper. Ce n'était pas bien grave. »

Quelques années plus tard, en juin 1944, c'est au bord d'un autre étang, à Saint-Marcellin, que Françoise, à nouveau, l'a échappé belle. Ce matin-là, on venait d'enterrer deux maquisards et une partie de la population avait accompagné leurs dépouilles jusqu'au cimetière. Les Allemands l'apprirent-ils ? En tout cas, représailles ou coïncidence curieuse, des avions bombardèrent les bâtiments des Tabacs qui pouvaient être pris pour des casernements par les pilotes de la Luftwaffe. L'un d'eux, par excès de zèle, descendit en piqué meurtrier sur deux baigneuses se séchant dans la prairie, en l'occurrence les sœurs Quoirez.

« On courait comme des lapins, a raconté Françoise Sagan. Je voyais l'herbe qui sautait autour. Eh bien ma mère ne trouvait rien de mieux à crier que : ''Suzanne, je t'en prie, habille-toi. Je t'en prie, habille-toi. Tu ne vas tout de même pas te promener comme ça !'' Elle avait un côté Régence qui calmait beaucoup les esprits. »[1]

Cette attitude insolite dans de pareilles circonstances correspondait assez bien à la personnalité tranquillement narquoise de la mère de Françoise Sagan dont le comportement de femme mondaine et distraite ajoutait à son charme. C'est ainsi qu'elle n'hésita pas à quitter le Lot au cours de l'été 39, à la veille de la déclaration de la guerre, pour récupérer à Paris sa collection de chapeaux plus ou moins excentriques confectionnés par l'atelier de Paulette, une modiste en vogue. Quand on l'interroge sur cette expédition frivole dans une période particulièrement grave, Marie Quoirez se défend d'avoir pensé à ses chapeaux mais prévoyant une longue absence elle avait besoin de vêtements d'où ce retour inopiné boulevard Malesherbes.

Après s'être installée avec ses enfants à Cahors pour que Jacques et Suzanne puissent poursuivre leurs études au lycée de la ville, elle retrouva le rythme de la vie provinciale, Julia continuant à la décharger de presque tout. C'est à cette époque

1. *Réponses* (Jean-Jacques Pauvert, 1974).

que Françoise prit conscience, pour la première fois, d'être française :

« En écoutant un discours de Hitler à la radio, ma mère s'est mise à pleurer. "Pourquoi pleures-tu ?" lui ai-je demandé. Mon frère a répondu : "Parce que la France est en danger." J'avais alors quatre ans. »

Lieutenant de réserve du Génie, Pierre Quoirez avait rejoint la ligne Maginot. Il y passera dix mois avant d'être rappelé par la Compagnie Générale d'Electricité qui mettait au point une voiture électrique. En tant que directeur du bureau parisien des ateliers de construction électrique de Delle, appartenant à la C.G.E., il avait eu l'idée de confier ce projet à l'ingénieur J.-A. Grégoire, son condisciple au collège Stanislas.

Les deux camarades passionnés d'automobiles ne s'étaient jamais perdus de vue depuis cette date. Ils se retrouvèrent même dans la course Paris-Nice de 1926, Quoirez sur une Sizaire deux litres à seize soupapes qui allait vite lorsque tous ses cylindres donnaient, et Grégoire au volant d'une Mathis 1 500 cm^3 avec soupapes en tête. Précisons toutefois que le père de Françoise Sagan participait à cette course en tant que mécanicien du pilote Bussienne, un ingénieur de Centrale qu'il connut pendant son service militaire. « Bussienne, dit J.-A. Grégoire, possédait le gabarit et la fougue d'un pilier de rugby. Il réjouit tous les concurrents pendant les quatre jours de l'épreuve grâce à un numéro hilarant de changement de bougies qu'il accomplissait avec l'aide sarcastique de son mécanicien amateur. »[1]

Après sa démobilisation en Lozère où il s'était replié, l'ingénieur Grégoire recevait un télégramme de Pierre Quoirez

1. *Cinquante Ans d'automobile* (t. 2).

qui lui demandait de passer par Lyon pour y rencontrer Henry de Raemy, un polytechnicien suisse nommé à la tête de la C.G.E. Dans la métropole rhodanienne, transformée en camp de réfugiés, Pierre Quoirez est égal à lui-même : « Malgré la gravité de la situation, constatera Grégoire, notre ami avait conservé sa verve comique, imaginant même dans la débacle de nouvelles histoires de perroquet dont il était spécialiste. »[1] Bien placé dans l'affaire depuis que Raemy en est le patron, il a été chargé par celui-ci de prendre en main les usines de Saint-Marcellin et de Pont-en-Royan, dans l'Isère.

Il continuait évidemment de collaborer au projet de voiture électrique et la construction d'un prototype était devenue urgente. « La voiture électrique n'est plus un jeu. C'est une nécessité, admettait Henry de Raemy. La C.G.E. doit en construire le plus possible pour permettre à ses directeurs et amis de circuler. » Mais sans doute était-il loin d'imaginer qu'une petite fille ferait de la C.G.E. Tudor ayant un rayon d'action d'un peu plus de cinquante kilomètres avec une vitesse maximale de 55 km/h, son jouet préféré. Françoise Sagan, ou plutôt l'espiègle Kiki, apprendra en effet à conduire sur cette voiture silencieuse dont un rutilant modèle bleu roi, garni de cuir rouge, avec une capote beige claire, était présenté au Maréchal Pétain, un froid matin d'avril 1942, dans la cour de l'Hôtel du Parc à Vichy.

Partie de Cahors pour Saint-Marcellin, la famille Quoirez prit ses quartiers d'hiver dans un appartement du Cours-Morand, à Lyon où des milliers de gens en détresse vinrent grossir une population d'environ 500.000 habitants. De la préfecture du Lot embaumant la truffe tous les mercredis, jour des expéditions (et durant l'hiver 39 la récolte fut abondante, « on mangeait les truffes comme des pommes de terre », se souvient Jacques Quoirez) à celle du Rhône frappée dès le 1er

1. *Ibid.*

août 1940 par des mesures draconiennes de rationnement, elle saura s'accommoder des rigueurs de l'existence.

« Quand ma mère avait trouvé un sac de haricots, par miracle, ou plus probablement au marché noir, raconte Françoise Sagan, on passait des soirées à la grande table familiale, comme pour jouer au loto. Tous ensemble devant un gros sac de haricots, on disait : "Haricot, charançon. Haricot, charançon..." Pendant deux heures, on les triait. »[1]

De cette période de restrictions elle n'a pas oublié non plus l'histoire de la pintade que son père avait fièrement ramenée comme un trophée après avoir battu la campagne toute une journée.

« Nous étions tous en rang d'oignons sur le pas de la porte pour assister au retour du héros : ma mère, Julia, et nous, les enfants. En ouvrant le coffre de la voiture d'un geste solennel, mon père, triomphalement, annonça : "Regardez ce que j'ai trouvé !" Et la pintade, qui avait juste les pattes entravées, s'envola et disparut dans le ciel de Lyon. »[2]

La pintade ne sera pas perdue pour tout le monde. Françoise reçut plus de trente ans après une lettre de Lyonnais expliquant leur stupéfaction lorsqu'ils découvrirent la pintade sur leur balcon et la joie qu'ils eurent à plumer une volaille tombée du ciel.

Pour Françoise cette nouvelle vie correspondra à sa première rentrée scolaire. Elle a lieu dans un ancien couvent : le Cours de la Tour Pitra. Comme dans toutes les écoles de France, on

1. *Réponses.*
2. *Ibid.*

chante : « Maréchal, nous voilà, devant le sauveur de la France ». Et après avoir entonné la louange à grand-père Pétain (acclamé par les Lyonnais lors de sa visite des 18 et 19 novembre 1940), puis glorifié la Sainte Vierge, la classe grignote des biscuits vitaminés qu'une religieuse distribue chaque matin. C'est aussi pour Kiki l'âge de faire des gammes au piano en compagnie d'un professeur qui enseignait d'une manière curieuse.

« J'allais chez une veuve nécessiteuse, dit Françoise Sagan. N'ayant plus de piano, elle avait dessiné un clavier sur un carton avec des dièses à l'encre de Chine. Je devais jouer des partitions en me servant de ces fausses touches. J'avais cinq ans et je ne comprenais pas l'utilité de ce genre d'exercice. Les voiles de la veuve tombaient sur les dièses noires. C'était sinistre. »[1]

Paradoxalement c'est dans le silence qu'elle s'initia à la musique classique qui lui sera si chère, Mozart, Beethoven, Bach et Brahms dont la vente des disques quintuplèrent grâce à la publication de son quatrième roman *Aimez-vous Brahms..*[2].

---

1. Toutes les citations de Françoise Sagan sans références correspondent à des entretiens qu'elle a eus avec l'auteur.
2. *Aimez-vous Brahms..* avec deux points de suspension et non pas trois. Mais un premier tirage de cent mille exemplaires sortit avec un point d'interrogation. C'est René Julliard qui décida de le supprimer, trouvant maladroit de poser une question aux lecteurs.

Pendant la guerre...

« Dis-moi, ma petite fille, comment s'est passée ta journée ? »
A l'heure du dîner Jacques, Suzanne et Kiki attendaient que
leur père les interroge à tour de rôle pour parler à table. Pierre
Quoirez s'entretenait d'abord avec ses aînés avant de se tourner
vers Françoise qui appréhendait cet instant. A chaque fois elle
se mettait à bafouiller et aussitôt la conversation tournait court
sous les rires car on s'amusait gentiment de la voir buter sur
des mots qui se bousculaient. Sa pensée allait trop vite déjà :
elle aurait eu besoin de cent bouches, autant d'yeux et autant
d'oreilles pour tout saisir et tout exprimer.

Se sentant frustrée, elle sut qu'il lui faudrait écrire pour
rendre la vie explicable. D'instinct Françoise, réduite au
silence, entrevoyait le rôle des mots dans ce désir effréné de
communiquer. C'était vraiment la seule chose qui l'incitait à
accepter les complications d'une existence que souvent ses
parents sauvegardèrent par la largeur et la liberté de leurs
idées.

Pendant le sombre hiver 1941-1942, Lyon, ville-refuge, voit
se côtoyer des gens venus de la zone occupée dont des
personnalités du monde des lettres et du journalisme. Wladimir
d'Ormesson, du *Figaro*, Emile Henriot, du *Temps*, Charles
Maurras, de *L'Action française*, font figures de vedettes que l'on
invite dans des réunions privées au cours desquelles la maîtresse
de maison s'efforce de faire régner une ambiance de salon.

Marie Quoirez qui adore recevoir (dans son appartement du boulevard Malesherbes elle accueillait gaiement jusqu'à cinquante personnes) retrouvera Cours-Morand ses habitudes d'hôtesse. Mais son goût pour la vie mondaine devra se satisfaire du cercle restreint de Parisiens qui constitue à Lyon un petit monde à part.

L'historien Jacques Chastenet compte parmi ses relations où, bien sûr, on rencontre des collaborateurs de la C.G.E., en particulier Jean Kaufmann, directeur de Sovel, une usine de Villeurbanne qui construit des bennes à ordures électriques. Personnage étonnant, J.K., comme on l'appelle, a travaillé avec Pierre Quoirez, surnommé lui P.Q., dont il est devenu en quelque sorte le disciple, aimant également les histoires drôles, la pipe et les bons petits gueuletons. Henry de Raemy l'a éloigné de Paris car il est juif, ce qui ne l'empêche pas de remonter souvent dans la capitale en se faisant passer pour Alsacien.

Complices dans la plaisanterie et la joyeuse vie, Quoirez et Kaufmann l'étaient aussi par leur courage en cachant des israélites. Après avoir traversé la ligne de démarcation dans une charrette de foin, un vieux couple de juifs, désireux de se rendre en Algérie, trouva refuge dans l'appartement des Quoirez. Cela valut une belle émotion à Marie Quoirez lorsqu'un soldat allemand qui s'était trompé d'étage, vint sonner à la porte. Elle lui répondit très poliment et, le cœur palpitant, faillit s'évanouir après son départ.

« Et puis, il y avait les bombardements, raconte Françoise Sagan. On ne descendait jamais parce que ma mère prétendait que c'était inutile mais, une fois, ça tapait tellement qu'elle suivit les autres locataires dans les sous-sols de l'immeuble. Elle s'était faite une mise en plis, je me rappelle. Les murs tremblaient, des gravats tombaient, tout le monde attendait parfaitement calme et, nous, on jouait aux cartes sans avoir peur du tout. Quand on est remonté, ma mère a poussé un hurlement : il y avait une souris dans la cuisine ! »

Jacques Quoirez, élève d'un collège de jésuites, est tout tier d'avoir été chef d'îlot de la défense passive. Mais dormant d'un sommeil de plomb, le rugissement de la sirène d'alarme suffisait à peine pour le jeter à bas du lit. Sa sœur Suzanne, douée pour le dessin, suit les cours de l'école des Beaux-Arts et ne quitte guère un garçon d'allure bohème, Jacques Defforey, en qui personne n'aurait deviné l'un des futurs pères fondateurs des magasins Carrefour. Ils se marieront à Saint-Marcellin en août 1946 et Françoise sera du cortège nuptial, mignonne benjamine des demoiselles d'honneur. « J'ai le souvenir d'une fillette très naturelle et spontanée », dit Jacques Defforey qui recevra quelques années plus tard Françoise et Véronique Campion dans sa maison rococo de Nogent-sur-Marne.

Françoise, qui a sa propre chambre dans le spacieux appartement du Cours-Morand avec ses fenêtres sur le Rhône, se sent malgré tout à l'étroit et éprouve l'envie de courir et de sauter comme elle le faisait à la campagne. Kiki, la petite sauvageonne, accepte mal d'aller à l'école après avoir goûté l'inexprimable bonheur de la liberté à Saint-Marcellin où son père lui passe tous ses caprices. C'est avec impatience qu'elle attend la fin de la semaine pour retrouver « La Fusillère », une propriété entourée d'un parc que Pierre Quoirez a louée à proximité de la petite cité dauphinoise qui doit son nom à l'apôtre Marcellin venu évangéliser la région au IVe siècle. Avoir choisi de résider, à pareille époque, dans une maison appelée « La Fusillère », en souvenir d'un épisode sanglant de l'histoire locale (on y exécuta des condamnés en 1870), montre à quel point le père de Françoise Sagan mettait de la provocation dans sa façon désinvolte de narguer le destin.

« Il était diabolique », dit Madeleine Gabin qui fut sa

secrétaire particulière pendant dix ans. Lors de son arrivée à Saint-Marcellin il rechercha parmi le personnel de l'usine d'appareillage électrique une jeune femme capable de travailler à ses côtés. Employée au service commercial, Madeleine devrait convenir. « Il y a deux ans que je n'ai pas fait de sténo », prévient-elle. « Ça n'a pas d'importance ». « Mais à la fin du mois je quitte l'usine car mon mari y est aussi et le Maréchal Pétain a interdit que deux personnes d'une même famille soient embauchées dans la même entreprise. » « Je me fous de Pétain, vous restez. » « Avec P.Q., se rappelle-t-elle, il fallait marcher droit. Celui qui se mettait en travers de sa route était balayé. Mais quand il avait confiance en quelqu'un les choses se passaient bien. C'était un homme très intelligent dont la débrouillardise nous surprenait toujours. Il fit agrandir l'usine avec des matériaux qu'il dénichait je ne sais comment. Si vous aviez besoin de n'importe quoi il était capable de vous le procurer. »

Françoise, restée Kiki dans l'esprit de Madeleine Gabin, venait souvent voir son père dans les bureaux. « Elle arrivait l'après-midi, raconte Madeleine, et il fallait que je lui apprenne à taper à la machine sur ma Remington. C'était la fille du patron, ses exigences d'enfant gâté m'agaçaient un peu. Mais son côté têtu laissait deviner une nature. Je me disais que cette petite se distinguerait des autres. En la voyant au volant de sa voiture électrique ou sur son cheval, on comprenait qu'elle ne ferait rien comme tout le monde. »

A Saint-Marcellin la vie s'écoule au rythme des événements d'une guerre qui peut du jour au lendemain déboucher sur des drames personnels. Des familles juives se sont intégrées à la population dans l'attente de retrouver cette liberté individuelle dont on les prive en zone occupée depuis que les autorités allemandes leur imposent le port de l'étoile jaune. Monique Cerf qui deviendra la chanteuse Barbara fait partie de ces réfugiés minés par l'inquiétude. Les risques d'une rafle ne sont pas à écarter comme l'annonce le roulement de tambour qui jettera la consternation dans la commune. Le garde champêtre avertit les habitants que tous les hommes valides doivent se présenter sur la place de l'église.

Pierre Quoirez se rend à la mairie pour savoir ce que va devenir son personnel masculin. « Qu'il ne quitte pas l'usine et renvoyez les femmes », lui ordonne l'Oberleutnant qui dirige l'opération en ce mois de mars 1943. La région lyonnaise, tout comme le reste du pays, travaille beaucoup pour l'industrie de guerre nazie. L'institution du S.T.O. (Service du Travail Obligatoire) pose un problème : comment éviter une baisse du rendement des entreprises si l'on réduit les effectifs en réquisitionnant de la main- d'œuvre ? A l'usine de la C.G.E. c'est l'attente anxieuse avec l'espoir, toutefois, d'échapper au départ pour l'Allemagne car il aurait été difficile de remplacer le personnel et l'entreprise de Saint-Marcellin dite « prioritaire » a besoin de tourner.

A l'heure du déjeuner les femmes des ouvriers bloqués dans les ateliers apportent de quoi casser la croûte. Vers quatre heures et demie de l'après-midi un camion allemand chargé d'hommes jeunes passe devant l'usine sans s'arrêter. « Le patron l'avait échappé belle et nous aussi », dit l'ancien contremaître André Collenot dont le frère Alexandre avait été le mécano préféré de Mermoz. « Monsieur Quoirez, poursuit-il, a été convoqué un jour à Lyon où un officier de la Wehrmacht l'a sommé de s'expliquer sur certains de ses collaborateurs. "Vous employez des israélites", hurlait le "boche". M. Bertier, un de nos chefs de service qui assistait à la scène, m'a confié qu'il n'avait jamais vu un tel sentiment de haine chez aucun homme. Sans rien laisser paraître de son émotion, Monsieur Quoirez niait catégoriquement. "Comment osez-vous dire qu'il n'y a pas de juifs ! Et ce Schneider de l'usine à Pont-à-Royan ?..." L'affaire était grave. Par chance, elle n'aura pas de fâcheuses suites. Samuel Schneider rejoignit le maquis et Pierre Quoirez, par bravade, le remplaça par un autre israélite, Jean David. »

Pour Françoise, ces années tragiques ressembleraient plutôt à des grandes vacances, un peu agitées. « Je n'étais pas très consciente de ce qui se passait », dit-elle. Grâce à ses parents, à la fois protecteurs et pleins d'humour, elle a l'impression de participer à un grand jeu dont les règles ne sont pas très claires. Il y a des moments de joie comme le jour de ses six ans où son père avait un air très gai que n'expliquait pas seulement cette date anniversaire. Elle apprendra par la suite que le 21 juin 1941 correspondait à l'invasion de la Russie par les Allemands et qu'il était prévisible qu'en attaquant l'U.R.S.S. Hitler allait au-devant de graves difficultés.

Et puis il y a des images et des souvenirs frappants. Pierre Quoirez en train d'engueuler un résistant qui avait eu l'inconscience de garer sa camionnette bourrée d'armes dans le jardin de « La Fusillère ». C'est de justesse que le véhicule avec le chargement parachuté par les Anglais fut mis à l'abri dans un petit bois avant que les Allemands ne fouillent la maison.

« Quand le type est venu froidement récupérer sa camionnette, dit Françoise Sagan, mon père faillit l'assommer. A cause de lui, on avait risqué la catastrophe. Je me rappelle que nous étions tous le dos au mur avec les bras en l'air pendant que les soldats de la Wehrmacht examinaient les lieux l'air soupçonneux. »

Elle se voit aussi jouer avec de jeunes soldats allemands dans le couloir du train qui la ramène à Cajarc, chez sa grand-mère. Des tracts pétainistes traînaient dans les toilettes.

C'est à la Libération que Françoise recevra un choc qui l'émeut fortement. En compagnie de Julia, elle découvre l'enfer en allant à « L'Eden », le cinéma de Saint-Marcellin :

> « On jouait *L'Incendie de Chicago* avec Tyrone Power, mais avant le film il y avait les actualités. En 1946, on montrait les images des camps de concentration : des chasse-neige repoussant des morceaux de cadavres. C'est mon pire souvenir de guerre. J'ai demandé à ma mère : "C'est vrai ?". Elle m'a dit : "Oui, hélas ! c'est vrai !". De là date ma phobie totale du racisme[1]. Une des seules choses pour lesquelles je suis prête à mourir illico. »

Elle n'oubliera pas non plus la vision d'une femme tondue qu'on a promenée dans la rue. Scandalisée, Marie Quoirez avait manifesté hautement son opinion devant sa fille.
« Comment pouvez-vous faire ça ? s'écria-t-elle. C'est honteux. Vous vous conduisez comme les Allemands. Vous avez les mêmes procédés. » Cette réaction plongea Françoise dans la plus complète perplexité :

> « Je me suis dit : "Tiens ! tout n'est pas si simple !". Pour la première fois, je pressentais que rien n'était tout blanc ou tout noir. Le monde partagé entre le Bien et le Mal comportait des nuances. C'était beaucoup plus ambigu que je ne l'imaginais. »

Quand les Américains et la 1ère Armée française libèrent la vallée du Rhône, Kiki ne rate pas une occasion pour admirer ces garçons montés sur leurs chars prêts à conquérir les cœurs

---

1. Françoise Sagan ne supportait pas Coco Chanel pour cette raison. « Les deux fois où j'ai dîné avec elle, ça s'est mal passé. Elle tenait de tels propos antisémites que j'ai toujours quitté la table. »

avec des sourires radieux et des tablettes de chocolat et de chewing-gum. A Lyon, elle règle son pas sur la marche victorieuse des fringants G.I. suivie par sa mère qui la surveille de près. « Cette atmosphère de fête avec ces types en kaki, superbes, bronzés, dont quelques-uns sont venus dîner à la maison, m'enchantait », dit Françoise Sagan qui avait dix ans à l'époque et apprenait avec ardeur à jouer au tennis. A Saint-Marcellin elle réussira même à battre la femme du notaire pourtant beaucoup plus expérimentée. Mais la fougue de la jeunesse et les encouragements de son frère Jacques et de Bruno Morel, de cinq ans son aîné, lui permettaient de triompher d'adversaires encore plus coriaces qu'une épouse de notable.

C'est pendant l'été 1941 que Kiki fait la connaissance de Bruno, le fils de Charles Morel, un industriel de Pont-en-Royan qui vit en seigneur au château de la Sône, surplombant l'Isère. La famille Quoirez y a ses habitudes. L'endroit est un véritable paradis pour les enfants qui disposeront après la guerre d'une piscine construite par des prisonniers allemands. Françoise préfèrent déjà la compagnie de garçons plus vieux qu'elle mais ceux-ci ne répondent pas toujours à l'affection de cette gamine un peu trop frêle, d'une étonnante vivacité. « Je la vois encore, dit Bruno Morel, sur une balançoire, sautant en plein mouvement ascendant, le plus loin possible de l'escarpolette. C'était assez acrobatique. » Il se souvient aussi de sa vaillance lorsqu'elle partait avec son sabre en bois : « Dans la fougue d'un combat je lui ai ouvert une arcade sourcillière. Kiki n'a pas bronché. » Cette façon de supporter la douleur avec stoïcisme date du jour où elle s'est fendue la lèvre après une chute dans l'escalier de « La Fusillère ». Vexée d'avoir pleuré en hurlant « Je ne veux pas mourir », Françoise se jura de maîtriser son émotion et de cacher sa souffrance autant que possible. Peu de temps s'écoulera pour qu'une mise à l'épreuve : s'étant blessé le palais en jouant du pipeau, Kiki retint ses larmes sans se plaindre. De même lorsqu'elle se foula le genou ou fut renversée par un cycliste et relevée la tête ensanglantée. « Je suis quelqu'un qui se blesse », constate Françoise Sagan en se remémorant les plaies et bosses de son enfance turbulente et d'ajouter, en faisant, cette fois, référence à des moments plus graves : « Je suis un accident qui dure ».

Adolescence

« Quand Françoise allait à l'école je ne m'en suis jamais occupée », dit Marie Quoirez. Elle s'en remettait à Julia Lafon qui faisait office de gouvernante et de cuisinière. Son grand-père, Lucien Lafon, était le meunier de Promilhanes, un village du Quercy qu'elle quitte pour travailler chez les Quoirez. « C'est le facteur, au cours de sa tournée, qui m'a avertie que ces gens cherchaient quelqu'un », raconte cette femme dévouée, chargée d'abord de veiller sur Jacques et Suzanne, âgés alors de 4 et 7 ans.

A l'époque, Julia était une jeune fille dégourdie. Son ambition de servir une famille bourgeoise, ayant une bonne réputation dans le pays, correspondait à ses projets d'avenir. Elle prit possession du grand appartement du boulevard Malesherbes, « un appartement bizarre, genre ''Famille Boussardel'', où les chambres sont assez mal distribuées et les réceptions trop grandes », explique Françoise [1] qui, gamine, le sillonnait sur son âne à roulettes.

Bien entendu, Julia est chargée de consoler Françoise. Devenue une seconde mère pour Françoise, elle s'occupera activement de cette petite fille solitaire, d'un entêtement incroyable, qui, juchée sur un tabouret lui fait la conversation. Presque chaque après-midi, elles s'en vont au parc Monceau et quand la famille habitera Lyon, pendant la guerre, au parc

1. *Réponses* .

de la Tête d'Or. Avant la promenade, il arrive à Julia de constater que Françoise s'est habillée n'importe comment. « Elle n'attachait pas beaucoup d'importance à sa toilette », dit sa mère. Ce qui ne l'empêchait pas quelquefois de se montrer coquette comme ce jour de mauvais temps où elle voulut étrenner un joli chapeau.

« Tu sais, il va pleuvoir, prends plutôt ton vieux chapeau », lui dit Julia. « Non, non, je veux le neuf. »

« En rentrant, raconte Françoise, je me suis regardée par hasard dans une glace. A ma grande stupeur j'ai vu que sans me prévenir on m'avait mis le vieux chapeau. Ça a provoqué chez moi des abîmes de méfiance vis-à-vis des adultes. On m'avait trompée et en plus, croyant avoir le chapeau neuf sur la tête, j'avais fait la maligne pour des prunes. »

« Petite fille, une autre histoire m'a marquée. J'avais des tresses et des chaussettes qui montaient jusqu'aux genoux. Or dans ma classe certaines camarades portaient les cheveux courts et bouclés. Comme j'étais leur risée, un jour je suis revenue à la maison en disant qu'il fallait me couper les cheveux. J'ai tellement tanné ma mère que le lendemain elle m'emmenait chez le coiffeur.

Etant la dernière on me faisait des vêtements sur mesure dans des boutiques spécialisées. Devenue adolescente, j'ai moins fait attention à mes tenues. Je ressemblais aux filles de l'époque. On s'habillait de bric et de broc. Je me souviens d'une jupe noire, un peu trop longue, fendue sur le côté. »

Julia, aujourd'hui, sourit à l'évocation de ces lointains souvenirs. Et dans son œil malicieux on croit deviner le fond de sa pensée à propos de Françoise l'insoumise. Mais on perçoit également son attachement profond pour cette famille dont elle a partagé les joies et les peines pendant plus d'un demi-siècle.

Pour ses vingt ans de services, Pierre Quoirez lui acheta à Cajarc, sur le Tour de Ville, une maisonnette, ancien héritage du curé. Par ce geste il voulait aussi exprimer à Julia Lafon sa reconnaissance pour avoir été l'ange gardien de ses enfants. Et, sans doute, pensait-il plus particulièrement à Françoise qui lui avait donné du fil à retordre.

De retour à Paris, Kiki eut beaucoup de mal à s'adapter à la vie citadine. Habituée à respirer à pleine poitrine le bon air vif et piquant de la campagne dauphinoise, elle accepte difficilement d'être enfermée dans un appartement, aussi vaste soit-il. A proximité il y a le Cours Louise-de-Bettignies dirigé par des vieilles filles trop timorées. Les classes occupent la surface d'un assemblage de petits hôtels particuliers donnant sur un parc où, pendant la récréation, on joue au ballon prisonnier. Sur une photo prise durant l'année 1946-1947, elle affiche un petit air de doute et de mélancolie, parmi les trente-sept élèves de la classe de cinquième réunies autour de Mlle Charézieux, le professeur de lettres.

Intelligente, gentille mais fumiste, c'est ainsi que la catalogue Jacqueline Mallard qui fréquenta la future romancière à Louise-de-Bettignies.

« J'étais assez infernale, se souvient Françoise Sagan. Finalement, j'ai été mise à la porte. J'avais pendu un buste de Molière par le cou, avec une ficelle, à une porte parce que nous avions eu un cours particulièrement ennuyeux sur lui. Et puis, jouant au ballon, j'ai flanqué une gifle à quelqu'un, je ne sais plus. Enfin, des histoires de petite fille rocambolesque. Et parce que je n'osais pas le dire à ma mère, j'avais douze, treize ans, j'ai subtilisé l'avis de renvoi. C'était environ trois mois avant les vacances, et j'ai traîné tout ce temps-là mes guêtres dans Paris, sans aller trop loin

car je n'étais pas très rassurée ! Je me levais tous les matins
à 8 heures, avec un air actif je prenais mon cartable et je
faisais comme si... »

Après avoir été inspectée de la tête aux pieds par Julia,
Françoise, les cheveux nattés en couronne, habillée d'une veste
pied-de-poule et d'une jupe plissée faisait mine de rejoindre le
Cours, traversant le boulevard Malesherbes sous le regard
protecteur de l'agent de police en faction devant le consulat
d'Espagne voisin. Parvenue au coin de la rue Daubigny et de
la rue Jouffroy, à la hauteur de l'établissement, elle filait sans
demander son reste. Ses parents découvrirent le pot-aux-roses
dès la rentrée, lorsque leur fille revint penaude de l'école.
Accueillie à Louise-de-Bettignies comme une élève déjà
exclue d'autres écoles elle ne pouvait plus tergiverser et dut se
résoudre à dire la vérité. Faute avouée, même tardivement,
est à moitié pardonnée. Quelques jours plus tard, l'affaire était
définitivement close. Aux yeux de Pierre et Marie Quoirez,
cette péripétie, certes fâcheuse, n'avait rien de dramatique. Le
motif de renvoi de Kiki ne remettait pas en cause son travail
scolaire proprement dit. Si leur fille passait pour une chahuteuse
c'était une façon d'exprimer sa personnalité. Son je-m'en-
foutisme qui agaçait tant ses professeurs était compensé par
une facilité et une ouverture d'esprit peu communes.
« Elle torchait ses devoirs de français en un rien de temps et
développait des idées auxquelles nous ne pensions pas. Par
exemple, en faisant référence à Gandhi que les autres filles de
la classe connaissaient à peine », dit Solange Pinton. « C'est
vrai qu'elle détonnait », ajoute Jacqueline Mallard, qui a
conservé l'image de Françoise « en train de lire pendant le
cours ou de se balancer continuellement sur sa chaise comme si
la leçon ne la concernait pas ». « C'était quelqu'un d'attirant »,
poursuit Solange avant d'évoquer l'atmosphère assez austère
de l'Institut Maintenon, boîte à bachot de la rue Michel-Ange,

où elles s'étaient retrouvées durant l'été 1952. Ensemble à Louise-de-Bettignies, les deux adolescentes allaient à nouveau partager d'astreignantes heures de cours, sous la houlette de Mlle Nourry, une directrice très stricte sur la discipline, et de professeurs qui n'aimaient pas non plus badiner.

Pensionnaires pendant un mois et demi, elles étaient là pour combler leurs lacunes en vue de la session de rattrapage d'octobre. En compagnie aussi de Véronique Campion qui deviendra son amie intime et d'Edwige Landgrasse avec laquelle elle sympathisera également tout de suite, Françoise appartient à la section B dont les élèves font anglais et espagnol. Levées à six heures du matin, toutes ces demoiselles, installées dans des pavillons, par chambre de trois ou quatre, n'ont pas un instant de répit jusqu'à l'extinction des feux en dehors d'une courte promenade, entre une heure et deux, en rang serré, aux abords du Bois de Boulogne. « Ces promenades m'étaient devenues insupportables tant par la monotonie du trajet que par la honte que j'éprouvais à me promener en troupeau de filles », écrira Françoise dans sa première nouvelle publiée : « Le clochard de mon enfance » [1].

— Tu sais, tu as de l'encre sur le cou...

Assise derrière Françoise Quoirez, Véronique avait remarqué cette tache de stylo bille qui n'aurait sûrement pas échappé à la vigilance de Mlle Nourry, la directrice de l'Institut Maintenon.

— Ça n'a pas d'importance, répliqua Françoise.

Véronique Campion, fille d'un industriel de Béthunes, la ville natale de Pierre Quoirez, fut impressionnée par le je-m'en-foutisme de sa voisine de classe. En échangeant avec elle un sourire de connivence, Véronique venait d'amorcer une camaraderie qui deviendrait une amitié de plusieurs années.

---

1. *Elle* n° 317, daté du 21 novembre 1955.

Quand on évoque l'entrée triomphale en littérature de Françoise Sagan, la copine de la boîte à bachot s'impose naturellement comme la confidente attitrée de la romancière. C'est elle qui détient les secrets que partagera aussi Florence Malraux, l'autre amie intime. Le trio auquel se joint parfois Bruno Morel que Françoise avait connu pendant la guerre à Saint-Marcellin, fréquente le café Briard, place Clichy. De là il descend à Saint-Germain-des-Prés en prenant le 95, debout sur la plate-forme arrière de l'autobus.

La chambre de Françoise sert aussi de refuge à la petite bande : on met un disque de jazz sur le pick-up et l'on boit du whisky en fumant des Chesterfield. « Je n'aime pas beaucoup cette petite, disait Mme Campion à sa fille. Elle a un air déluré. » Cela n'empêchera pas Véronique de n'en faire qu'à sa tête et de s'amuser follement en compagnie de Françoise...

Le dimanche, Pierre Quoirez venait récupérer sa fille pour l'emmener déjeuner au restaurant. « Je les accompagnais souvent, dit Solange Pinton. C'était en général dans un établissement du Quartier latin. Ces sorties me mettaient du baume au cœur car le reste du temps j'avais l'impression d'être prisonnière. » De son passage à l'Institut Maintenon, Françoise fera cette observation : « J'y ai découvert la force de la faiblesse ». Là-dessus, elle a raconté comment elle s'y prenait pour déjouer la surveillance d'une pionne :

« Je détestais aller à la piscine Molitor d'hiver qui était tout près mais pleine de Javel. Alors, je prétendais que l'eau de Javel ne me réussissait pas et chaque fois je m'évanouissais.

Il y avait toujours une fille pour crier : ''Mademoiselle, mademoiselle, Françoise Quoirez s'est évanouie ! C'est l'eau de Javel, elle ne la supporte pas''. ''Mon dieu, mon dieu !

disait la demoiselle, faites lui prendre l'air.'' Et youp ! on était dehors en liberté — la baignade durait une heure — et on filait au café à côté boire un Martini comme si c'était un poison violent ! »

Et il faut dire que Françoise surprenait ses camarades en absorbant des verres de whisky à un âge où ce sont les parents qui servent la grisante goutte d'alcool... « Elle voulait jouer les grandes personnes, constate Solange Pinton. Dans sa chambre elle cachait une bouteille de Scotch pour boire en cachette. » Elle découvrait la magie de l'alcool comme Cécile, l'héroïne de *Bonjour Tristesse* qui constate avec émerveillement : « quand on est ivre, on dit la vérité et personne ne vous croit ».

Pour Kiki, le besoin d'avoir accès au monde des adultes se manifestait aussi par la boisson. C'était un moyen de se laisser emporter vers l'univers des grandes personnes et de se mettre à leur niveau. Là, encore, on retrouve le personnage de Cécile qui préfère de beaucoup aux « étudiants de l'Université, brutaux, préoccupés d'eux-mêmes, de leur jeunesse surtout », les hommes de quarante ans « qui me parlaient avec courtoisie et attendrissement, me témoignaient une douceur de père et d'amant ». En réalité, les garçons que fréquente Françoise ont le plus souvent entre vingt-cinq et trente ans, qu'il s'agisse de la bande de Grenoblois ou des amis de son frère Jacques, un bambocheur de première.

Un de leurs lieux de rendez-vous favoris est un restaurant folklorique au coin de la rue Jacob et de la rue Saint-Benoît, à l'enseigne des « Assassins ». Au rez-de-chaussée et au premier étage, sa clientèle étudiante y fait beaucoup de tapage en reprenant en chœur des chansons de corps de garde. Par table de quatre ou de six, les habitués s'interpellent en gesticulant. On boit, on rit, on crie à tue-tête. Une cuisine de ménage préparée par Germaine et des pichets de vin rouge calment les appétits et échauffent les cœurs et les imaginations. Dans ce joyeux tohu-bohu, un guitariste essaie de se faire entendre. C'est aussi un endroit de passage pour les auteurs-interprètes inconnus qui viennent roder leur répertoire de poète anar comme Léo Ferré à ses débuts.

A Saint-Germain-des-Prés, carrefour Mabillon, la terrasse de la « Rhumerie Martiniquaise » est un autre point de rencontre et pour danser la préférence va au « Club Saint-Germain », une cave aménagée sous « La Discothèque » de Jean-Claude Merle, ainsi qu'au « Kentucky ».

Plus on est de fous, plus on rit semble être la devise de Jacques Quoirez, toujours prêt à accueillir des nouveaux venus, surtout s'ils ont le minois de demoiselles enjôleuses. Sa complicité de tous les instants avec Françoise attire l'attention de leur entourage qui verra dans cette formidable tendresse du frère pour sa petite sœur un amour assez extraordinaire sinon incestueux. En 1955, ils s'installeront dans un appartement de trois pièces, rue de Grenelle, près de l'ambassade d'U.R.S.S. devant laquelle il y a souvent des manisfestations. C'est la période la plus folle dans l'existence agitée de la romancière. Il y aura deux années « où les jours et les nuits n'ont plus de raison d'être ». [1]

De cette vie de patachon que le public appelle familièrement la vie d'artiste, Françoise Sagan en tirera avantage car elle peut se cacher derrière son image de marque.

« Et d'ailleurs, écrira-t-elle, comment ne pas être reconnaissante à ce masque délicieux, un peu primaire bien sûr, mais qui correspond chez moi à des goûts évidents : la vitesse, la mer, minuit, tout ce qui est éclatant, tout ce qui est noir, tout ce qui vous perd, et donc vous permet de vous trouver. Car on ne m'ôtera jamais de l'idée que c'est

1. *Françoise Sagan* , par Gérard Mourgue (Editions Universitaires, 1958).

uniquement en se colletant avec les extrêmes de soi-même, avec ses contradictions, ses goûts, ses dégoûts et ses fureurs, que l'on peu comprendre un tout petit peu, oh, je dis bien un tout petit peu, ce que c'est que la vie. En tout cas, la mienne. » [1]

Pour échapper au jugement sommaire de l'opinion, elle n'avait pas d'autre solution que de faire ce qu'elle avait envie de faire : la fête. « Ce qui m'a toujours séduite, précisera-t-elle, c'est de brûler ma vie, de boire, de m'étourdir. » [2] Exigeante, voulant tout très vite, d'une volonté qui ne recule jamais, Françoise a besoin de l'agitation extérieure pour être intérieurement tranquille. Craignant l'ennui comme la peste, elle appartient à cette belle race pure des nomades qui croit au hasard et, certainement, se sentait-elle apte au bonheur bien que ce ne soit pas un sujet pour de bonnes histoires.

1. *Des bleus à l'âme*
2. *Ibid.*

Françoise et son père

« Je suis aux Oiseaux et je pépie gaiement. » C'est depuis le Couvent des Oiseaux, rue de Ponthieu, une institution religieuse réputée pour les jeunes filles de la bourgeoisie, que Françoise, dans une lettre datée du 6 novembre 1949, exprime son sentiment d'écolière enjouée à son ami Bruno Morel. Quelques mois plus tard, elle sera renvoyée pour « manque de spiritualité ». Allergique à l'enseignement traditionnel qui exige une soumission à des règles fixes, l'esprit un peu trop fantaisiste de Kiki ne convient guère à un système d'éducation rigide tel qu'en dispense ce genre d'école.

Elle devra pourtant supporter avec impatience cette vie scolaire dont elle voudra s'échapper sans cesse. L'année précédente, Kiki avait été une pensionnaire tout aussi indisciplinée au Sacré-Cœur-de-Bois-Fleuri à la Tronche, dans la banlieue de Grenoble. Auparavant, Françoise qui avait besoin de se remplumer passa un trimestre dans un collège de montagne, « La Clarté », à Villard-de-Lans, une station climatique et de sports d'hiver située à une vingtaine de kilomètres de Saint-Marcellin. Son père, toujours très affairé, ne manque pourtant pas de lui rendre visite chaque semaine, se réjouissant de voir sa fille chérie reprendre des couleurs.

Leur complicité n'a pas besoin de s'exprimer tant on les sent proches l'un de l'autre, au-delà de toute effusion. Pierre Quoirez passera dix ans à Saint-Marcellin et il faudra la brutale disparition de Henry de Raemy, le 6 septembre 1949, pour que sa carrière à la C.G.E. connaisse une éclipse après que la nouvelle direction l'a rappelé à Paris au début de l'année 1950. Pendant cette décennie, malgré les années noires de l'occupation, il se révéla un joyeux compagnon à la table de René Gutin, le patron de l'Hôtel de France, une maison réputée pour sa bonne chère. Avec des notables du bourg comme le pharmacien et l'entrepreneur, il fait des farces dont les plus marquantes sont toujours citées en exemple.

Le père Tramon, une figure de Saint-Marcellin, menuisier de son état, fera les frais d'un gag digne du meilleur humour canularesque. Une nuit nos compères ont peint en rouge les tomates encore vertes de son jardin potager. Imaginez la tête du menuisier découvrant sa plantation qui avait mûri très vite, comme par l'opération du Saint-Esprit. Autre victime de leurs plaisanteries : le chef de gare auquel ils envoyèrent une caisse venue soi- disant des Colonies où était installé un de ses neveux. Lorsqu'il l'ouvrit, le bonhomme qui s'attendait à trouver des fruits exotiques eut la mauvaise surprise de tomber sur des cailloux.

Avec un père aussi blagueur et pince-sans-rire, Françoise ne peut qu'avoir de la drôlerie à revendre. C'est même le trait essentiel de son caractère de jeune fille comme le remarquent les journalistes qui la rencontreront après la sortie de *Bonjour Tristesse*. Parmi eux Jacques Robert, écrivain qui avait fait le premier reportage sur Saint-Germain-des-Prés et baptisé « existentialistes » les jeunes gens fréquentant les caves, dont l'article [1] reflète cet aspect de la personnalité primsautière du Prix des Critiques. « Il est très rare que les jeunes filles, dans la vie, aient de l'humour, souligne-t-il. C'est pourquoi elles sont souvent ennuyeuses... Françoise Sagan, elle, de ce point de vue, est véritablement anormale. Sa dose d'humour est

1. *Samedi-Soir* daté du 24 juin 1954.

celle d'un vieil Anglais qui rit dans sa moustache depuis soixante-dix ans... Je sais, à présent, de qui elle tient cet humour énorme... En l'emmenant dîner, je me suis heurté, dans l'escalier, à ses parents.

— Monsieur, dis-je au père (un grand bel homme), me permettez-vous d'enlever votre fille ?... (Il était temps qu'il me le permette.)

— Monsieur, me répondit ce père avec une sévérité qui me fit quelque chose... je veux bien que vous enleviez ma fille, mais à une condition : c'est que vous ne la rameniez jamais !

J'en suis resté tout bête. Après quoi, le pince-sans-rire se tourna vers sa fille, et toujours avec le même air :

— Va, mon enfant... Mais attention, 10 heures et demie, dernier carat !

J'étais consterné...

— Comment ? dis-je à Françoise, comme nous sortions de l'immeuble... Il faut que vous soyez rentrée à 10 heures et demie. Mais nous ne pourrons rien nous dire !

— Voyons ! me répondit la demoiselle, avec pitié, papa plaisantait ! Papa plaisante toujours... Il a un très grand sang-froid. »

Le couple mit le cap sur Saint-Germain-des-Prés car Françoise ne rate pas une occasion d'aller danser dans une cave. Trop jeune à la grande époque du « Tabou » et de « La Rose Rouge », elle a voulu, dès son retour à Paris, connaître ce haut-lieu de la fête et des idées nouvelles, où l'on se retrouvait pour écouter du jazz et parler jusqu'à plus soif.

« J'ai pris l'autobus, raconte-t-elle, je suis descendue au premier arrêt, Saint-Germain, c'est-à-dire à la hauteur de la Chambre des députés. J'ai cherché les habitués, il n'y avait personne. Je suis entrée pour déjeuner dans un restaurant bourré de messieurs qui avaient la Légion d'honneur. Bizarre ! Je suis revenue chez moi en me disant que j'avais vu Saint-Germain-des-Prés, et que c'était bien décevant... »

C'est son frère qui va lui servir de guide dans cette vie nocturne des années 50 où l'on se croyait tout permis depuis qu'une folle envie de liberté avait balayé pas mal de préjugés. Après son divorce d'avec une Anglaise épousée en 1948, Jacques Quoirez retrouva ses habitudes de célibataire, entraînant sa petite sœur dans le sillage de ses plaisirs. A l'époque, quand elle se compare aux jeunes filles de son âge, Françoise avoue sans fausse pudeur ·

« C'est curieux, mes amies se divisent en deux catégories... Celles qui se permettent tout avec les garçons, et avec n'importe lequel, et celles qui ne se permettent rien... Je ne suis pas ainsi. Pour moi, le fait de me donner à un homme ne pose pas de problème, mais à une seule condition : c'est qu'à la vue de cet homme, la femme éprouve un sentiment d'écroulement... »

Avec son petit air de chat sauvage elle rêvait de cette passion brutale tout en constatant comme la Cécile de *Bonjour Tristesse* qu'elle connaissait peu de choses de l'amour : « Des rendez vous, des baisers et des lassitudes ». Il mesure 1 m 95 et s'appelle Louis Neyton. Ce sera le premier flirt de Kiki, un doux et amusant géant grenoblois qui n'avait guère prêté attention à l'adolescente efflanquée que Bruno Morel lui présenta au château de La Sône, lors d'une surprise-partie. Ayant onze ans de plus qu'elle, il se penchait sur des cœurs plus prompts à s'embraser et qui battaient parfois pour le maître de maison, Charles Morel, interprétant au piano « Les feuilles mortes », la chanson de Vladimir Kosma et Jacques Prévert.

Doué pour le dessin, Louis Neyton est capable de croquer un personnage en quelques coups de crayon, mais il choisit de succéder à son père, agent de change. En stage à Paris, il retrouve son meilleur copain Bruno Morel et un jeune décorateur lui aussi originaire de Grenoble, Noël Dumolard, qui habite un petit atelier de la rue Bardinet, dans le quatorzième arrondissement. Mettant leur honneur à tout oser en fait d'indiscipline et d'insolence, les trois amis jouent volontiers les effrontés et les affranchis.

Boute-en-train des soirées ou après-midi dansantes organisées régulièrement chez les uns et les autres, ils débarquent sans crier gare chez Françoise, boulevard Malesherbes, décidés à animer cette surboum languissante. C'était au mois de juin 1953, un mercredi après-midi. « Nous tranchions sur les garçons déjà là car ils manquaient visiblement de fantaisie, se souvient Louis Neyton. Kiki paraissait s'ennuyer. Nous avons refait connaissance en dansant. Elle me plaisait avec sa façon toujours un peu narquoise de vous regarder. La gamine de La Sône était devenue une jeune fille au charme indéfinissable, à l'intelligence subtile. Je la trouvais vraiment épatante et je ne lui étais pas indifférent, nous nous sommes revus et surtout beaucoup écrit. »

Le soir même, dans sa Peugeot décapotable, Louis emmène Françoise au Bois de Boulogne. Mais la promenade romantique tourne court. Les deux jeunes gens sont en train d'échanger leurs premiers baisers lorsque des coups de feu éclatent dans la nuit. Peu après, deux policiers s'arrêtent à la hauteur de la voiture et intiment à son conducteur, penaud, de quitter les lieux au plus vite. Françoise, dans sa première lettre à Louis Neyton qui a dû regagner Grenoble, fera passer l'émotion de cet amour naissant :

« Mon cher Louis, heureusement que tu m'as écrit. Depuis ton départ, j'erre dans Paris comme une âme en peine.

Notre dernière soirée était trop heureuse et triste si triste à la fin. Je me rappelle ton visage un peu indiscret, les arbres noirs derrière et ces coups de fusil sinistres dans la nuit. Il ne faut pas nous oublier. D'ailleurs je n'y pense pas. Tu es drôlement coiffé, tu as les yeux presque jaunes, tu es beau, tu t'appelles Louis, tu es inoubliable. J'étais désemparée de te voir arriver chez moi mercredi. Je me souvenais de toi comme de quelqu'un qui faisait des grimaces et tu n'en faisais pas. »

Les lettres de Louis Neyton sont agrémentées de petits dessins très rigolos ; Françoise, elle, émaille les siennes d'anecdotes tirées de la vie quotidienne. Elle évoque par exemple, une sortie au théâtre en compagnie de sa mère :

« Il ne se passe pas grand-chose. Hier soir, j'ai été avec Marie à la générale des *Bonnes* de Jean Genet. On n'a rien compris d'une part et d'autre part il y avait un monsieur derrière moi (célèbre critique au demeurant : Robert Kemp !!![1]) qui avait de l'emphysème. Non seulement il y avait des moments où la scène restait vide et les spectateurs incertains mais j'entendais derrière moi ce "tûûûû tûûûû" incessant, j'avais un fou rire épouvantable et Marie aussi. Enfin ! Cela fait partie de cette vie frénétique du journaliste parisien : "Le nez en l'air, la plume dans l'encrier" telle est sa devise. »

En vacances sur la côte basque, elle détaille ainsi sa journée :

« A 9 h et demie je mange une pêche, à 11 h je me baigne, à 2 h je lis ou je joue au bridge en famille, à 5 h bain, à 7 h apéritif ; je mange aussi aux heures normales. »

1. Critique théâtral du *Monde*, membre de l'Académie française.

Au passage elle constate :« Je déteste les excursions. On fait un grand tour et on revient au point de départ, ce n'est pas la peine ». Puis remarque *ex abrupto* : « Je viens de faire une horrible tache mais je n'ai pas de gomme ni la science nécessaire pour gommer une tache sans tout déchirer. »

Parfois, des pensées nostalgiques teintent ses lettres d'une émotion fugitive : « Je me sens très seule et si loin de toi... », « Je m'ennuie, il fait beau, la piscine Deligny a brûlé. Si le Bois de Boulogne brûle, je ne saurai plus où retrouver tes traces », « Que fait-on à Grenoble le dimanche ? Est-ce qu'on tourne en rond entre les cafés et les cinémas ? Hier c'était d'un triste... Je n'ai pas mis le nez dehors. J'avais envie de t'écrire et je ne pouvais pas, une espèce de tristesse nauséabonde (cf. J.-P. Sartre, *La Nausée* p. 35). » Au rythme d'environ deux lettres par semaine, Françoise et Louis échangent leurs impressions et s'interrogent sur leur avenir commun. Durant cette année 1953-1954, des grèves dans les Postes et à la SNCF perturbent la correspondance des tourtereaux qui ont aussi beaucoup de mal à se rencontrer.

Louis Neyton qui a surnommé Pierre Quoirez Théophile[1] montera quelquefois à Paris. A la perspective de sa prochaine visite, Kiki lui écrit ·

« La seule idée que tu arrives enfin samedi me réconforte. Nous allons nous promener partout ensemble. Malheureusement mes parents sont là, mais il suffira que tu leur fasses un frais et ils me laisseront sortir avec toi, du moins je l'espère. »

---

1. C'est le troisième prénom du père de Françoise Sagan, le deuxième étant Henri.

Un jour d'humeur folâtre elle souligne :

« Maintenant s'il te faut des distractions luxueuses et
compliquées, on ira se tremper à Deauville avec l'Aga Khan
dans une ravissante voiture au nez pointu qui coule des
bielles comme qui badine. »

Elle fait aussi référence à une équipée avec sa sœur Suzanne
racontée précédemment : « Nous avons fait un voyage épique,
j'ai coulé deux bielles et fini le voyage en auto-stop avec ma
sœur qui n'aime pas ça du tout. » Dévoreuse de livres Françoise
est toujours à l'affût d'un ouvrage qui pourrait exciter son
imagination : « Tu m'avais parlé d'un livre sur la sorcellerie
et la magie noire. Comment s'appelle-t-il et de qui est-il ? »
demande-t-elle avant de préciser :

« Je lis en ce moment un essai d'Aldous Huxley assez
passionnant sur les possédées de Loudun et l'histoire du
curé Grandier. Tâche de me donner le titre de ton livre. Je
le lirai pendant que mon père dévore *Le Figaro.* »

De passage à Grenoble, Françoise donne rendez-vous à
Louis Neyton au café Anglais « où il y a des jus d'orange
extraordinaires ». Ces quelques heures passées ensemble à
discuter et à flirter vont alimenter les nouveaux échanges
épistolaires. Une des lettres de Françoise commence par ce cri
du cœur : « Mon chéri », mais elle note aussitôt : « Ça me
fait un drôle d'effet de t'écrire ''Mon chéri''. Je n'oserai pas
t'appeler ainsi de vive voix, comme on dit, tout au moins au
café Anglais. » « Si nous n'avions pas banni ce mot comme
imprudent, je te dirai que je t'aime », remarque-t-elle une
autre fois.
Cette pudeur ne va pas sans une mélancolie qui la fera
toujours douter du bien-fondé d'un amour. Quand on lui pose

la question « Etes-vous sentimentale ? » elle répond :« Oui il faut bien, mais quelquefois seulement »[1]. Elle manifeste son embarras par cette sorte de mélange de chaleur et de résignation qu'est la tendresse, en écrivant à Louis Neyton qui lui aussi tergiverse :

> « Je ne sais pas non plus si je t'aime. Peut-être est-ce parce que nous ne nous sommes jamais dit que des choses agréables et douces et que pour s'aimer vraiment il faut s'être dit des choses blessantes et dures. Mais tout ça sont des théories et tu me manques. »

Beaucoup plus tard, après avoir joué les trouble-fête dans les cœurs et mesuré sa propre vulnérabilité, elle reviendra sur sa conception de l'amour : « Aimer quelqu'un, dira-t-elle, c'est aussi aimer le bonheur de quelqu'un. »

1. Henry Muller dans *Carrefour* daté du 21 avril 1954.

Une adolescente de son temps

« En quoi la tragédie ressemble-t-elle à la vie ? » Réponse de Françoise Quoirez : « En tout ». Reçue à seize ans à la première partie du baccalauréat, elle obtient 17 sur 20 en français, une matière qui, généralement, l'inspire. Ainsi ce devoir où elle brilla fut proposé aux élèves de la session de rattrapage d'octobre. Bafouillante et angoissée, elle s'était fait recaler à l'oral en juillet. La même mésaventure aura lieu l'année suivante après avoir mimé Macbeth devant l'examinatrice d'anglais médusée. Incapable de répondre, Kiki tentant le tout pour le tout, et malgré son trac, se livra à une pantomime de la pièce de Shakespeare. Las ! Ce numéro n'eut pas le don d'apitoyer le professeur qui lui donna un 3 sur 20. C'est donc à la session d'octobre, une fois de plus, qu'elle parvient à décrocher son bac philo grâce à une excellente composition sur Pascal.

Un résultat qui satisfait pleinement M. Berrod, son professeur de philosophie au Cours Hattemer, une institution moderne de la rue de Londres où filles et garçons travaillent dans une atmosphère détendue. « Françoise, déclarera-t-il, était l'une de mes élèves préférées en raison de sa vive intelligence, de sa façon de comprendre la philosophie, avec une optique pourtant un peu littéraire. Elle m'apparaissait, en fait, plus remarquable par sa facilité que par sa profondeur de pensée. La morale l'intéressait plus que la philosophie pure. »

Les discussions métaphysiques qu'elle aura avec sa camarade du Cours Hattemer, Florence Malraux, puis avec Véronique Campion rencontrée à l'Institut Maintenon dépendront largement de la guerre et de ses atrocités. « Nous étions obsédées par les camps nazis », dit Florence, mariée aujourd'hui au cinéaste Alain Resnais, le réalisateur de *Nuit et Brouillard*. Cette vision d'horreur ne pouvait que les conforter dans ce besoin urgent de vivre des instants fragiles de bonheur au bord de l'abîme.

« Chacun doit se crier la vérité », écrivait Sartre dans *Les Mouches*. Françoise, elle, dira : « Pour moi, la morale se traduit par des refus ; par la volonté d'ignorer certaines choses. Des lâchetés, par exemple, des vilenies. C'est presque une question d'esthétique. » Dans cette perspective et en prévision de lendemains remplis d'incertitudes, elle prend terriblement conscience de la vérité du temps qui régit les destinées. Ce sera une de ses préoccupations majeures, son tourment le plus difficile à supporter. Par rapport à cette vérité première elle écrit [1] :

« Je savais que toute hâte de ma part serait aussi imbécile que toute lenteur. Et cela pour la vie. Je savais tout. En sachant que cette science n'était rien. Rien qu'un moment privilégié. A mon sens les seuls vrais. Quand je dis ''vrai'', je pense ''instructif'' et c'est aussi bête. Je n'en saurai jamais assez. Jamais assez pour avoir une passion abstraite qui me nourrisse d'une manière définitive, jamais assez pour ''rien''. Mais ces moments de bonheur, d'adhésion à la vie, si on se les rappelle bien, finissent par faire une sorte de couverture, de patchwork réconfortant qu'on pose sur le corps nu, efflanqué, tremblotant de notre solitude. »

1. *Des bleus à l'âme* (Flammarion, 1972).

Françoise pour qui l'idée de la mort est toujours présente, a un besoin viscéral d'indépendance, de gaieté, de fous rires. Malicieuse, l'esprit frondeur, tous les moyens sont bons pour éviter l'ennui dont on parle comme d'« une chose tiède et fade » et qui à ses yeux est « un sentiment puissant, aussi violent que la haine ». « Moi, quand je m'ennuie à un dîner j'en sors malade, brisée », confie la romancière à son interviewer[1] qui trouvait que dans ses premiers livres ce sentiment passionnel avait une densité comparable à celle de la nausée sartrienne.

L'écrivain catholique Georges Hourdin fera, quant à lui, cette analyse : « Le doux désespoir déchiré qui flotte comme une brume autour des brefs récits que Françoise Sagan compose ne comporte pas, malgré l'indiscutable misère morale qui s'y mêle, de véritables condamnations. La demi-tristesse qui baigne ses personnages ne suffit pas à situer comme il convient le caractère dépassé de l'individualisme charnel. L'obligation morale s'est élargie soudain aux dimensions de la planète et des violentes inégalités qu'on y trouve. Françoise Sagan, écrivain, semble l'ignorer. Il n'est pourtant pas de grandes œuvres littéraires qui ne comportent cette large ouverture sur l'histoire et le problème du malheur. »[2]

Dieu sait pourtant que Françoise Sagan n'est pas insensible aux bouleversements du monde et aux drames qui l'ébranlent. L'assassinat du président Kennedy, à Dallas en 1963, restera comme une de ses dates fatidiques :

« Je m'habillais pour aller dîner avec des amis. J'étais alors mariée à Bob Westhoff, un Américain. On a mis la télévision. Bob a dit aussitôt qu'il ne sortait plus. Il était effondré. Je suis quand même sortie, et dans le taxi, j'ai

1. A Jacques Jaubert dans *Lire* daté de février 1979.
2. *Le Monde.*

oublié. J'étais tellement frappée de stupeur, oui, que j'ai oublié. Une fois arrivée, je me suis rappelée que Kennedy venait de mourir. Personne au restaurant ne le savait. A une table voisine des Américains se sont mis à pleurer. Pour moi, ce meurtre démolissait une certaine idée de l'Amérique, une imagerie bourrée de chewing-gum et de lait qui datait de l'après-guerre. Brusquement il y avait du sang dans le lait. Et cela a marqué le début de notre époque de violence. » [1]

Mais elle sait aussi s'apitoyer sur les drames du cœur et la misère des temps. C'est vers elle que l'on se tourne quand le moteur de la vie a des ratés. Parfois, sa réaction a de quoi surprendre comme le constatera la romancière Madeleine Chapsal. Ayant confié à Françoise qu'elle avait de la peine à cause d'un homme, celle-ci lui répondit tout à trac : « Et alors, quelle importance ? Laissez tomber ! Passez à quelqu'un d'autre ! » [2] « Elle aime les gens fragiles, les chiens perdus sans collier », dit le journaliste-écrivain Voldemar Lestienne. Après une tentative de suicide il trouvera auprès de son amie le réconfort souhaité mais, en même temps, cela ne l'empêchera pas de le sermonner comme un gamin qui vient de faire une grosse bêtise.

Citant William Faulkner qui écrivit : « Il n'y a rien de mieux que de vivre le peu de temps qui nous est accordé, respirer, être vivant, le savoir », Françoise Sagan a toujours réussi à refaire surface. Malgré les tentations de s'exposer à la mort et tout en conservant une admirable désinvolture devant la fatalité des événements. D'où ce regard lucide qui, très tôt, a su pénétrer le mystère de l'âme et sonder les réalités humaines. Chantal de Kernavanois était parmi les élèves du

1. *Le Journal du Dimanche* daté du 16 juin 1985.
2. *Envoyez la petite musique...* (Grasset, 1984).

Cours Hattemer une des camarades les plus proches de Françoise. Quand les journalistes Henri Gohier et Jean Marvier vinrent l'interroger pour les besoins d'un livre consacré à l'auteur de *Bonjour Tristesse* après son terrible accident de voiture du 14 avril 1957 [1], elle se souvint d'abord de cette lucidité :

« Une lucidité effrayante, précise-t-elle, et qui ne pouvait lui permettre de s'attacher à un être d'une façon durable tant elle en faisait vite le tour. » A l'occasion d'une émission de télévision [2], Françoise Sagan s'expliquera sur la réaction de son amie d'autrefois : « C'était une jeune fille très romanesque. Parce que des garçons venaient m'attendre en Vespa à la sortie du Cours, elle a tout de suite imaginé que je me jetais dans leurs bras. » C'est le temps des flirts et de l'école buissonnière dans un Paris aux richesses insoupçonnées. Quoique ayant horreur de la foule, Françoise s'intéresse aux individus qui la composent car derrière chacun se cache une histoire. Autant de romans aux pages fermées, se disait-elle.

Elle aurait voulu attraper un mouton du troupeau, faire du premier venu un héros en le mettant en pleine lumière, dans le feu des projecteurs. Du haut de l'Arc de Triomphe, elle scrute cette agitation d'une ville qui la fascine. Le flux et le reflux, à heures fixes, d'une marée humaine l'attire et lui fait peur en même temps. Françoise choisit aussi pour observatoire les cafés et les brasseries, notamment autour de la gare Saint-Lazare où vient de s'ouvrir l'un des premiers self-services. Elle se promène dans le Marais, sur les quais de la Seine et dès les beaux jours fréquente assidûment la piscine Deligny dont le cadre désuet et le public un peu snob conviennent à ses rêveries. Avec les copines du moment ce sont des conversa-

---

1. *Bonjour Françoise... Mystérieuse Sagan* (édition du Grand Damier, juin 1957).
2. *Boîte aux lettres* de Jérôme Garcin sur FR3 (novembre 1984).

tions à partir de livres, de films ou des perspectives d'avenir. Solange Pinton, une de ses plus anciennes camarades de classe, se rappelle très bien la promesse que Françoise lui avait faite :« Le premier jour de l'année de nos vingt-cinq ans, donnons-nous rendez-vous sous la tour Eiffel. On verra alors ce que nous sommes devenues. »

Solange rencontrera Françoise plus tôt que prévu mais, étant donné les circonstances, elle n'osa pas l'approcher. « Kiki était dans une librairie en train de signer des exemplaires de *Un certain sourire*. Il y avait près d'elle Jacques Lanzmann qui, lui aussi, dédicaçait un de ses romans. En m'apercevant, elle me fit signe de la rejoindre. Je me suis sentie rougir comme une tomate et, décontenancée, j'ai tourné les talons. Sa notoriété m'avait brusquement gênée. Je ne reconnaissais plus mon amie dans le phénomène qu'elle représentait. »

Entraînée par un courant invincible dans un tourbillon de plaisirs, de promesses et de reproches, Françoise Sagan appartient, désormais, au regard des autres. D'où cette constatation de « la Gigi de la littérature 54 » : « Le fait que beaucoup de gens m'écrivent et me lisent me rassure profondément, mais pas que les gens me regardent... » C'est la rançon d'une gloire qui l'accable et dont elle devra s'accommoder. « J'en avais presque un sentiment de culpabilité tout en me sentant parfaitement irresponsable, remarque-t-elle. C'était comme un coup de grisou de la gloire. »[1] Mais ce rendez-vous avec le succès lui permettait de rejoindre le monde des adultes et d'entrer dans la vie réelle. La métamorphose de la jeune fille en romancière s'était enfin accomplie :

« J'ai longtemps fait croire à mon entourage que j'écrivais un roman. Je prenais des airs mystérieux pour susciter la curiosité autour de moi. A force de mentir j'ai fini par

1. *Réponses.*

écrire... Ecrire n'est qu'une mythomanie plus ambitieuse qu'une autre car le mensonge, le beau mensonge veut du talent. Le souci de la vérité qui est généralement refusé à la jeune fille tue l'imagination. Avant notre génération, les dames de lettres écrivaient ce que leurs homologues masculins avaient décidé que les jeunes filles voulaient. Aujourd'hui les jeunes filles écrivent ce qu'elles veulent. »

Dans la famille de Françoise on se souciait fort peu de penser que la benjamine de la maison avait des velléités d'écrivain. « Kiki, dit Marie Quoirez, me lisait les nouvelles qu'elle envoyait aux journaux. Aucune n'a été publiée mais je me rendais compte que ma fille avait de l'imagination. A quatorze ans, elle commença une pièce de théâtre. Le sujet était assez comique ; une femme agacée par son amant décide de se marier. Mais son mari, un chirurgien, prend l'habitude de décrire à table par le détail ses opérations. Dégoûtée, son épouse le quitte pour retrouver l'amant abandonné. » Un beau jour Françoise annonce à sa mère : « Tu sais, j'ai écrit un livre ! ». Pas de réaction. « Je n'y avais attaché aucune importance », fait remarquer Marie Quoirez. Ce n'était pas vraiment de l'indifférence mais elle a toujours donné l'impression d'être passablement étourdie comme ces rôles de femmes coquettes et spontanées dans certaines comédies américaines.

Leurs délicieuses reparties marquent souvent un décalage entre l'apparence et la réalité d'un événement. A ce propos, Jean-Paul Faure[1], l'un des hommes les plus importants de la vie de Françoise Sagan, raconte cette anecdote : « A l'époque, Françoise qui habitait rue Villersexel, dans le septième[2], avait un ménate dans son appartement. Nous étions en conversation

1. Petit-fils de l'historien d'art Elie Faure.
2. Françoise Sagan apprécie les eaux dormantes de cet arrondissement de la rive gauche.

avec l'avocat Roland Dumas [1] que j'avais voulu lui présenter
et qui deviendra son défenseur lorsque arrivent ses parents. A
ce moment-là, l'oiseau fait entendre des sons articulés ressem-
blant à des babillages. "Oh ! Kiki a un nouvel enfant !"
s'exclame Marie Quoirez aussitôt reprise par son mari : "Je
vous signale que notre fille n'aurait jamais fait un enfant sans
nous en parler". »

Cette remarque de Pierre Quoirez montre à quel point les
rapports de Françoise avec ses parents s'appuyaient sur une
complicité affectueuse qui fait que dans la famille, tout en
ayant le sens du cocasse, la confiance régnait.

> « Ils ont toujours respecté ma liberté d'action et de pensée,
> explique Françoise Sagan. Quand j'avais trois, quatre ans,
> je prenais des livres, je passais des heures sur une chaise et
> je lisais à l'envers et, chaque fois, j'allais demander à ma
> mère poliment si c'était pour moi. Et elle me disait : "Oui,
> oui, tu peux lire". » [2]

Plus tard ses parents supprimèrent de la bibliothèque les
ouvrages qu'ils jugeaient trop osés. Mais ils se doutaient bien
que Kiki avait la possibilité de se les procurer.

Tout ce qui lui tombe sous la main est une aubaine. Cocteau,
Colette, Sartre, Camus, Prévert, les romanciers russes vantés
par Florence Malraux, mais aussi *le Sabbat* de Maurice Sachs
et *la Rage de vivre*, l'autobiographie du musicien de jazz Mezz
Mezzrow. Il faudrait également citer Stendhal et les volumes
de la Série Noire. Toutefois, comme elle nous le rappelle [3],
trois ouvrages l'ont profondément marquée : *Les Nourritures
terrestres* d'André Gide à treize ans, *l'Homme révolté* d'Albert

1. Futur ministre des Relations Extérieures de François Mitterrand.
2. *Réponses.*
3. *Avec mon meilleur souvenir.*

Camus à quatorze, *les Illuminations* d'Arthur Rimbaud à seize. Et en guise de couronnement, Proust dont elle dit qu'il lui a tout appris.

Mademoiselle Personne

— Mais qui êtes-vous donc ?

— Personne..., répondit Françoise Quoirez. Jacqueline Audry venait d'apercevoir une toute jeune fille en train de suivre, en catimini, le tournage de son film *Huis clos*, tiré de la pièce de Sartre. Déjouant la surveillance, Kiki avait réussi à s'introduire dans les studios de Billancourt et à pénétrer sur le plateau où cette après-midi d'octobre 1953 la réalisatrice de *Gigi* s'affairait autour de ses comédiens Danièle Delorme et Jacques Duby.

Petite-nièce d'un président de la IIIème République, Gaston Doumergue, Jacqueline Audry était l'une des très rares femmes metteur en scène à connaître le succès. Grâce à sa sœur Colette Audry, professeur de lettres au lycée Molière qui collabora aux *Temps Modernes*, elle fréquentait le cénacle existentialiste. Ses adaptations des romans de Colette et son amitié pour Jean-Paul Sartre et Simone de Beauvoir ne pouvaient que fasciner Françoise avide de sensations intellectuelles.

Devant le sinistre décor de la chambre d'hôtel de *Huis clos*, elle avait l'impression de toucher du doigt un autre univers, d'être en communion d'idées avec celui-ci. Se cachant à peine, l'intruse des studios suivait avec ravissement le déroulement de la séquence quand elle fut apostrophée par la cinéaste : « Vous ne savez pas que c'est défendu de venir sur le plateau durant le tournage ? Enfin, restez où vous êtes pour l'instant, nous n'avons pas de temps à perdre. »

A quarante-cinq ans, la « Madame »[1] du cinéma français, en veste de daim et pantalon gabardine marron, fumant Players sur Players, avait conservé un charme indéfinissable qui tenait à la fois de sa fragilité de petite femme épanouie et d'une vivacité d'esprit stupéfiante. Au fond, « Mademoiselle Personne », comme elle surnommera Françoise, lui remémorait sa jeunesse par un côté petite fille modèle et ce style fine mouche qui avait été le sien quand, en ce temps-là, elle se déguisait en Peau-Rouge, en se faisant appeler « Renard Subtil ».

Profitant d'une interruption, Jacqueline Audry décida de s'intéresser à cette gamine qui lui plaisait plutôt et dont elle avait surtout remarqué le regard rapide et malicieux. « Vous êtes apprentie-journaliste ? » « Non, pas du tout, je suis étudiante. J'avais seulement envie de voir comment on faisait un film. » « Bon, conclut la cinéaste, vous pouvez venir quand vous voulez à condition de ne pas gêner l'équipe. Attention aux machinistes, ils n'aiment pas être dérangés... »

Dès le lendemain, Françoise revenait sur le plateau, cette fois avec l'air assurée de la petite chouchoute d'une équipe qui la considérera bientôt comme la protégée de « Madame ». Jacqueline Audry allait, en effet, l'inviter à plusieurs reprises à déjeuner et il s'établira un climat d'amitié entre la cinéaste aux cheveux argentés et l'étudiante aux allures de chat de gouttière propret. Pas du tout préoccupée par son échec à l'examen de propédeutique, Kiki n'avait en tête que son roman et le poème d'Eluard « La Vie Immédiate » qui en répercute l'écho nostalgique :

---

1. Elle appelle « Madame » ses interprètes (sauf Danièle Delorme qu'elle tutoie) et on l'appelle... « Madame ».

« Adieu tristesse
Bonjour tristesse
Tu es inscrite dans les lignes du plafond
Tu es inscrite dans les yeux que j'aime
Tu n'es pas tout à fait la misère
Car les lèvres les plus pauvres te dénoncent
Par un sourire
Bonjour tristesse (…) »

A la fin du mois d'août, Françoise avait terminé de taper à la machine son manuscrit rédigé en six semaines dans les cafés du Quartier latin, notamment au Cujas. A partir de ses bonnes et mauvaises lectures, c'est-à-dire Proust, Oscar Wilde, Nietzsche et des articles de *Ciné- Revue*, elle faisait vibrer l'âme d'une héroïne. Cécile qui, avec son père, un veuf insouciant collectionneur de jolies filles, commençait, mine de rien, sa métamorphose en un personnage repérable de notre littérature.

« Il paraît que "Mademoiselle Personne" a écrit un roman. Si tu avais un moment pour y jeter un coup d'œil ce serait gentil. » Jacqueline Audry avait pensé tout naturellement à sa sœur Colette pour que le manuscrit de *Bonjour Tristesse* aboutisse sur la table d'un éditeur. La cinéaste, devant la personnalité attachante de Françoise, s'était mise dans la tête de lui ouvrir des horizons. Elle envisagea même d'en faire sa secrétaire mais devant les réticences des parents de sa protégée ce projet fera long feu.

Colette Audry lut le manuscrit et fut agréablement surprise : « C'est surtout l'extrême élégance de son écriture qui m'a frappée. Elle était déjà elle-même, sans lourdeur ni complaisance. Une élégance qui supposait une grande lucidité. » Faisant partie du comité de rédaction des *Temps Modernes*, elle connaît bien René Julliard qui édite la revue de Jean-Paul Sartre : « Il me donnait l'impression de prospecter parmi les jeunes. Chez lui, Françoise avait la meilleure chance de ne pas passer inaperçue. Mais je lui ai également indiqué l'adresse de Plon. »

C'est au « Bar Bac », un bar-tabac de la rue du Bac ouvert jusqu'à l'aube, fréquenté par des écrivains flâneurs de la Rive Gauche tels que Antoine Blondin, Albert Vidalie, Louis Sapin, Paul Guimard, que Colette Audry donne rendez-vous à Mlle Quoirez: « J'ai lu votre roman. C'est peut-être un peu mince mais je trouve ça très bien. Simplement je modifierais la fin. » A son avis, au lieu de s'éloigner après sa rupture avec le père de Cécile, il serait préférable qu'Anne se tue en automobile mais l'auteur doit laisser planer un mystère sur l'accident.

« Il faut terminer en force, conseille Colette Audry. Le drame d'Anne c'est celui d'une femme de quarante ans déçue et qui brusquement doute d'elle. Elle est une victime parfaite. Pourquoi en faire cette belle indifférente que Cécile et son père rencontreront un jour, par hasard, dans une boîte de nuit ? Le bref salut qu'elle leur adressera n'est pas la fin qu'on attend après la conduite machiavélique de Cécile pour l'éliminer. » Celle-ci avait imaginé de renvoyer son Don Juan de père dans les bras d'Elsa, la maîtresse qu'il venait de quitter, et de ce fait interdire à Anne, une ancienne conquête décrite comme une personne moralisante et distinguée, de jouer les empêcheurs de danser en rond.

En effet des projets de mariage flottent dans l'air. Et Cécile entrevoit avec terreur la fin de sa suprématie dans la maison et de sa merveilleuse liberté. « Nous ne nous extasierons pas sur la précocité destructrice de cette Cécile ; de tout temps les très jeunes filles ont eu des dons », écrit Marcel Thiébaut dans sa critique de *Bonjour Tristesse*[1]. Pensait-il, entre autres, à Rosalie de Watteville, dix-sept ans elle aussi, « qui avait plus d'un Belzébuth dans la peau », selon Honoré de Balzac, quand elle détourna les lettres d'Albert Savarus, contrefit son

1. *Revue de Paris*, daté de juin 1954.

écriture et parvint à détacher de lui une duchesse dont il était passionnément épris, ce qui le désespéra jusqu'à se faire chartreux ?

Françoise Sagan qui n'a pas encore eu le temps d'explorer Balzac ignorait tout de cette Rosalie perfide de *Albert Savarus*, roman publié en 1842. Par contre elle étonnera son monde lorsqu'elle dit sans prétention avoir lu Stendhal, Gide et Proust et constate avec amusement que Stendhal et Sagan sont deux villages voisins de la Prusse orientale. Malgré sa crainte des journalistes « qui vous font dire n'importe quoi », Françoise n'élude aucune question. Elle parle à toute vitesse en avalant des syllabes. Ses réponses qu'il faut saisir au vol sont toujours pertinentes. On la sent cuirassée d'intelligence, jugeant avec autant de perspicacité les autres qu'elle-même.

Dans le salon bourgeoisement cossu de ses parents, c'est d'abord une petite fille bien élevée qui s'inquiète du confort de son hôte: « Où voulez-vous vous asseoir ?... Vous serez mieux dans ce fauteuil... Puis-je vous offrir quelque chose ?... Voulez-vous une cigarette ?... Je vais mettre ce cendrier près de vous... » Denise Bourdet venue l'interviewer boulevard Malesherbes, décrit ainsi la jeune romancière : « Elle circule avec une adresse silencieuse de chatte, entre les sièges capitonnés de satin jaune ou vert d'eau, et enfin se blottit sur un divan de velours rouge. Alors, elle devient ravissante, fixant sur son interlocuteur un regard expectatif, d'ironie qui inquiète même si elle se tempère parfois d'une souriante indulgence. Regard mélancolique aussi, d'une sagacité désabusée comme par une longue vie d'expérience, regard d'une profondeur insolite dans l'irrégularité des traits encore marqués d'enfance. »[1]

1. *Le Garde du cœur* (Julliard, 1968).

« Quand j'ai commencé mon livre, j'étais dans une grande angoisse, raconte Françoise. Je n'osais pas relire le lendemain ce que j'avais écrit la veille, tant j'avais peur d'être humiliée en trouvant cela mauvais. Je me disais que je pouvais sûrement faire mieux et j'étais tentée de tout mettre au panier. »

Rédigée sur un cahier d'écolier[1], l'histoire de Cécile et de son père se déroule au fil d'une écriture penchée, presque sans ratures: « La première phase du livre, c'est la première que j'ai écrite », dit-elle, un brin fiérot.

En deux mois et demi le roman est bouclé. Pour fêter l'événement elle jette au feu son journal intime comme s'il ne représentait plus rien. Ces pages écrites au jour le jour depuis trois ans ne correspondaient plus à la nouvelle ère qui venait de s'ouvrir. La mutation de Françoise Quoirez en Françoise Sagan s'était opérée confusément sans que personne ne perçoive vraiment le changement. Dans sa famille on ne s'étonnait pas de la voir griffonner. Son frère et sa sœur avaient eux aussi noirci du papier mais ils n'allaient pas plus loin que le premier chapitre.

« Mes parents ne m'ont jamais posé de questions sur ce que je faisais, heureusement... » dit Françoise. Les discussions soulevées par *Bonjour Tristesse* les laissent de marbre. En tout cas ils ne veulent pas se mêler publiquement d'une affaire qui ne change rien à leurs relations avec Kiki, l'enfant prodige soi-disant scandaleux qui continue de prendre les patins de feutre pour ne pas salir le parquet. Chez les Quoirez chacun veille au respect de l'autre mais il n'est pas interdit de commenter son point de vue. L'esprit critique de Françoise, née à une époque où les valeurs traditionnelles sont remises en question, ne reste pas sans écho dans la famille. Le discours

1. *Des bleus à l'âme.*

qu'elle tient sur l'effondrement d'une société nantie qui veille jalousement sur sa sécurité matérielle ne laisse pas son père indifférent.

Il estimait intéressante cette manière nouvelle de considérer la vie. En tant qu'homme installé bien d'aplomb dans la réalité des faits il avait renoncé depuis longtemps à s'étonner de quoi que ce fût. Il prenait les choses telles qu'elles étaient et acceptait sa fille selon les mêmes principes. « D'ailleurs, et il n'est pas inutile de le souligner, il ne s'identifiait nullement au père de la narratrice de *Bonjour Tristesse*, bien qu'on eût souvent soutenu le contraire », note la journaliste américaine Curt Riess dans le chapitre de son livre *Naissance des best-sellers* consacré à Françoise Sagan.

A propos de ses parents qu'elle adore, Françoise est ravie de leur rendre hommage quand on lui demande de parler d'eux : « Nous bavardons de tout comme si j'avais leur âge, d'ailleurs, j'appelle souvent mon père Pierre et ma mère jamais autrement que Marie. Pourquoi? Parce qu'elle est très distraite. Si je dis Maman, elle ne répond pas. Mais quand elle entend son prénom, alors elle m'écoute. » Pierre Quoirez et Marie Laubard se marièrent à Cajarc le 3 avril 1923, après avoir fait connaissance chez des amis communs à Saint-Germain-en-Laye, « petite ville de garnison, cossue et réactionnaire ». Cette première rencontre mérite bien d'être qualifiée de coup de foudre car les jeunes gens ne se quitteront plus.

Comme dans *l'Invitée* de Simone de Beauvoir, il s'agissait pour elle de supprimer une rivale. Anne, maîtresse de son père, se tuera sur la route de l'Esterel. Accident ou suicide ? Les dernières lignes du livre ne résoudront pas l'énigme :

« Seulement quand je suis dans mon lit, à l'aube, avec le seul bruit des voitures dans Paris, ma mémoire parfois me trahit : l'été revient et tous ses souvenirs. Anne, Anne ! Je répète ce nom très bas et très longtemps dans le noir.

Quelque chose monte alors en moi que j'accueille par son nom les yeux fermés : *Bonjour Tristesse*. »

La sortie de *Bonjour Tristesse* a correspondu à un moment où la jeunesse avait besoin qu'on lui lâche la bride. Maintenant les adolescents sont traités en adultes. Ils existent pleinement dans une société faite pour eux. A l'époque, c'était le contraire ; alors l'histoire de Cécile avait de quoi choquer. Une fille de dix-sept ans qui fait l'amour par plaisir et ne tombe pas enceinte, cela semblait une chose inouïe. Ayant à peu près l'âge de son héroïne, Françoise devenait un véritable objet de curiosité.

L'année de la rédaction de *Bonjour Tristesse*, elle avait dit à Florence Malraux, sûre de son coup :

« Avec mon livre je gagnerai beaucoup d'argent et je m'achèterai une Jaguar ! »

Estomaquée par tant d'assurance, Flo attend de voir le manuscrit pour être persuadée du talent de Francette, qu'elle appelle encore « la petite espagnole » qui suit également les cours de l'Institut d'Etudes Hispaniques, rue Gay-Lussac. Mais un jour elle aura entre les mains la première version de *Bonjour Tristesse*. « Je l'ai lu dans la nuit et j'ai été épatée », raconte-t-elle. A six heures du matin Florence Malraux téléphonait à sa camarade pour lui parler de Cécile avec enthousiasme. « Tu es un écrivain », lui dit-elle. C'est la même réaction de la part de Véronique Campion qui conseille à son amie de consulter une voyante, rue de l'Abbé-Groult.

Le destin serait-il aussi bien disposé à son égard ? En examinant sa main, la pythonisse lui déclare d'emblée : « Vous êtes auréolée par la gloire... » Françoise ne manifeste aucun étonnement et attend, toujours impassible, des précisions.

« Je n'ai pas réagi, non plus, quand elle m'a annoncé que je venais d'écrire un livre. J'y pensais tellement qu'elle avait pu le deviner par télépathie. Mais quand elle m'a dit que mon roman traverserait les océans, je me sentis pleine d'ambition. »

Du coup Françoise décide de faire retaper le manuscrit correctement :

« Ça m'a coûté 200 francs, une somme que j'ai empruntée à Véronique. Mais j'étais enchantée du résultat : des feuilles impeccables et par-dessus le marché le plaisir d'entendre la dame me confier qu'elle avait été passionnée par mon roman. »

Il ne restait plus qu'à trouver un éditeur pour que le miracle s'accomplisse. En attendant, le manuscrit, tapé en trois exemplaires, est mis dans un tiroir. C'est à nouveau une vie de liberté et de flânerie que s'offre Françoise accompagnée de Florence. Leur amitié, stimulée par des lectures sans fin, les rend inséparables. Elles s'entendent merveilleusement comme si la complicité qui les unit avait une origine gémellaire. D'ailleurs physiquement, elles se ressemblent beaucoup, et pourraient presque être prises pour des sœurs jumelles.

En se retrouvant, par hasard, le jour d'inscription en propédeutique, l'année préparatoire à la licence de lettres, les deux anciennes élèves du Cours Hattemer savent d'instinct qu'elles auront besoin l'une de l'autre pour dilapider la vie sans remords. Ensemble, les choses seront plus gaies. C'est dans cet état d'esprit que Florence et Françoise envisagent la poursuite de leurs études en Sorbonne, au milieu de jeunes gens bruyants et boutonneux qui ont l'air de se prendre terriblement au sérieux.

« Naturelle, fiévreuse, libre, elle m'avait conquise avec son charme ébouriffé », dit Florence Malraux qui voulut la présenter à son père. Celui-ci la recevra dans le vaste living-room peint en blanc et éclairé par d'immenses baies vitrées de sa maison de Boulogne-sur-Seine, à quelques centaines de mètres du Parc des Princes. Extrêmement intimidée, elle n'ose rien dire. André Malraux a un sourire attendri pour son interlocutrice qui l'écoute captivée. « A force d'avoir du chien elle a du charme », laissera-t-il tomber lorsque sa fille lui demanda quelle impression lui avait faite Françoise.

Dans les conversations des deux amies il est aussi question du Lot. Florence a passé plusieurs mois de l'occupation à Lauzès-Sabadel et c'est près de Gramat que le « colonel Berger » — nom de résistance de Malraux — tomba dans une embuscade (blessé et fait prisonnier le 2 août 1944, il sera amené à la prison Saint-Michel de Toulouse). Françoise, profondément enracinée dans ce « pays » qui correspondait sensiblement au territoire de la peuplade gauloise des Cadourques, évoque, pour sa part, la figure de Madeleine Laubard et la cohabitation des frères Jules et Edouard. Ils se partageaient la demeure familiale de Cajarc, en fait deux maisons reliées par une passerelle et dont la grille d'entrée était ornée de leurs initiales en fer forgé.

En avril 1956, murée dans un chagrin sans larmes, Françoise Sagan assistera à l'enterrement de sa grand-mère. La cérémonie a lieu dans le petit cimetière de Sauzac. Sous les cyprès, le caveau de la famille Laubard voisine avec la concession à perpétuité de la famille Duffour d'où la défunte est issue. Pour Kiki, cette épreuve vient se plaquer sur les festivités du mariage princier de Monaco auquel elle assistait en simple observatrice en compagnie d'Hélène Gordon-Lazareff, la directrice de *Elle*, venue avec les envoyés spéciaux de *France-Soir*, le journal de son mari.

Françoise qui se trouvait alors à Saint-Tropez a rejoint Hélène installée à l'Hôtel de Paris, à Monte-Carlo. L'arrivée de Grace Kelly à bord du *Constitution* qui jette l'ancre à quelques encablures du palais rose des Grimaldi repeint à neuf ; l'hydravion d'Onassis larguant sur le couple une pluie d'œillets rouges et blancs — les couleurs de la Principauté ; toute une population en liesse, sont autant d'images que Kiki voudrait oublier au moment où ses idées se réduisent peu à peu en un étrange désespoir devant cette tombe ouverte.

Au volant de sa Jaguar noire, ne levant le pied de l'accélérateur qu'en cas de nécessité absolue, elle avait filé comme un bolide pour triompher de l'angoisse par la vitesse. Comment réagira-t-elle auprès de ses parents, de tous les siens qui l'attendent parce que, à la campagne, accompagner un mort à sa dernière demeure sert de prétexte à une réunion de famille. Pensait-elle déjà à ce qu'elle écrirait dans son unique roman policier.

« On est assez mesquins avec les morts : à peine le sont-ils qu'on les enferme dans des boîtes noires, bien fermées, puis dans la terre. On s'en débarrasse. »

Et Françoise Sagan que l'idée de la mort stimule en lui faisant mieux apprécier les charmes de la vie et son cortège de plaisirs, s'exclamera une autre fois :

« Mourir, oui, mais mourir avec le nez dans le cou de quelqu'un pendant que la terre saute ou se détériore à jamais. Il me semble que j'aurais un sentiment d'orgueil, de folie, de poésie..., l'occasion ultime et unique de savoir qu'il y avait chez moi une colonne vertébrale, un défi, une passion des autres ou de l'amour ou de ce que l'on veut et que Dieu n'y pouvait rien... »

Un jour pour faire un pied de nez à la fatalité de la mort, la romancière s'amuse à rédiger sa propre épitaphe. Rimbaud sur son lit d'hôpital à Marseille qui dit à sa sœur d'une voix rageuse : « Moi je vais crever, toi tu marcheras dans le soleil », aurait pu la prendre à son compte. Jugez plutôt :

Ci-gît
Et ne s'en console pas
Françoise Sagan

Les premiers entretiens

« Pourquoi écrivez-vous ? » La question posée par *Libération*[1] à 400 écrivains reçut cette réponse de Françoise Sagan : « Parce que j'adore ça ». Presque trente ans plus tôt *L'Express*[2] l'avait pareillement interrogée et c'est presque aussi brièvement qu'elle s'expliqua : « Parce que j'aime ça et que c'est le métier qui me parait le plus désirable ». On lui demandait également de citer ses écrivains favoris parmi les contemporains. Sartre et Malraux furent les deux seuls qu'elle nomma sans se soucier du plus prestigieux collaborateur du journal, François Mauriac qui s'était intéressé, une fois de plus, à la jeune romancière dans son « Bloc-Notes » paru cette semaine-là.

Ayant lu son second roman il s'en fait le défenseur véhément. Contre ceux qui protestent en disant « Il n'y a rien de moins jeune que ce livre désenchanté... », le prix Nobel répond qu'au contraire le second roman de Françoise Sagan propose l'image la plus vraie de la jeunesse « car qu'est-ce que donc la jeunesse repliée sur soi, sinon cela que Françoise Sagan nous décrit ? Et la vieillesse ? me demanderez-vous. Eh bien ! C'est la même chose, avec toute la distance qui sépare le désespoir de la tristesse. A la fin de la vie, ''Bonjour désespoir!'' répond au ''Bonjour tristesse!'' du commencement. La jeunesse est triste

---

1. *Libération*, numéro hors-série de mars 1985.
2. *L'Express*, n° 247, daté du 16 mars 1956.

et la vieillesse désespérée, à moins que, sous un nom ou sous un autre, elles n'aient trouvé leur Dieu ».

Depuis « Le Dernier Prix », son retentissant article du *Figaro* où il regrettait que le jury du prix des Critiques, étant donné la conjoncture historique du moment, n'ait pas couronné « une œuvre qui rende témoignage à la vie spirituelle française », l'académicien s'était déclaré un partisan de la romancière. Certes, il se montrait très réticent sur les valeurs morales de *Bonjour Tristesse* mais n'en contestait aucunement le mérite littéraire. Certains écrivains ont une voix qu'on entend dès la première ligne. Dans la cacophonie des romans de l'époque il avait remarqué celle de ce « charmant monstre de dix-huit ans ».

C'est sa liberté de ton qui l'agaçait car comment pouvait-on ne pas souffrir, ne pas avoir ce remords, ne pas avoir le sens du péché, dans des situations pareilles ! Ne s'étant jamais rencontrés il fallut la diplomatie de René Julliard pour que Mauriac et Sagan se lient d'amitié à bord d'une péniche qui remontait la Seine. L'éditeur l'avait affrétée pour y convier à dîner l'aréopage des belles-lettres et de la critique dont les signatures les plus prestigieuses ornaient un service de table que Julliard envoya à ses amis.

Assis à la même petite table François Mauriac et Françoise Sagan ne mirent pas longtemps à sympathiser sous le regard étonné de Gérard Mourgue qui les connaissait bien l'un et l'autre. « On attendait une déflagration, un coup d'éclat : ils se reconnurent et se parlèrent librement, écrit-t-il dans un hommage à l'auteur du *Nœud de Vipères* [1]. Cela veut dire que Mauriac perçut immédiatement la timidité de petite bête aux abois de Françoise, mais aussi sa force intérieure : elle parlait le même langage que lui.

---

1. *Cahier François Mauriac* N° 9 (Grasset, 1982).

Certes, elle le parlait avec un accent nouveau, dégagé — j'allais dire délivré — du christianisme, tel qu'il le connaissait et le pratiquait, mais cette attention passionnée aux êtres qui l'entouraient, cette façon de les cerner d'un trait qui les rendait inoubliables, c'était la sienne... Alors peu importait, désormais, que leur morale ne soit pas la même. Vérité en deçà des Pyrénées, erreur au-delà, après tout, il le connaissait bien son Pascal. Etonnant tête à tête. Mais bien sûr, cette écolière qu'il avait éreintée, c'était la seule qui le continuerait. Il pressentait peut-être, déjà, à partir des assonances que lui avait laissées la lecture du premier livre de cette inconnue, qu'elle irait chercher dans la même direction que lui, mais avec plus de liberté instinctive, et non moins de profondeur, ce qui faisait les racines de la conscience humaine. »

François Mauriac ne prêta guère attention à ses confrères, consacrant tout le temps de la randonnée fluviale à discuter avec cette adolescente aux yeux brillants qui lui dit ne pas croire en Dieu. Ce problème de la foi n'empêche pas le grand écrivain catholique de penser que la jeune romancière était plus près de la grâce que certains croyants. Ayant perdu la notion de Dieu à la mort d'un petit cousin, Françoise avait été frappée par l'absurdité de ce drame vécu à l'âge de douze ans.

« J'étais contre l'idée de quelqu'un de tout-puissant qui abuse à ce point de sa force », confiera-t-elle à Emmanuel d'Astier de la Vigerie, venu la voir en mai 1966 [1].

Elevée selon les principes de la religion catholique, Françoise qui avait été baptisée dans la petite église de Cajarc, un bijou d'architecture du XIVe siècle, connaîtra une nouvelle crise de conscience vers treize-quatorze ans, lorsque ses parents l'emmèneront à Lourdes.

---

1. *Portraits* (Gallimard, 1969).

« A l'époque j'avais commencé à lire Sartre et Camus.
Ma soif de justice et de bonheur se trouva brusquement
confrontée à l'immensité de la misère humaine. Cela m'a
définitivement convaincue que l'existence de Dieu était un
leurre. Je n'ai rien contre les chrétiens, tous les gens qui
ont une sorte de passion mystique sont respectables, mais je
suis aujourd'hui vraiment athée. »

Lorsque les rumeurs circuleront sur son éventuel mariage
avec l'éditeur Guy Schoeller qu'elle épousa effectivement à la
mairie du XVIIe arrondissement, le 13 mars 1958, Françoise
Sagan constatera à quel point sa réputation de mécréante est
bien établie. Malheur à celle par qui le scandale arrive ! A la
radio on l'a entendue dire : « Dieu m'est indifférent ». C'en
était trop pour l'abbé Brau, le vieux curé de Cajarc — celui-
là même qui l'avait baptisée « au nom du Père, du Fils et du
Saint-Esprit ». Il tient Françoise pour une fille d'excellente
famille mais aussi pour une écervelée devenue nihiliste par
snobisme :

« Dans ses livres, affirme-t-il, elle affiche hautement son
mépris pour les principes moraux que défend l'Eglise. Si elle
vient faire acte de contrition, si, pour elle, le mariage religieux
n'est pas seulement une formalité mondaine, alors nous
pourrons nous entendre. » « Cajarc, ajoute l'abbé Brau, n'a
nullement besoin de l'auteur de *Bonjour Tristesse* pour connaître
ses grandes heures. Bien avant mademoiselle Sagan, une petite
fille née comme elle un matin de juin mais en 1760, le 16, qui
s'appelait Marie-Antoinette Pelras, est entrée dans l'Histoire
par le plus beau chemin, celui de la Foi. Devenue sœur Marie-
Henriette de la Providence, elle sera condamnée à mort par
Fouquier-Tinville et guillotinée à l'âge de trente-quatre ans.
Mais elle continue de vivre grâce à Bernanos qui en a fait une
des héroïnes de ses *Dialogues des Carmélites*. »

Cajarc peut s'enorgueillir d'avoir une nonne martyre mais l'enfant du pays dont la maison natale fut reproduite sur une carte postale c'est Françoise Sagan. L'intruse des studios de Billancourt qui avait répondu être « Personne » imitant ainsi Ulysse répondant au Cyclope, dans *l'Odyssée* d'Homère, s'était fait un nom dans l'actualité effervescente d'une nation en proie aux passions politiques. Le démarrage de *Bonjour Tristesse* coïncide, en effet, avec la bataille de Dien Bien Phû jusqu'à la chute du camp retranché pilonné par l'artillerie vietminh. La désastreuse affaire d'Indochine à peine terminée, c'est la situation en Afrique du Nord qui se dégrade.

En ce début d'été 1954 il n'y a pas de quoi pavoiser mais cela n'empêchera pas les Français de partir insouciants en vacances. La famille Quoirez a repris le chemin d'Hossegor et malgré sa gloire naissante Françoise suit le mouvement. Dans la grande villa que ses parents ont louée elle vit des heures calmes et heureuses sans se préoccuper du tapage fait autour de son roman. Vers onze heures, escortée de ses quatre neveux et nièces, elle part pour la plage avec sa mère et sa sœur Suzanne. La peau brûlée par le soleil, une tête échevelée, c'est le meilleur moment de la journée avant l'apéritif habituel sur la terrasse et le déjeuner qu'a préparé Julia. L'après-midi les enfants font la sieste. A leur réveil Françoise prend sa raquette et les emmène au tennis en conduisant la vieille Buick décapotable qui fait sensation dans les rues d'Hossegor.

Cette année-là, Louison Bobet remporte pour la seconde fois le Tour de France, la presse a son roman-feuilleton avec les amours contrariées de la princesse Margaret et du divorcé Peter Townsend. Un autre livre est en train de remporter un grand succès : *Les Carnets du Major Thomson* de Pierre Daninos ; en revanche *Histoire d'O* de Pauline Réage, publié au mois de juin par Jean-Jacques Pauvert, un des futurs éditeurs de Françoise Sagan, ne se vendra qu'à quelques centaines d'exemplaires.

Des journalistes viennent à Hossegor interviewer la jeune romancière qui les reçoit gentiment sans chercher à les épater. Dans *Elle*[1], l'article de Colette Hymans qui accompagnera Françoise en Floride l'année d'après, est sobrement titré : « La junior des best-sellers passe des vacances familiales ». A *Paris-Match*[2], on use d'un style plus vigoureux : « Françoise Sagan petite fille toute simple gagne des millions mais a peur la nuit ». Michel Déon, l'auteur anonyme de ce reportage, décrit un personnage dont la légende se met déjà en place à travers des éléments aussi caractéristiques que la voiture, le soleil, le jeu, la fête.

« Quand elle n'est pas au volant de sa voiture, remarque-t-il, elle marche, les mains dans les poches de son blue-jean, ou se brûle au soleil sur la plage. Le soir, elle retrouve quelques amis, va jouer à la boule où elle a de la chance et danse souvent tard dans la nuit au Bar basque. C'est sa seule distraction avec ses disques qu'elle a tous emportés. Mozart et Ravel sont ses préférés. *Bonjour Tristesse* est, a-t-on dit, le roman d'une perverse, d'une cynique. Cette perverse a peur dans son lit la nuit et le moindre craquement la fait bondir. Les courses de taureaux auxquelles elle s'est initiée l'année dernière, à Bayonne, l'ont écœurée. Pourtant, elle les suit aujourd'hui avec passion. »

Au cours de leur conversation à bâtons rompus, Françoise Sagan ose se confier à son interlocuteur qui a connu comme elle des moments de bonheur dus à la littérature. Michel Déon se sentait d'autant plus proche de cette jeune fille de dix-huit ans si douée, à l'intelligence éclatante, qu'il avait rencontré quelques années plus tôt sur la côte Basque l'héroïne de son premier roman *Je ne veux jamais l'oublier*[3]. Le personnage

1. *Elle*, daté du 14 juin 1954.
2. *Paris-Match*, daté du 31 juillet 1954.
3. Michel Déon a dédié à Françoise Sagan son roman *les Trompeuses Espérances* (Plon, 1956).

d'Olivia planait au dessus d'eux comme un souvenir puissant où se mêlaient des images de couple romantique et les reflets d'un amour perdu régénéré par l'écriture. Françoise rit quand Michel Déon lui rapporte qu'on a prétendu que son livre était l'œuvre d'un auteur chevronné. « C'est assez passionnant d'écrire, dit-elle, il ne me viendrait pas à l'idée de me faire aider. » D'ailleurs elle a commencé son second roman ce qui ne surprend pas du tout le fringant reporter de *Paris-Match* arrivé au volant de sa voiture de sport.

Lui est convaincu de ne pas se tromper sur cette voix qui n'appartient qu'à elle et qu'aucune de ses nombreuses émules ne réussira à imiter. Son prochain livre qui s'intitulera peut-être *Solitude aux hanches étroites*, d'après un autre vers d'Eluard, est l'histoire d'une rencontre. Une fille de vingt ans débarquant de sa province fait la connaissance à Paris d'un homme marié de quarante ans qui lui apprend à vivre assez intelligemment pour qu'elle comprenne la nécessité de le quitter.

Sous le titre définitif de *Un certain sourire*, dédié à Florence Malraux, le roman s'ouvrait sur une phrase de Roger Vailland mise en exergue : « L'amour c'est ce qui se passe entre deux personnes qui s'aiment ». Ce sentiment trouble-fête est une façon d'échapper à la solitude de la vie quotidienne. C'est là le drame des gens : le train-train des événements ordinaires dont ils prennent rarement conscience. Il faut qu'un choc amoureux perturbe leurs habitudes pour qu'ils aient enfin l'impression d'exister. Eluard, Apollinaire, Racine, parce qu'ils parlent d'amour d'une façon sublime, sont pour Françoise des modèles de talent spontané.

Ecrire d'inspiration c'est le bonheur absolu mais s'exprimer par la poésie ne souffre aucune maladresse. « J'ai écrit des tas de poèmes pas très bons. Et ''pas très bon'' en poésie, c'est irrémédiable », dit Françoise Sagan. Elle en confia pourtant un à Michel Déon lors de sa visite à Hossegor. Le voici :

Ce cœur aphone et sourd
Comme un vieux roi sans sceptre
Lui pardonnerez-vous, me pardonnera-t-il,
Ou devra-t-il sans cesse,
Pauvre âme, pauvre âne
Qu'aucun bât jamais ne blesse,
Rechercher sur les pierres, les lèvres et les berges,
Les doux-amers chardons de sa faiblesse ?

Bonjour Succès

Qu'est-ce qui fait qu'un livre atteint des tirages astronomiques ? Dans le cas de *Bonjour Tristesse*, disons parce qu'il a l'attrait d'un chef-d'œuvre qui s'ignore et arrive à point nommé. Le génie de Françoise Sagan, c'est surtout d'avoir su apporter au public ce qu'il voulait au moment où il le voulait. En 1954 ce frêle roman que des jeunes gens du monde entier ont souvent lu en cachette de leurs parents, apparut comme un frisson nouveau dans la littérature d'après-guerre. L'écriture était sans fioritures. Son auteur savait d'instinct, avec une obsédante sagesse d'adolescente, qu'il n'y avait rien de plus à raconter que les émois et le machiavélisme, à la fois innocent et pervers, d'une fille de dix-sept ans. Pour une fois la notice du dos de la couverture a vu juste en affirmant que « ce roman, poétique et ensorcelant, revèle un talent exceptionnel ».

Famille cossue, deux « bacs », un an de propédeutique à la Sorbonne (échec en juillet), prix des Critiques, la carte de visite n'aurait rien d'extraordinaire s'il ne fallait ajouter ce signe distinctif : « Ne se prend pas pour Françoise Sagan ». Le succès, l'argent, pas plus que le tintamarre épouvantable, n'ont modifié en quoi que ce soit son attitude vis-à-vis d'elle-même, de sa famille ou de ses amis. Douée d'une sorte d'intuition divinatrice, elle avait rêvé pour toute une génération sevrée de liberté qui trouva son compte à la lecture de ce roman à la morale hédoniste. « Il y a un malentendu Sagan, écrit Charles Blanchard[1]. Il vient de ce qu'elle a tenu avant de promettre. Si *Bonjour Tristesse*, comme n'importe quel autre roman de débutant, avait été tiré à 3 000 exemplaires, on aurait appelé cela une promesse. Au centième mille, ce n'était plus possible. Pour la première fois, le vocabulaire, sinon la perspicacité des critiques était pris en défaut. Le public, lui, ne s'arrêta pas à des questions de définition, ou de grammaire. Il marcha à fond. »

Quelques jours après la sortie de *Bonjour Tristesse* le service des ventes de Julliard tire la sonnette d'alarme : on se souvient que Rolande Prétat a demandé, avec quelque inquiétude, une réimpression de 3 000 exemplaires. Mais très vite il faut accélérer le mouvement. Au mois de juin c'est l'étranger, par l'intermédiaire d'agents littéraires, qui cède à son tour à l'enthousiasme. Le premier à proposer un contrat est l'éditeur John Murray, une maison fondée au XVIIIe siècle, ayant à son catalogue des auteurs classiques, entre autres Byron, Tennyson, Thackeray. En Italie, 20 000 exemplaires de l'édition française ont été vendus avant que ne paraisse sa traduction chez Bompiani, le second éditeur à se manifester.

Pour Anne Rives qui s'occupe de la vente des droits, *Bonjour Tristesse* ne demande pas beaucoup d'efforts car presque tout le monde en veut : « Le roman a été traduit en quatorze langues. Ce fut un record dans la maison, surtout en si peu de temps. En tant que directrice du service, j'en étais ravie, mais cela ne m'amusait pas du tout, c'était trop facile. » Aux Etats-Unis, un premier tirage de 10 000 exemplaires de *Bonjour Tristesse*[2] sera mis en place par Dutton, une maison d'édition de New York, dès le 25 février 1955, un mois et demi avant que « l'enfant terrible des lettres françaises », comme se plaît

1. *Le Crapouillot* daté de janvier 1959.
2. Le titre initial a été conservé. Sinon cela aurait donné « Hello Sorrow » ce qui faisait perdre tout son charme au vers d'Eluard.

à l'écrire la critique américaine, ne vienne en personne participer au lancement du livre qui se vendra à un million d'exemplaires.

Fait assez rare, il y aura même une édition en latin tirée au Brésil à 1500 exemplaires : *Tristitia Salve* de Franscisca Sagana. A toutes fins utiles, sachez que la première phrase du roman : « Sur ce sentiment inconnu dont l'ennui, la douceur m'obsèdent, j'hésite à apposer le nom, le beau nom grave de tristesse » se dit : « Sensu ignoto, cuius tædium, cuius suavitas me capiunt tristitiæ nomen, tristitiae julchrum nomen et grave induere sane hæsito ». Pour un lycéen en train de languir sur les *Annales* de Tacite ou les *Commentaires* de Jules César, il est certainement plus amusant de perdre son latin en déchiffrant du Sagan. Au Japon, et ça n'est pas moins inattendu, un extrait du livre est spécialement traduit à l'intention des élèves qui apprennent le français.

D'autre part, un tirage exceptionnel de 200 exemplaires hors commerce non numérotés, sur « corvol l'orgueilleux des papeteries de Prioux », est offert par René Julliard à ses collaborateurs comme cadeau de Noël 1954, l'année de la chance pour Mlle Sagan et son éditeur paternellement attentif. La jeune romancière, dont on attend le prochain livre avec curiosité, n'a aucune idée des sommes fabuleuses qui lui reviennent. Un jour elle ose aborder la question en demandant à Yvette Bessis si son compte est suffisamment approvisionné pour qu'on lui avance cent ou deux cent mille francs. Elle a l'impression de parler incongrûment mais ce manteau de panthère dont elle a vu la publicité au cinéma lui fait tellement envie... [1]

1. « J'ai entraîné ma mère chez Max Leroi, un fourreur de l'avenue Matignon, raconte Françoise Sagan. Sur place je l'ai pratiquement obligée de prendre un manteau de vison. Au fil des années ma panthère s'est transformée petit à petit. On a d'abord remplacé les manches par du drap noir. C'était très joli. Puis j'ai fait enlever le bas. Finalement, avec ce qui restait, on a confectionné une toque que j'ai donnée à quelqu'un. »

« Mon petit, je ne crois pas que ce soit un problème », a répondu l'attachée de presse sur le point d'éclater de rire. Déjà plus de cinquante millions ont gonflé l'escarcelle de Françoise Sagan qui s'achètera en outre une Jaguar X/440 d'occasion découverte par son frère et qu'elle paiera cash 1 300 000 francs à l'ancien pilote de course Roger Loyer. Après avoir tâté de ce cabriolet grand sport, elle s'en offrira un second, neuf, de couleur noire, à l'intérieur crème, valant grosso modo le double. Plus tard, elle achètera une Gordini sport. « C'est formidable. A 240 Km/H, elle décolle comme un avion », jubilait Françoise Sagan après l'avoir essayée sur l'autoroute de l'Ouest. Véronique Campion l'avait accompagnée dans l'atelier d'Amédée Gordini, boulevard Victor à Paris, pour admirer « cet animal de fer apparemment assoupi, tranquille, que l'on réveille d'un tour de clef enchanteur ». [1]

Difficile de résister à l'attraction de ce bolide mis au point par le grand constructeur que les journaux avaient respectueusement surnommé « le sorcier ». A son volant, Françoise peut savourer le plaisir de la vitesse comme un bonheur de vivre. « On a fait un triple tête-à-queue place du Trocadéro, raconte Guy Schoeller. C'était une voiture qui avait besoin d'être constamment réglée. »

La vitesse considérée comme un plaisir c'est dans la famille une vocation puissante et irrésistible. « Mes parents, dit Françoise, avaient tous les deux le sens de la fête, le goût des torpédos. Ils se promenaient à toute vitesse sur les routes. » Au temps où Paul Morand traversait encore l'Europe en automobile pour un oui ou pour un non, le couple allait baguenauder à Deauville, ou sur la Côte d'Azur, dans des voitures décapotables.

---

1. *Avec mon meilleur souvenir.*

« Ils avaient tendance à nous plaquer, nous, les enfants, chez ma grand-mère, à Cajarc, ou chez ma grand-mère paternelle, à Saint-Germain-en-Laye, et à filer », confie la romancière à Pierre Démeron[1], un de ses meilleurs interviewers. A douze, treize ans, raconte-t-elle au cours de ce même entretien très révélateur de son enfance et sa vie de jeune fille, j'ai ébauché un roman qui commençait par un accident de voiture. Je l'ai retrouvé par hasard, il y a trois ans, à Cajarc, où j'essayais à grand peine d'écrire. Son héroïne s'appelait Lucile Saint-Léger. Le nom même de l'héroïne de *La Chamade*. Et je l'avais complètement oublié. C'est étrange, non? Il s'était écoulé au moins vingt ans entre les deux récits et j'avais pris le même prénom et le même nom. J'ai été assez frappée en le relisant. Le roman débutait avec une voiture qui dérapait. Lucile Saint-Léger était dedans. La voiture se retournait sur elle et la radio continuait à jouer. Ça s'arrêtait là... »

Cette image dramatique sortie de son imagination, Françoise Sagan la revivra dans la réalité et avec elle ses amis Véronique Campion, Voldemar Lestienne et Bernard Frank, tous passagers de son Aston Martin accidentée.

« A dix-neuf ans, j'étais plus sceptique et désillusionnée que je ne le suis à présent », déclare de son côté Françoise Sagan à un magazine américain[2]. *Bonjour Tristesse* lui avait apporté la célébrité, la richesse mais aussi l'angoisse :

« J'étais tout d'un coup devenue un écrivain, constate-t-elle. Je n'avais pas d'autre choix que de continuer. J'étais malheureuse. Je voulais être Proust ou Stendhal, mais je n'en étais pas capable »

1. *Marie-Claire*, daté d'octobre 1972.
2. *Holiday*, d'avril 1969.

Un jour, dans l'autobus, elle s'assoit en face d'une femme qui lit son roman. Cruelle déception quand la dame s'est mise à bâiller. Ne pouvant pas supporter cet affligeant spectacle, Françoise est descendue deux stations plus tôt. Cette lectrice anonyme lui avait confirmé, on ne peut plus clairement, la précarité d'une gloire qu'elle traîna longtemps « comme un véritable boulet ». Des dizaines de milliers d'exemplaires vendus en un an rien qu'en France [1], plus de deux millions à présent, le scandale d'une héroïne de dix-sept ans qui fait l'amour sans être éperdument amoureuse, cette fracassante entrée en littérature avait eu pour conséquence de l'isoler des gens à l'exception de ses intimes.

> « C'était affreux, explique-t-elle. On parle de vous comme d'un élément étranger. On dit de vous des choses fausses. On vous fait tenir des propos aberrants. Au début c'était dur à avaler. Je trouvais ce remue-ménage autour de moi totalement inconsidéré. J'avais des réflexes de dégoût tout le temps. J'ai souffert, vraiment souffert de me voir comme un objet promené sur la place publique. »

Devant ce déchaînement complètement fou, Françoise Sagan n'a d'autre ressource que de prendre une mine lugubre dans les soirées où on la regarde comme un phénomène. Mais en compagnie de ses amis, elle redevient gaie, retrouve ses fous rires de gamine espiègle qui n'est pas dupe de cette célébrité : « Il faut savoir qu'on a jamais rien, sinon sa peau, ses os et sa manière de marcher, et qu'on a le droit d'avoir rien ».

En fait, le seul vrai moment où elle eut vraiment l'impression d'être quelqu'un d'important c'est lors de l'attribution du prix des Critiques. Yvette Bessis, l'entreprenante attachée de presse

1. En septembre 1955, Julliard pouvait faire imprimer sur la bande du livre : 350ᵉ mille.

de Julliard, l'avait jetée en pâture aux journalistes et aux photographes. Dans sa robe grise ornée d'un collier de perles, des gants empruntés à sa mère qui ne lui vont pas, Françoise Sagan, calme et docile, pense brusquement au milieu de cette troupe de gens qui la dévisagent : « Tiens, c'est ce qu'on appelle la gloire ». Ça n'a duré qu'un bref instant et, bizarrement, elle n'en éprouva qu'un plaisir mitigé. C'était donc ça, la gloire : des questions et des réponses et une manière de biaiser avec la vérité.

Arrivé en retard, René Julliard assiste discrètement à cette première confrontation entre son auteur prodige et la presse. Apercevant Robert Kanters, l'un des jurés, il lui demande : « Dites-moi, en dehors de toute question littéraire, qui a voté pour elle ? Les jeunes ou les vieux ? »

L'éventuelle bataille des anciens et des modernes se réduisit, comme on l'a vu, à une manœuvre de coulisses avec la discrète intervention de Simone Defez auprès de Gabriel Marcel, suivie du vote surprise du philosophe en faveur de la jeune romancière qui, pourtant, l'avait fait tiquer. Le lendemain, un autre membre du jury, Emile Henriot, de l'Académie française, consacrait une bonne partie de son feuilleton « La Vie Littéraire » au roman primé [1].

« En attribuant leur prix, à deux voix de majorité, à Mlle Françoise Sagan, pour *Bonjour Tristesse*, explique-t-il, les critiques littéraires, constitués hier en jury, se sont mis d'accord sur le talent, mais non certes pas pour recommander au grand public ce livre immoral où l'on voit dessiné avec beaucoup d'art le portrait d'un monstre. *Bonjour Tristesse* est un petit chef-d'œuvre de cynisme et de cruauté, qui déjà même avant le prix faisait l'événement littéraire de la saison, en sorte que le jury des Critiques a volé au secours du succès, pour le constater. » Plus loin, Emile Henriot souligne, à nouveau,

1. *Le Monde*, daté du 25 mai 1954.

l'importance du livre mais il revient également sur son aspect choquant : « Le talent indéniable est là, dans la façon nette de dire l'ingéniosité à démonter la mécanique, mais pour une telle indifférence au bien et au mal, dans un âge si tendre, il fait un froid dans le dos, même quand on en a vu et lu bien d'autres. »

Rétrospectivement, la dignité pincée de l'académicien paraît d'autant plus saugrenue qu'il voisinait dans le jury du prix des Critiques avec Georges Bataille, recherchant « l'outrance du désir..., la joie suppliciante », Jean Paulhan le préfacier d'*Histoire d'O*, et son auteur présumé Dominique Aury. D'un côté le scandale bruyant de *Bonjour Tristesse* et de l'autre celui, étouffé, de ce mystérieux ouvrage signé du pseudonyme de Pauline Réage.

Françoise et Saint-Tropez

Devenue le symbole de la jeune fille libre des années 50, Françoise Sagan n'en reste pas moins la turbulante Kiki vis-à-vis de ses parents. Dans l'appartement du boulevard Malesherbes la vie n'a pas changé de rythme. Pourtant il y a des allées et venues de journalistes et maintenant chaque fois que le téléphone sonne c'est presque toujours pour Françoise. Au début Mme Quoirez aura du mal à admettre que sa fille s'appelle désormais Mlle Sagan. Quand on la demande au bout du fil, elle répondra le plus souvent : « Vous faites une erreur, ce n'est pas ici ! ».

Pierre Quoirez, lui, est enchanté par ce remue-ménage qui assaisonne l'existence d'un piment supplémentaire. Non pas qu'il veuille bouleverser les habitudes de la maison mais cela ne lui déplaît pas de voir sa fille transformée en vedette. Il conserve les coupures de presse dans un grand carton à dessin et ne cache pas sa fierté d'être le père du petit prodige. « Dans les couloirs du siège de la C.G.E. rue La Boétie, raconte J.-A. Grégoire, il se promenait avec sous le bras des exemplaires de *Bonjour Tristesse* et les distribuait à ses plus éminents collègues. » Selon la loi il est chargé de gérer le patrimoine de sa fille et de signer les contrats pour les éditions étrangères. Françoise Sagan qui vient de toucher des sommes mirobolantes dit à son père : « Qu'est-ce qu'il faut que je fasse de tout cet argent ? ». « A ton âge, il vaut mieux le jeter par les fenêtres. »

Cette réponse la rassura car elle avait commencé à dépenser allègrement ses droits d'auteur, et continuera de claquer des centaines de millions anciens dans la complète indifférence. Pierre Quoirez s'amuse également de rencontrer quelques-uns des nouveaux amis de Françoise et en reçoit même certains à la table familiale. L'un des plus farfelus sera sans nul doute le jeune compositeur d'avant-garde Michel Magne qui se présente comme « un bricoleur d'infra-sons ». « Ayez peur et exprimez votre réaction sur vos instruments », demande-t-il à ses musiciens. Enregistrée au magnétophone et assemblée en divers mouvements, cette cacophonie de l'angoisse sème la perturbation salle Gaveau, le 13 juillet 1954. A 24 ans, Michel Magne, grâce à ce concert inaudible qui souleva autant de huées que de vivats, a les honneurs de *Paris-Match*. L'article paraît à côté de celui consacré à Françoise Sagan interviewée à Hossegor par Michel Déon. Le portrait de la fille sauvage des lettres a séduit le petit prince scandaleux de la musique.

« Ensemble nous allons faire de grandes choses », pense Michel Magne et c'est sans hésiter qu'il téléphone à Françoise : « Je suis votre génial voisin de palier à *Match*. J'aurais besoin d'une colombe pour mon pigeon voyageur ». De quoi piquer la curiosité de la romancière qui l'invite à prendre un verre boulevard Malesherbes. Immédiatement les deux jeunes gens sympathisent et cela va se traduire, au-delà d'une amitié réelle, par une collaboration artistique fructueuse. Parmi les œuvres expérimentales de Michel Magne, un étonnant morceau intitulé « Self service » au cours duquel les percussionnistes brisent en mesure trois douzaines d'assiettes.

Si l'envie lui en prend, le compositeur pince-sans-rire que Cocteau a surnommé « le fou merveilleux », agit comme ses musiciens lorsqu'on le convie à déjeuner. Invité chez les Quoirez il ne manquera pas de faire son numéro habituel. Françoise a toutefois averti ses parents : « Vous verrez, Michel se casse une assiette sur le crâne sans se faire du mal ».

« C'était un gentil garçon, un peu dingo, dit Marie Quoirez. Nous lui avons demandé d'attendre que Julia soit là pour voir la tête qu'elle fera. Et bien, elle n'a pas bronché ! » Depuis le temps, Julia avait appris le flegme des grands bourgeois et savait s'abstenir de tout commentaire. Ce qui ne l'empêchait pas de manifester par un silence éloquent sa désapprobation ou son mécontentement.

« Un soir, raconte encore Marie Quoirez, mon mari est rentré d'une humeur massacrante. Au moment du dîner il continuait à afficher un air maussade, sans parler à personne. Du coup, Julia ne voulait pas le servir. ''Voilà où j'en suis dans ma propre maison !'' s'exclama alors Pierre avant de converser comme si de rien n'était. Aux murs de la salle à manger et du salon sont accrochés des tableaux de Jean Souverbie représenté dans la plupart des musées d'art moderne. Il devait également peindre une fresque mythologique sur le fronton de la cheminée monumentale de la propriété de Sauzac qu'habitent l'oncle de Françoise, Paul Laubard et sa femme Lilian. C'est d'ailleurs autour de ce magnifique domaine que Kiki a appris à marcher et découvert ses premiers chevaux que le maître de maison, cavalier émérite, montait fréquemment. »

Dans la famille on a toujours eu du goût pour la peinture et l'équitation. A Saint-Germain-en-Laye où Jean Souverbie avait son atelier, les parents de Pierre Quoirez qui se sont liés d'amitié avec le peintre, confièrent à celui-ci l'éducation artistique de leur fille Madeleine. Très talentueuse, elle était destinée à une brillante carrière mais sa mort dramatique à l'âge de 28 ans, est venue briser ses rêves de couleurs et de lumière. Grande, mince, blonde, avec des yeux bleus, elle disparut mystérieusement du paquebot *l'Ile-de-France*, en plein Atlantique. Mariée à un Canadien anglais, professeur de grec, Madeleine rentrait sans lui car le ménage battait de l'aile.

Leur fille France qui avait 2 ans, accompagnée de sa gouvernante, arriva au Havre orpheline de mère avec pour l'accueillir son oncle Pierre Quoirez. Que s'était-il passé entre ciel et océan, au cours de cette traversée d'été 1933. S'aventurant sur le pont par une forte houle, une vague pouvait l'avoir jetée par dessus bord, à moins qu'une tempête intérieure n'ait eu raison d'elle. Certaines de ses œuvres ornent l'appartement du boulevard Malesherbes mais on ne déchiffrera pas dans ces paysages impressionnistes l'énigme d'une fin aussi tragique que celle d'Ophélie.

Ancienne élève de l'école des Beaux-Arts de Lyon, Suzanne Quoirez s'essaiera, elle aussi, à la peinture mais c'est surtout sa fille Cécile qui a hérité des dons de Madeleine. Pour travailler en paix, elle a fait rénover la maison de Cajarc et y a aménagé un atelier. Quant à Françoise elle aurait plutôt des dispositions pour la peinture naïve comme le montrent ses rares œuvres. Deux d'entre elles ont eu les honneurs de la salle des ventes : « Les Joueurs de Cartes », à Drouot, en 1971, et « l'Apparition » vendu à la galerie Charpentier, en 1963, au profit de « l'Aliah des Jeunes », organisme présidé par la baronne Alix de Rothschild qui a pour but de faciliter l'immigration d'enfants en Israël. Il lui arrive aussi d'en distribuer à ses amis comme François Guglietto, l'ancien animateur des folles nuits de « l'Esquinade », une cave tropézienne qui avait son équivalent hivernal à Mégève. Lui hérita d'un tableautin où l'on voit deux joueurs de cartes attablés devant le café-bar « les 2 gémeaux ».

L'ex-maître de cérémonie de la dolce vita de « Saint-Tropez-des-Prés », selon l'expression d'Annabel Buffet[1], une experte en la matière, le conserve comme une relique, de même que des dizaines de photos retraçant les fêtes, les farces, les beuveries de ces beaux étés des années de l'âge d'or de Saint-

1. *Saint-Tropez d'hier et d'aujourd'hui* de Annabel Buffet et Luc Fournol (Editions Sylvie Messinger, 1981).

Tropez. L'auteur de cette histoire fabuleuse à travers tant de clichés inédits, c'est le photographe local Jean Aponte.

« On faisait confiance à Jeannot car il ne se serait jamais permis de vendre une photo à la presse malgré les propositions alléchantes, dit Françoise Sagan. Cette probité professionnelle lui a permis d'assister à des scènes mémorables. Ça m'arrivait d'être joliment paf et je n'étais pas la seule... ».

Le 21 juin 1956, le Rollei de Jeannot fixera l'événement du jour : Françoise fête sa majorité à « l'Esquinade ». Elle souffle les bougies du gâteau entre ses deux professeurs de cha-cha-cha François Guglietto et Jean, l'associé de celui-ci. Les bouteilles de scotch sont vidées au milieu de l'allégresse générale. C'est aussi le premier jour de l'été et entourée de son frère Jacques, d'Annabel, de Michel Magne, de Bernard Frank, de Véronique Campion, de Florence Malraux, Kiki est aussi heureuse qu'une collégienne en goguette. Elle s'est offert un canot automobile bleu ciel et a maintenant le droit de jouer dans les casinos. Participent également à ces libations, Georges Kessel, le frère cadet de Joseph Kessel, le cinéaste Alexandre Astruc que Françoise a invité pour écrire ensemble le scénario d'un film *la Plaie et le Couteau*, Marcel Achard, les yeux pétillants de malice derrière ses lunettes d'écaille rondes comme des hublots.

Le futur académicien, déjà célèbre grâce à ses pièces *Voulez-vous jouer avec moâ?* et *Jean de la Lune*, achève la rédaction de *Patate* qui sera son plus grand succès, tenant l'affiche du théâtre Saint-Georges pendant sept ans. Avec sa femme Juliette on le voit tous les soirs chez Françoise Sagan qui a loué place Henri-Person une maison de trois étages dont la façade banale se dresse au-dessus du petit port de la Ponche. Marcel habite l'annexe de l'hôtel de la Pinède, alors que sa femme s'est installée dans une autre chambre. Une nuit elle ne prête pas attention à un bruit de rideaux, ayant laissé la fenêtre ouverte. A son réveil, elle s'aperçoit que la coquille de vermeil dans laquelle elle rangeait ses bijoux a disparu ainsi que la serviette en cuir de chez Hermès qui contenait des papiers importants.

Le biographe de Marcel Achard, Jacques Lorcey [1], rapporte que Juliette se plaignit auprès du directeur de l'hôtel qui lui a répondu : « Mais, madame Achard, que voulez-vous? Vous avez de telles relations! » Le commissaire de police sera du même avis, désignant l'entourage de Mlle Sagan comme très suspect...

Peu ému par le vol des bijoux de sa femme, Marcel Achard continue d'écrire dix heures par jour. « Pour travailler, précise-t-il aux journalistes, il me faut une terrasse ensoleillée au bord de la mer et quelques boîtes de nuit à proximité, pour aller danser le soir. Je me rends au night-club comme au bureau. C'est là que je trouve en effet les esquisses de mes personnages. La nuit rend les gens plus bavards et, de plus, j'ai une tête qui, paraît-il, suscite les confidences! »

Ennuyée par cette affaire, et surtout parce que les va-et-vient dans sa maison ont attiré les soupçons, Françoise Sagan a trouvé un remède infaillible pour chasser les soucis : le whisky Sour, du Bourbon mélangé à du sucre et du citron. « C'est un cocktail qui se boit comme du petit lait », dit la journaliste Monique Gonthier intégrée à la bande d'amis contre l'avis de son mari le cinéaste Marcel Pagliero : « Il ne voulait pas que je sois considérée comme une petite copine parasitaire. »

Dépensant sans compter, Françoise se faisait un principe de régler toute addition portant son nom, même si ce n'était pas sa propre signature. Il lui arrivera pourtant de mettre le holà à certaines exagérations. Recevant un jour une note faramineuse d'un patron de boîte de nuit qui ne s'était pas

---

1. *Marcel Achard ou 50 ans de vie parisienne* (Editions France-Empire, 1977).

inquiété de savoir si elle acceptait de régler les ardoises de ses amis, Françoise refusa de payer. Défendue par Me François Gibault, un avocat parisien, biographe de Céline, elle gagna le procès que lui avait intenté l'imprudent tenancier.

Sa générosité ne se limite d'ailleurs pas à nourrir « son monde » car elle est capable d'un dévouement plein de charité. Mais il faut que les gens prennent les choses du bon côté, en négligeant leur aspect fâcheux.

« Elle peut se montrer d'un optimisme délirant », se rappelle Monique Gonthier entrée dans le circuit grâce à Bernard Frank : « Un jour de pluie à Saint-Tropez, elle décida de se comporter comme s'il faisait beau. Nous sommes allés à la plage et l'on a déjeuné dehors sous les parasols du club 55. Pour preuve de sa bonté d'âme, bien des années après, alors que j'étais très démoralisée, elle m'écrira ce petit mot daté du 6 mars 1972 : ''Je soussignée Françoise Sagan certifie que Monique Pagliero ira bien mieux dans sa tête et ailleurs d'ici deux mois''. »

« Elle nous intriguait, par ce mélange d'enfance et de femme qui se dégageait d'elle, souligne Annabel Buffet. A la fois bourgeoise du XVIIe arrondissement de Paris et petite paysanne drue du Lot, elle mêlait avec grâce ses découvertes des choses défendues aux sains plaisirs des sens. » Jean-Paul Faure qui a tant compté dans la vie de Françoise Sagan fera sa connaissance par l'intermédiaire de Annabel, mannequin et chanteuse, dont le mariage avec Bernard Buffet fit sensation. Présentés l'un à l'autre par le photographe de *Jours de France*, Luc Fournol, en mai 1958, sur le port de Saint-Tropez, ils eurent vraiment l'impression, à ce moment précis, d'être destinés à former un couple.

Jean-Paul Faure, au mieux avec Annabel, assiste suffoqué à ce coup de foudre mais le cœur a ses raisons que la raison ne connaît point. Lui-même n'aurait jamais pensé qu'après sa première rencontre avec Françoise Sagan, il était au

commencement d'une histoire d'amour et d'amitié rarissime :
« Annabel qui ne cessait de me parler de sa camarade, avait
organisé un dîner en son honneur. Nous étions quatre ou cinq
dont Michel Polac[1]. Françoise ne m'a pas fait bonne impression. Je l'ai trouvée plutôt désagréable. C'est l'hiver suivant
que nous sommes sortis ensemble et cette fois le courant passa
entre les deux gémeaux que nous étions. »

« Nous partions de temps en temps dans le Midi », poursuit
Jean-Paul Faure qui menait une vie de patachon, une maîtresse
aujourd'hui, une autre demain... Les femmes, l'alcool, la
drogue donnaient à son existence pleine de bruit et de fureur,
une force dramatique supplémentaire : le vertige de l'excessif.
C'était une façon d'avoir confiance en soi quand l'homme est
hanté par tout ce qui touche à la mélancolie, l'angoisse,
l'instabilité, le déséquilibre et la folie. Auprès de Françoise
Sagan il se sentait rassuré. Elle incarnait du fond de sa solitude
peuplée d'amis le goût de vivre. D'avoir découvert chez cette
fille exceptionnellement intelligente, la passion qui le brûlait,
lui rendait bougrement service.

Les nuits chaudes de Saint-Tropez, propices aux sottises et
aux voluptés, leur servaient de refuge. C'était pour Françoise
et Jean-Paul le règne de la liberté, de la joie, des copains. La
cité du Bailli de Suffren, avec sur le port sa rangée de hautes
maisons grises, blanches ou ocrées et derrière, un dédale de
ruelles étroites et tortueuses, traversées de chats efflanqués,
sert de décor aux rendez-vous de la bande à Sagan qui a
investi la maison de la romancière. Celle-ci, presque chaque
jour, voit débarquer de nouveaux arrivants que le groupe
réussit toujours à caser.

---

1. L'ancien animateur de « Droit de Réponse » est resté un ami de
Françoise. « Nous avons eu autrefois une petite aventure de deux mois »,
dit la romancière qui signa, comme Samuel Beckett, la pétition en faveur
de Polac après son licenciement de TF1.

Cette promiscuité bon enfant a donné le tournis à Alexandre Astruc : « Je n'aimais pas cette atmosphère, mélange de torpeur et d'agitation, ce va-et-vient exténuant de brouilles et de réconciliations, des lits défaits et jamais faits dont les occupants changeaient, selon un ordre mystérieux et pour moi incompréhensible, à un rythme plus vertigineux que celui d'un hôtel de passe. Rien ne m'était plus étranger que cette fiévreuse indifférence, sorte d'ennui laborieux dont l'épaisseur était savamment entretenue à petits coups d'alcool de malt et à grands coups de frissons : la mort en face, sur des bolides conduits à un train d'enfer. »[1]

La légende « saganesque » s'installait dans la mémoire collective sans que la principale intéressée n'y puisse rien. Elle gagne beaucoup d'argent, elle a envie de le dépenser. Elle aime la fête, elle en fait profiter ses amis. A quoi bon se battre contre l'attitude d'un public qui la juge à travers des idées reçues. On a calculé que *Bonjour Tristesse* avait valu à son auteur 11 kg 400 de coupures de presse. Françoise n'a conservé que trois articles qui seuls, dit-elle, approchent la vérité. Une vérité qu'un journaliste de *Paris-Match*, Jacques Borgé, avait entendue de la bouche même de Françoise au cours d'une nuit de beuverie à Saint-Tropez. Mais le lendemain il ne se souvenait plus de rien : elle s'était dissipée avec les vapeurs de l'ivresse.

1. *La Tête la Première* (Olivier Orban, 1975).

L'ami Bernard

« Il faut que tu connaisses ma petite amie de la Sorbonne. »
Florence Malraux lança cette invitation à François Nourissier
qu'elle voyait souvent quand elle faisait propédeutique. En
1951, il avait publié, à vingt-trois ans, son premier roman
l'Eau grise dont le titre était emprunté à une citation de
l'Epithalame, le roman de Jacques Chardonne. Entré en littérature sous d'heureux auspices, il ne pouvait que sympathiser
avec Françoise Quoirez d'autant qu'il savait par cœur des
pages et des pages de Malraux et de Sartre.

Flo avait-elle espéré que François Nourissier s'intéresserait
au manuscrit de *Bonjour Tristesse* puisqu'il venait d'être nommé
secrétaire général des éditions Denoël ? Aujourd'hui l'académicien Goncourt avoue avoir manqué de réflexes : « Quand elle
m'a dit : "Tiens, Françoise a écrit un roman" je lui ai suggéré
de le passer à sa mère. Quinze jours plus tard Clara Malraux
me signala qu'elle l'avait regardé d'un œil distrait car c'était
plein de fautes de frappe. J'ai répondu "Ah ! Bon..." sans
avoir la curiosité de le lire. Mais cela ne l'empêcha pas d'être
l'un de ses fidèles supporters et de conserver de leur jeunesse,
un temps partagée, des reflets de choses gaies (rencontres à la
terrasse de la Closerie des Lilas, soirées passées à danser).

Quant à Jacques Chardonne qui lui avait mis le pied à
l'étrier, il salua la sortie de *Bonjour Tristesse* en ces termes :
« J'ai lu cette semaine le roman de Françoise Sagan. Cette

jeune fille est de bonne famille, la famille des grands écrivains. Cela ne trompe pas, cela se voit comme la couleur des yeux, le grain de la peau ; cela fait bondir le cœur. Le talent est une chose unique, en tout point excellente, rayonnante, vive, vierge. On aime le talent ou il vous est indifférent. Si on aime, c'est sans mesure. Cet amour-là, c'est un jugement sévère.

Cette jeune fille a tous les dons, sauf un seul, qui sans doute exige chez l'auteur davantage d'expérience. Lorsque l'événement surgit et se mêle au récit, on sent qu'elle est embarrassée. Dans la vie il s'insère mal ; il est d'une autre substance que celle de la trame des jours ; dans un récit, c'est difficile de lui donner une vraisemblance : il faut beaucoup de ruse. »[1] Françoise Sagan qui n'a pas l'habitude de relire ses œuvres eut pourtant la curiosité de feuilleter *Bonjour Tristesse*. « C'est une histoire bien ficelée voilà tout ! », constate-t-elle en y voyant à la fois des naïvetés et des roublardises que Jacques Chardonne n'avait pas remarquées de prime abord.

Son ami Bernard Frank, l'écrivain qui la connaît le mieux, découvrit le roman alors qu'il ignorait tout de son auteur. « C'était pendant une après-midi ensoleillée, dans l'appartement de mes parents, avenue de Wagram, à proximité donc du boulevard Malesherbes. Gérard Mourgue qui s'occupait d'une petite librairie, ''Les Essais'', toute proche de chez moi, me l'avait fait déposer. Je l'ai très vite lu, comme on lit une Série Noire, en trouvant cela pas mal mais sans penser qu'il ferait scandale. » Bernard Frank affichait son insolence et ses ambitions comme s'il y avait de quoi pavoiser. Sa spécialité : envoyer des piques à des célébrités littéraires excepté Sartre qui l'accueille aux *Temps Modernes*. Son fameux article « Grognards et Hussards » y paraît en décembre 1952. Avec son essai « Géographie Universelle » et un gros roman *les Rats*,

---

1. *Lettres à Roger Nimier* (Grasset, 1954).

publiés l'un et l'autre en 1953, il fait figure de Messie pour de brillants jeunes gens mégalomanes.

Jean-Edern Hallier, par l'intermédiaire d'un ami commun François Michel[1], s'accroche à ses basques jusqu'au jour où il interrompt les visites, avenue de Wagram. « Quand il s'est mis à fréquenter Sagan, j'ai pensé que c'était entrer dans Delly et consorts, je ne l'ai plus vu », expliquera-t-il[2]. Mais dans les milieux littéraires on se retrouve toujours. A la faveur, par exemple, d'un cocktail comme celui des éditions Denoël, alors installées rue Amélie, qui permit à Bernard Frank de rencontrer Françoise Sagan. C'était au mois de mai 1954, dans les jours qui ont suivi la remise du prix des Critiques.

Auréolée de sa gloire toute fraîche, la jeune romancière va tomber sous le charme de ce garçon de 24 ans « outrageusement intelligent » comme l'écrira François Nourissier dans *l'Express*. Les présentations sont faites par Florence Malraux. « Je me souviens de sa démarche furtive, de son approche polie », raconte Bernard Frank qui, mis en confiance, lui demande si elle avait sa voiture. « Comme c'était la mauvaise heure pour les taxis, j'espérais bien me faire raccompagner par Françoise. Trop vaniteux pour être sensible à son succès j'admirais, en revanche, qu'à dix-huit ans elle conduise. Moi qui ne savais pas et qui n'ai jamais su, je trouvais assez chic qu'une jeune personne assez connue me serve de chauffeur. Elle a pris cet air extrêmement gentil, désolé, qu'elle a toujours pour les tapeurs et m'a dit que, malheureusement, elle venait d'avoir un petit accident. »

Françoise Sagan avait lu l'article des *Temps Modernes* où Bernard Frank baptisa « les hussards » la jeune garde de l'époque (Blondin, Nimier, Laurent, Déon, Marceau) en

1. Auteur de l'Encyclopédie Fasquelle de la musique, il a été l'élève et l'ami de Nadia Boulanger.
2. *Bernard Frank* par Salim Jay (Nouvelles éditions Ruptures, 1982).

s'inspirant du titre d'un roman de Roger Nimier *le Hussard bleu*. Cette formule voulait faire la distinction entre ce groupe d'écrivains de race et la vieille école fortement marquée par Maurice Barrès, « ce grand corbeau décharné » ayant le souci de la pose et le goût de la mise en scène. A la fin de l'article, Frank s'en prenait à Malraux « qui hurle, les yeux fous, salle Pleyel ». Cette façon un peu cavalière de parler de l'auteur de *la Condition humaine* avait gêné Françoise mais il faudra bien qu'elle s'habitue au ton persifleur de ce jeune homme inspiré.

C'est Bernard Frank qui décide de reprendre contact avec elle après avoir lu, dans *Paris-Match*, le reportage sur ses vacances à Hossegor. Voulant relancer *la Revue Blanche* qu'avait animée jadis Léon Blum, il pense que sa collaboration serait une bonne chose. Par ailleurs, il venait de découvrir, en lisant l'article, qu'ils avaient passé leurs vacances à vingt kilomètres l'un de l'autre. Ayant subi un revers sentimental, Bernard qui se sentait esseulé regretta encore plus ce voisinage car il aurait été heureux de la revoir. « C'était une petite rêverie en l'air, souligne-t-il. En tout cas, elle m'a dit au téléphone se rappeler très bien de notre rencontre au cocktail Denoël. Je lui ai proposé de donner des textes ou mieux encore de co-diriger la revue. Ce qu'elle a aussitôt accepté. Françoise est venue discuter du projet, chez moi, avenue de Wagram. »

Si rien ne l'épate, Bernard Frank est tout de même assez surpris par cette maigre personne, célèbre dès son premier livre et surtout qui conduit une Jaguar. Elle lui propose d'ailleurs de venir voir son bolide garé devant l'immeuble. « Nous avons fait un tour. J'ai dû l'emmener chez un ami qui avait un hôtel particulier à Neuilly », dit Bernard. Auprès de Françoise Sagan pilotant sa voiture avec adresse et décontraction, il eut le sentiment que la vie serait gaie, qu'avec cette fille épatante tout pouvait arriver et tout pouvait s'arranger : « J'avais l'impression qu'elle cherchait désespérément à ne pas s'ennuyer ». Ce qui rejoignait sa propre philosophie qu'il résume par cette phrase dans *Un siècle débordé* : « Il ne faudrait pas trop me forcer pour que j'avoue que la chose qui me peine le plus au monde, c'est de savoir, de source totalement sûre, qu'un jour je ne serai plus là. »

Le projet de relancer l'ancienne *Revue Blanche*, sous la houlette de l'éditeur Jean-Claude Fasquelle devait finalement tomber à l'eau, « projet saboté par Guy Schoeller qui était un personnage chez Hachette et qui, sans doute pour consoler Sagan, l'épousa deux ans plus tard », précisera Bernard Frank dans *Solde*. Françoise Sagan, déçue elle aussi que le projet n'aboutisse pas, eut au moins la consolation de se découvrir un ami véritable et d'avoir été excitée à l'idée de participer à cette aventure.

Entre Françoise Sagan et Bernard Frank c'était en effet à la vie à la mort, comme les belles amitiés qui s'épanouissent à la chaleur de l'admiration. La leur a duré près d'un quart de siècle et si, aujourd'hui, les temps ont changé, de furtives et tacites connivences les lieront à jamais. Pour parler de ce complice des bons et mauvais jours qu'elle trimballait dans ses déménagements d'un quartier à l'autre, elle profitera justement de la parution de *Solde* : « Voilà un homme qui ne respecte rien, ne concède rien et ne se plie à rien, sinon à la passion de la littérature, de l'intelligence, et aussi de la passion du pire. Bernard Frank est le seul écrivain que je connaisse qui a toujours systématiquement éreinté — drôlement et férocement d'ailleurs — dans chacun de ses livres, les quelques personnages qui pouvaient lui assurer le succès de ce même livre. C'est donc un oiseau rare, déjà, par rapport à ses juges éventuels, et qui devient rarissime vis-à-vis de ses confrères. »[1]

Mais l'oiseau rare en question ferait à ses yeux un bien mauvais mari. « Bernard, dit-elle, est possessif, jaloux, autoritaire. » Après quoi Françoise ajoute : « En revanche il faut

1. *France-Soir*, daté du 6 janvier 1980.

que mes maris, mes amis, épousent eux Bernard Frank. »
C'était avant leur séparation car Bernard a fini par se marier
avec une journaliste de *Paris-Match*, Claudine Vernier-Palliez,
fille de l'ancien ambassadeur de France à Washington. Le rat
des champs, la taupe frileuse, comme il aime se montrer par
rapport à Sagan, la souris des villes, une souris policée qui a
réponse à tout, avait trouvé, contre toute attente, une chaumière
et un cœur. Et pour faire bouillir la marmite il s'est déniché
une situation dans la presse, d'abord comme chroniqueur au
Matin, puis au *Monde* qu'il avait salué, au passage, à l'occasion
d'une interview inhabituelle [1] : « C'est notre seul journal. Il
illustre le mot de Gide, à qui on demandait qui est le plus
grand poète français : ''Victor Hugo, hélas''. Hélas ou pas *Le
Monde* est le plus grand journal français. »

Son interlocutrice, la journaliste écrivain Annick Geille,
concluait ainsi l'entretien : « Quelle serait votre définition de
vous-même ? » Réponse de Bernard Frank : « Quelqu'un qui
a cru se trouver à vingt ans par la littérature, qui s'est perdu
de vue pendant un temps fou, qui s'est retrouvé et s'est aperçu
que ça n'avait pas grande importance. »

---

1. *Play-Boy*, édition française, daté de janvier 1981(interview Annick Geille).

Les enfants du siècle

« Elle est vraiment chouette, cette petite. On lui a fait un papier du tonnerre. » Georges Belmont, rédacteur en chef à *Paris-Match*, avait bien voulu recevoir dans son bureau de la rue Pierre-Charron, la jeune inconnue qu'Yvette Bessis s'était proposée de lui envoyer. L'attachée de presse de Julliard en insistant sur les dix-huit ans de Françoise réussit à attirer l'attention de ce journaliste toujours à l'affût d'un scoop, particulièrement dans le domaine littéraire qu'il privilégie. L'article paraît en tête de la rubrique « Elles et eux » sous le titre : « *Bonjour Tristesse* révèle une Colette de 18 ans »[1]. Une petite photo de Françoise devant sa machine à écrire accompagne les trente-quatre lignes d'un texte se terminant par cet éloge : « Une romancière de classe est née, peut-être une nouvelle Colette à en juger par les qualités précoces de l'œuvre ».

En 1954, l'hebdomadaire de Jean Prouvost avait acquis une renommée internationale qui le mettait presque au niveau de *Life*, son modèle américain. C'était une promotion inespérée pour Françoise Sagan, d'autant qu'au magazine on avait repoussé auparavant l'offre de Michel Déon de l'interviewer. Mais dans une rédaction il arrive d'agir par humeur, si bien que Georges Belmont a fait passer, un peu plus tard, cet article

1. *Paris-Match,* n° 261 (semaine du 27 mars au 3 avril 1954).

et qu'en juillet, Déon put effectuer un reportage sur Françoise, en vacances sur la côte Basque. La comparaison avec Colette n'est qu'un moyen d'attirer l'attention car littérairement elle ne se justifie guère.

Mais au moment de la sortie de *Bonjour Tristesse*, la presse a besoin de points de repère pour porter un jugement. D'ailleurs M. Calvet, le professeur de lettres de Françoise en classe de première, au cours Hattemer, ne le pensait-il pas lui-même ? Au cours d'une émission de radio[1] sa collègue Mlle Blanc, qui enseignait les mathématiques, rapporta son appréciation d'alors sur sa meilleure élève : « Laissez-la passer au tableau d'honneur, implorait-il presque, car elle a un message, j'en suis sûr. Ce sera notre future Colette. »

Certes, elles ont l'une et l'autre produit leur premier roman très tôt et par bien des côtés (notamment leur amour commun de la nature et des animaux, des dons d'écrivain subtils, une indépendance d'esprit) ces deux femmes auteurs se rejoignent. Pourtant Françoise Sagan est très loin de la Colette au style opulent qui n'évite la préciosité que grâce à la précision. « Son premier livre a pu laisser la critique hésitante et lui faire accorder le bénéfice d'une filiation avec l'auteur de *Claudine*, remarque Georges Hourdin[2]. Il n'en est rien (...). Elle n'ouvre pas brutalement les volets comme faisait Colette dans la chambre où dorment les amants enlacés pour y faire pénétrer le soleil, le vent du large, les senteurs du jardin, l'odeur puissante de la forêt voisine. »

Les romans de Françoise Sagan se contentent d'exprimer une sensibilité qui nous touche directement. Mais s'il faut à tout prix établir un lien de parenté c'est à Alfred de Musset que l'on pense aussitôt. Il y a entre eux une fraternité d'esprit et de langage tout à fait frappante. Dans sa préface de la

1. « Grand Format » d'Evelyne Pagès sur RTL (juillet 1986).
2. *Le Cas Françoise Sagan* (Editions du Cerf, 1958).

correspondance de George Sand et Alfred de Musset[1], Françoise montre son inclination naturelle pour le poète :

« J'aime mille fois mieux le versatile, l'inquiet, le fou, le désordre, l'alcoolique, l'excessif, le colérique, l'enfantin, le désespéré Musset que la sage, l'industrieuse, la bonne, la chaleureuse, la généreuse et l'appliquée Sand. Je donnerais toutes ses œuvres à elle pour une pièce de lui : il y a quelque chose dans Musset, une grâce, un désespoir, une facilité, un élan, et une gratuité qui me fascineront toujours mille fois plus que l'intelligence et la raison et la poésie paisible de Sand (...). »

Mais ne nous y trompons pas, l'image de la « bonne dame de Nohant » correspond à une part d'elle-même, celle sans doute qui la fit appeler par ses amis venant dans sa maison de Normandie « la bonne dame de Honfleur » et écrire à propos de George Sand par rapport à Musset : « Elle souffrait d'amour, elle souffrait d'amitié, elle souffrait d'estime, elle souffrait de tout ce que j'aime et admire, alors que lui souffrait de ce que je redoute et méprise, mais parfois ressens. »[2]

Leur aventure douloureuse se retrouve dans l'écoulement du temps et le vieillissement des passions chez les personnages de Sagan. Choisissons, par exemple, ceux de son troisième roman *Dans un mois, dans un an,* un titre emprunté à la *Bérénice* de Racine : « Dans un mois, dans un an, comment souffrirons-nous ? ». Le hasard, le désir, l'ambition, la pitié font mouvoir ces tristes marionnettes. Au cours d'une soirée chez les Maligrasse, Josée, près de Bernard, regarde Jacques :

1. *Sand et Musset, Lettres d'amour présentées par Françoise Sagan* (Hermann 1985).
2. *Ibid.*

« Un jour, dit doucement Bernard, vous ne l'aimerez plus, et un jour je ne vous aimerai sans doute plus non plus. Et nous serons à nouveau seuls et ce sera pareil. Et il y aura une autre année de passée...

— Je le sais, dit Josée.

Et, dans l'ombre, elle lui prit la main et la serra un instant sans détourner les yeux vers lui.

— Josée, dit-il, ce n'est pas possible. Qu'avons-nous fait tous ? Que s'est-il passé ? Qu'est-ce que tout cela veut dire ?

— Il ne faut pas commencer à penser de cette manière, dit-elle tendrement, c'est à devenir fou. »

Telle est la philosophie, désespérée, mais non plaintive, de ces « enfants du siècle ». Ceux de George Sand et de Musset faisaient plus de bruit et maudissaient les dieux ; ceux de Françoise Sagan constatent, sans amertume et sans défense, la fuite irréparable du Temps. Cette soirée chez les Maligrasse est, toutes proportions gardées, la matinée du prince de Guermantes dans *le Temps Retrouvé*, de Marcel Proust. Françoise Sagan qui sort beaucoup, observe minutieusement les événements auxquels elle assiste. Rien ne lui échappe à une générale ou dans un cocktail. Ainsi celui donné par René Julliard qui coïncide avec ses premières semaines de succès. La voir, mine de rien, scruter les visages qui défilaient devant elle reste un moment inoubliable pour Georges Belmont :

« Elle avait déjà la timidité désinvolte, et ses yeux ne perdaient rien, pas une miette du spectacle, et rendaient ironie pour ironie, goguenardise pour goguenardise. Mais, Dieu ! déjà aussi, qu'elle était seule ! Seule de ne pas être regardée exactement comme elle en avait envie. Seule de ne pas pouvoir accorder à ces gens le droit de la juger »[1]. Mais il lui arrive de croiser un inconnu et de vouloir s'en faire un ami. C'est ce

_____

1. *Arts* du 15 au 21 septembre 1965.

qui se passa lorsqu'elle aperçut, dans les salons de Gallimard, à la fin du mois de septembre 1955, un jeune étudiant américain Galway Kinnel. A Paris depuis un mois et demi, ce futur prix Pulitzer de poésie bénéficiait d'une bourse pour traduire l'œuvre de François Villon :

« C'est un ami journaliste français qui m'avait demandé de l'accompagner chez Gallimard où une grande garden-party était organisée à l'occasion de la venue de William Faulkner. Plusieurs centaines d'invités se pressaient devant les buffets. Toute l'élite littéraire de la France se trouvait là dont Albert Camus à qui j'ai un peu servi d'interprète pendant sa conversation avec Faulkner, plutôt intimidé, et disant à son adaptateur de *Requiem pour une nonne* : "Je suis un fermier, pas un intellectuel". Dans cette foule, Françoise m'a fait l'impression d'être un îlot de fraîcheur. Il y avait en elle une pureté qui m'a tout de suite impressionné. Quand j'ai commencé à lui parler, je ne savais pas qu'elle était le nouveau Radiguet que l'Amérique venait de découvrir.

Tout de suite, nous nous sommes sentis complices. Françoise m'a demandé de lui téléphoner à une date où elle pensait avoir terminé son second roman[1]. C'était une réaction de professionnelle et cela m'a particulièrement frappé. Par la suite, elle m'invita à venir avec elle à Saint-Tropez, dans sa Jaguar. Comme je ne pouvais pas partir immédiatement, je n'ai rejoint la bande que plus tard, après être descendu sur la Côte d'Azur en auto-stop. »

Pour le jeune Galway, cette rencontre avec Françoise Sagan va provoquer un grand changement dans sa vie. Originaire de la Nouvelle- Angleterre, ayant reçu une forte éducation puritaine, il habite à Paris une chambre de bonne et est réduit

---

1. Dans son cinquième roman *les Merveilleux Nuages*, Françoise utilisera le nom de Kinnel. Brandon et Eve Kinnel fréquentent le couple formé par Josée et Alan, des personnages de *Dans un mois, dans un an* qu'on retrouvera dans *Un profil perdu*.

à économiser sur tout. Brusquement le voilà plongé dans un milieu insouciant et joyeux où grâce à Françoise, la bonne fée, l'impossible est une frontière qui recule toujours. « L'esprit de Françoise dominait la bande. Sa liberté personnelle était devenue la nôtre. Il suffisait qu'elle dise : ''Ce soir nous allons en Suisse ou en Italie'' pour qu'on y aille. Pour moi qui venait d'un milieu assez rigoureux, cela me paraissait très étonnant. Cette expérience m'aura profondément marqué car ma capacité d'apprécier un tas de choses s'est faite à ce moment-là. »

Galway Kinnel regarde avec candeur tous ces garçons et ces filles qui ont besoin d'exprimer bruyamment leur grande impatience à profiter de la vie. Le temps leur appartient ; Saint-Tropez résonne des rires d'une génération qui, paraît-il, cherchait des palliatifs au vide de l'existence. Françoise Sagan symbolise la fureur de ces enfants du siècle en train de boire, de s'étourdir jusqu'au vertige. Cette même année, fragile et magnifique, Brigitte Bardot entrait à son tour dans la légende comme vedette de *Et Dieu créa la femme*... dont le premier tour de manivelle fut donné sur une petite plage de la baie des Canebiers.

La rencontre de Françoise et de celle qui incarne voluptueusement Juliette, la sauvageonne du film de Roger Vadim, a lieu par hasard sur la plage des Salins, près du chantier de réparation des bateaux. La romancière et la comédienne y font une promenade en compagnie de leur chien respectif : Popov, un chien-loup, pour la première et un petit cocker noir qui répond au nom de Clown pour la seconde. Les deux jeunes femmes se saluent et échangent quelques impressions. « Elle est timide. Mais comme elle a de jolis cheveux », dira Françoise. Quant à Brigitte qui avait lu *Bonjour Tristesse* et trouvait son auteur très intelligent, elle aura cette formule imagée : « Elle est bouclée à l'intérieur de sa tête. »

Malgré cette sympathie réciproque elles resteront assez éloignées l'une de l'autre. Ni Françoise ni Brigitte n'ont éprouvé le désir de nouer une relation suivie. Il leur arrive pourtant de fréquenter les mêmes gens mais elles n'en profiteront pas pour se voir plus souvent. C'est le hasard qui les met quelquefois en présence à Saint-Tropez ou à Paris. Néanmoins, BB demandera à Françoise Sagan d'être auprès d'elle pour fêter ses quarante ans au club 55, sur la plage de Pampelonne où étaient apparus les premiers seins nus au cours de l'été 1964. Dix ans après, la plage du scandale a retrouvé sa tranquillité. Le monde a soif d'exotisme. C'est la décennie des voyages lointains, des dérives asiatiques.

La star qui vient de faire ses adieux au cinéma a voulu, en ce jour exceptionnel, réunir des amis de Saint-Tropez comme Picolette, l'ex-femme de Pierre Brasseur qui anime à Gassin un restaurant à la mode, « Aux quatre vents », les architectes Claude Chauvin et Roger Herrera, le peintre Vincent Roux, François Guglietto. Françoise Sagan est accompagnée de son second mari Bob Westhoff dont elle vient de divorcer mais qu'elle n'a pas encore quitté, et de Françoise Jeanmaire, sa confidente d'alors. Brigitte Bardot, radieuse, ayant à ses côtés Laurent Vergez, son chevalier servant de l'époque, et Françoise, souffle les quarante bougies d'un gâteau d'anniversaire ô combien symbolique : c'était comme si s'éteignaient les feux de la rampe et les sunlights de sa phénoménale aventure cinématographique.

Pour célébrer l'événement Françoise Sagan apporte sa contribution à l'album de photos que Ghislain Dussart a consacré à sa belle amie[1].

« En 1954, écrit-elle, il s'agissait d'être vertueuse et Bardot ne l'était pas. En 1975, il s'agit d'être licencieuse et Bardot

---

1. *Brigitte Bardot racontée par Françoise Sagan, vue par Ghislain Dussart* (Flammarion, 1975).

ne l'est toujours pas. Elle ignore ces deux termes. Comme tout animal doué de raison, elle n'a rien à voir avec la civilisation chrétienne et ses tabous et en même temps rien à voir avec la destruction ou la haine de ces tabous. Brigitte Bardot est une femme qui se trouvait bien dans l'eau tiède de la Méditerranée, il y a 20 ans, et qui s'y trouve toujours bien. C'est aussi une femme qui aime encore que les hommes trouvés et les chiens perdus posent leur tête sur son épaule. C'était, et c'est toujours, une femme que la caméra éblouit, mais dans le sens du dictionnaire, c'est-à-dire : ''frapper les yeux par un éclat qu'ils ne peuvent soutenir''.

Soumise à son destin de flashes, de star et de bête curieuse mais plus soumise encore à son instinct d'animal femelle parfaitement libre de son sang et de ses impulsions (...). »

Cet anniversaire « historique » sera aussi l'occasion pour Françoise Sagan et Brigitte Bardot d'avoir enfin une vraie discussion. L'hebdomadaire *Jours de France*[1] demande, en effet, à la romancière d'interviewer sa copine de Saint-Tropez avec qui elle n'a échangé, jusque -là, que quelques sourires, quelques « hellos », rien de plus. Très vite l'entretien va devenir une conversation familière. En parlant à bâtons rompus, elles se découvrent des points communs ce qui fait dire à Françoise :

« C'est drôle, on a les mêmes réactions sur des tas de choses... Au fond, on est affreusement saines, toutes les deux... Parce que nous avons reçu une éducation bourgeoise ? »

« C'est vrai, répond Brigitte. Je sais que je suis saine. Par moments, je me dis que cette simplicité, c'est un peu ridicule, démodé, mais il n'y a rien à faire, je suis comme ça, j'avoue

1. N° 1 056, daté du 10 au 16 mars 1975.

que je ne comprends pas : pourquoi se détruire lentement ?
Autant se suicider tout de suite. La drogue, c'est la mort
lente, un esclavage total, et comme je déteste être esclave de
quoi que ce soit, sauf de l'amour... J'aime l'amour d'un
homme que j'aime.

— Moi aussi... On a vraiment quarante ans, hein ?

— Oui, et à quarante ans on est comme ça !

— On a quarante ans depuis quarante ans...

— Ce qui n'empêche pas d'aimer des choses dans la vie : un
verre frais, un coup de rouge. Des choses dont on n'a même
pas envie de parler, tant elles sont simples. »

Sur la même longueur d'onde, la star et la diva des lettres
abordent franchement tous les sujets, même de caractère
intime. « Et ta mémoire, elle fonctionne comment ? demande
Françoise. Elle traîne de mauvais souvenirs ?

— Non, heureusement, dit Brigitte. Par exemple, tu vois, si
je romps avec un homme ou si un copain me laisse tomber ou
disparaît, eh bien, je me souviens toujours des moments
agréables vécus avec eux. Pas des autres.

— Une mémoire sélective, au fond, optimiste. Tiens, à propos,
comment fais-tu pour rompre ? Moi, mes ruptures, je les fais
chez Lipp.

— Ce que tu es snob !

— Pas du tout, je suis romantique. Chez Lipp quand tu
entres, sur la gauche, il y a une table qui...

— Alors, quand tu vas déjeuner chez Lipp avec un Jules, il
doit se dire : ''Qu'est-ce qu'elle va me raconter ?''

— Non, j'y vais aussi déjeuner sans rupture... Alors, tu vois,
à cette table, tu t'installes et tu commences à raconter ta petite
histoire. Tu es embêtée, bien sûr, mais il y a des gens qui
passent : ''Bonjour'', ''Comment ça va ?'', etc. Alors, ça
distrait et tout se passe dans la confusion, sans drame. Dans
ces cas-là, je suis assez lâche. Et toi ?

— Moi, je suis super-lâche. J'ai horreur des ruptures, je trouve que ça ne devrait pas exister. C'est triste, moche. Seulement, sans ça !.. »

La scène de la rupture sur une banquette de la brasserie Lipp, avec les gens que l'on salue pour amortir le choc, Françoise Sagan n'en fait tout de même pas une habitude. Elle se souvient, par exemple, d'avoir laissé un homme devant la porte de son immeuble rue du Dragon, à Paris, et de ne l'avoir jamais revu. Qu'avait-il de si grave à se reprocher?

« Simplement, dit- elle, d'habiter un cinquième étage sans ascenseur ! Bien sûr, c'est une boutade, mais je me suis dit : ''Mon Dieu, quel enfer si je tombe amoureuse de cet homme''. Tous ces étages à monter m'ont fait peur. »

Voyages et reportages

A Mégève où elle était venue découvrir la première neige avec sa bande d'amis, Françoise Sagan reçut un télégramme des éditions Julliard. L'attachée de presse Yvette Bessis avait câblé : « Prière rentrer Paris d'urgence pour interview magazine *Life*. Journalistes spécialement déplacés, présence indispensable. » L'auteur de *Bonjour Tristesse* qui vient de passer une merveilleuse journée de ski au Mont d'Arbois, se contentera de répondre : « Suis en vacances. Inutile de gagner de l'argent si impossible de le dépenser. »

Ce mouvement de révolte passé, Françoise qui n'entend point pousser l'esprit d'obéissance jusqu'à la soumission aveugle, fait pourtant ce qu'on lui dit. Puisque « le charmant monstre » dont avait parlé François Mauriac intrigue la presse américaine, elle accepte de jouer franc-jeu avec les journalistes d'Outre-Atlantique qui l'appellent déjà « Mademoiselle Tristesse ». C'est en compagnie de sa sœur Suzanne que Françoise Sagan, en avril 1955, monte dans le Super Constellation qui décolle d'Orly à destination d'Idlewild, l'aéroport de New York. Un voyage de seize heures quarante cinq minutes avec escale à Gander, dans l'île de Terre-Neuve.

Malgré l'heure matinale, Hélène Gordon-Lazareff, escortée de Guy Schoeller, est venue l'accueillir à sa descente d'avion.

Elle avait déjà envoyé Françoise au Moyen-Orient à l'automne 1954 faire un reportage pour les numéros de décembre de *Elle*. Françoise Sagan, auréolée de sa gloire toute neuve, fila le parfait amour avec le photographe Philippe Charpentier. Grand garçon blond souvent maussade, une sensibilité d'écorché vif, il accompagna l'auteur de *Bonjour Tristesse* dans ce périple qui passait par Jérusalem, Damas, Beyrouth et Bagdad. C'est un voyage qui les ennuyerait plutôt s'ils n'avaient pas l'impression de s'offrir des vacances. Lors de son séjour au Liban, Françoise écrit à Véronique Campion :

> « Ce pays est un de ces pays qu'on dit perdus à juste titre. Autrement on se croirait dans l'Esterel (...). Philippe boit plus que moi, mange à peine plus, conduit encore plus vite une Plymouth qu'on a louée et est zin-zin et tendre. Enfin il a vingt-quatre ans et se moque de la littérature. Sagan est loin. Je me baigne et fais du ski nautique (très bien maintenant), le matin, nous faisons des photos de cèdres et d'ânes l'après-midi, et nous nous enivrons le soir, dansons, sillonnons les routes la nuit comme toute jeunesse désabusée. C'est parfait (...). »

Hélène Lazareff sera déçue du résultat, assez médiocre en effet. Mais Françoise et Philippe avaient autre chose à faire qu'à s'intéresser aux pays qu'ils traversaient ! Les journalistes venus recueillir les impressions de voyage de l'écrivain prodige en seront pour leurs frais :

> « Là-bas, dit-elle, j'ai regardé le décor d'abord et j'ai ensuite essayé de connaître la situation humaine mais la brièveté d'un séjour ne permet guère de parler en connaissance de cause. »

Mais à New York, Hélène Lazareff est ravie, au milieu des représentants de la presse qui commencent à la bombarder de questions :
— Que pensez-vous des hommes américains ?

— Attendez je viens à peine d'arriver !
— Est-ce que vous avez vécu toutes les scènes d'amour racontées dans votre livre ?
— S'il fallait parler uniquement de ses expériences personnelles aucun romancier n'aurait décrit la mort.

Ses remarques pertinentes, son sens de l'humour, lui valent d'emblée la sympathie des médias. L'un des correspondants de *France-Soir*, Daniel Morgaine, est également présent pour l'interroger. Habitant un appartement dans la 89ᵉ Rue, entre Park Avenue et Madison Avenue, il organise en son honneur une party et lui fait visiter Harlem grâce à ses bonnes relations avec la chanteuse noire Edna Mae Robinson, l'épouse du grand champion de boxe Ray Sugar Robinson.

Françoise Sagan danse le boogie-boogie et apprend le mambo au « Palace », un vaste dancing enfumé qui peut contenir cinq mille personnes. Guy Schoeller l'entraîne dans une boîte de jazz, le « Small Paradise », où la musique la fait frissonner de volupté. Françoise est l'invitée que l'on s'arrache dans les cocktails. Au célèbre bal de charité « April in Paris » qui a lieu au Waldorf-Astoria, le plus grand hôtel du monde, elle porte une robe de dentelle blanche de Virginie. Toujours assaillie par les journalistes, ce soir-là la jeune romancière de dix-neuf ans les étonne par la définition qu'elle leur a donnée du mariage : « Le mariage, c'est quelquefois la fin des vacances. »

Une phrase reprise le lendemain par toute la presse que Guy Schoeller lira avec amusement, lui, le bourreau des cœurs qui ne peut se douter combien un jour cette réflexion le concernera directement. Mais dans l'immédiat il aime flirter avec Françoise sans s'occuper de l'avenir et, l'esprit papillonnant, se fait volontiers le chevalier-servant occasionnel d'une jolie femme comme l'interprète du film *Carmen Jones*, Dorothy Dandridge qui chante au night-club situé au 14ᵉ étage du Waldorf-Astoria.

C'est dans cet hôtel monumental, véritable petite ville à l'intérieur de la grande, que le consul de France, le comte de Lagarde, avait organisé un déjeuner d'apparat en l'honneur de Françoise Sagan devenue en quelques jours la coqueluche du « Tout-New York ». Près de cinq cents personnes sont rassemblées dans une immense salle de réception à la mesure d'un Orson Welles, alias Charles Foster Kane, présidant un banquet. De quoi donner le vertige à Françoise qui n'en pouvait plus d'être en représentation bon gré mal gré.

Au dessert, excédée, elle avertit sa sœur qu'elle va faire un tour. C'est le moment choisi par le consul pour prononcer son discours où il ne manque pas de comparer l'auteur de *Bonjour Tristesse* à Colette. « Quand il se tourna vers Françoise sa place était vide, raconte Suzanne Quoirez. J'étais bien embêtée car il fallait très vite fournir une explication à tous ces gens. ''Annoncez-leur qu'elle est malade'', me dit le consul en m'invitant à me lever. J'avais à peine commencé à parler que les ovations éclatèrent. Un peu affolée je fais non, non, des mains pour dissiper le malentendu mais c'était inutile. Même mes voisins me prirent pour Françoise. »

Dans son appartement de l'Hôtel Pierre, Françoise Sagan s'inquiète de la suite du programme. Réceptions et interview se succèdent à un rythme d'enfer.

« Mes journées étaient minutées comme celles d'un aimable forçat et mon anglais étant limité à mes notes du baccalauréat, c'est-à-dire 7-8, ma conversation en demeurait disons amène et neutre. On mit quinze jours à s'apercevoir que je dédicaçais mes livres ''with all my sympathies'', ce qui signifie en anglais ''avec toutes mes condoléances'' et non pas ''toute la sympathie'' que j'accordais généralement aux Français. »[1]

1. *Avec mon meilleur souvenir.*

Sur le point de craquer Françoise Sagan téléphone à son amie Florence Malraux en lui demandant de la rejoindre le plus tôt possible. « Son appel ressemblait à un S.O.S., dit Florence. Elle m'a envoyé un billet d'avion et lorsque je suis arrivée à l'Hôtel Pierre, Françoise était au fond de son lit comme un petit animal traqué. Elle voulait que je la prenne par la main dans cette ville qui la fascinait et l'effrayait en même temps. »

« New York m'a donné un choc, avait-elle confié à Daniel Morgaine [1]. C'est une ville extraordinaire qui ne ressemble à aucune autre. Une ville vivante... si vivante que les gens paraissent morts... »

Dans un album de photographies consacré à New York [2] elle fera cette description de la plus grande métropole des Etats-Unis :

« C'est une ville édifiée. Nulle ville n'a l'air plus faite, moins laissée au hasard. Un délire rangé. Les avenues coupées au couteau, les ponts lancés d'un jet au-dessus de deux fleuves, l'Hudson et l'East River, les routes droites et monotones convergeant vers ces ponts. Les gratte-ciel, merveilleux dandies de la fièvre, effarants d'insolence et de tranquillité, avec leurs ombres qui s'entrecroisent sur la tête baissée des New-Yorkais.

En trois semaines se bâtit un immeuble de quarante étages, car l'organisation est la reine de ce beau et monstrueux amas de ferraille. C'est à New York que s'amuseraient le plus les Titans de l'Antiquité. Enjamber le Rockfeller Center, sauter à pieds joints comme les ponts par-dessus les deux fleuves,

---

1. *France-Soir*, daté du 15 avril 1955.
2. Editions Tel, 4ᵉ trimestre 1956.

jouer au cube avec les fameux ''blocs''. Autant d'excellentes distractions, mais il n'y a plus de Titans, il n'y a que des individus d'un mètre soixante-dix essayant désespérément de se rendre leur œuvre confortable, grâce aux voitures, aux ascenseurs et à la douce et folle organisation.

Ville si belle, éclatante au soleil, ville écrasant le ciel de ses parois, noyant le fleuve sous ses ombres. Ville toujours éveillée sous le trafic des voitures et les piétinements gigantesques de la foule. Nulle image n'y correspond : New York, cette mer, cette forêt, cette effigie de l'orgueil des hommes, dépasse de ses pierres ornées, les quelques définitions imagées qu'elle se propose. »

Pour échapper au stress d'un emploi du temps démentiel, Françoise Sagan va partir à la découverte de cette ville qui la subjugue, rassurée par la gaieté communicative de Florence Malraux. « A Harlem, se souvient Florence, on nous prenait pour des jumelles. Un critique littéraire du *New York Times* et le directeur du service de publicité des éditions Dutton nous sortaient dans les endroits à la mode. »

Avec Françoise, elle ira au Mexique, mais ne sera pas du voyage en Floride[1] pour voir Tennessee Williams qui a invité la romancière, fervente admiratrice de son œuvre.

« Le jour de mon arrivée, racontera Françoise Sagan à l'écrivain Jacques Tournier[2], Tennessee est venu me rejoindre à mon hôtel, avec un de ses amis, Frank Merlo. J'ai aperçu derrière eux une femme très grande, en bermuda, qui me souriait. J'ai tout de suite été frappée par ses yeux, très grands, très beaux, des flaques bleues. Le regard d'un

---

1. Françoise Sagan se rendra à Kay West en compagnie de sa sœur Suzanne, de Bruno Morel et de la journaliste de *Elle*, Colette Hymans.
2. *Retour à Nayack — A la recherche de Carson McCullers* (Seuil, 1979).

enfant, chaleureux et perdu. Elle était vraiment perdue. Elle passait ses journées dans le bateau de Tennessee ou sur la plage, sous un parasol (...). »

Cette femme étrange c'est Carson McCullers que son premier roman *Le cœur est un chasseur solitaire* avait rendu célèbre dans le monde entier. Depuis le suicide de Reeves, son mari, dans la nuit du 18 au 19 novembre 1953, Carson, à bout de forces et de solitude, sait que la mort a déjà pris rendez-vous avec elle. Françoise Sagan la reverra, un peu plus tard, dans sa maison de Nayack, une petite ville de la banlieue de New York. Florence Malraux qui assistait à leur rencontre n'a pas oublié le regard qu'elles échangèrent :

« Franco, l'ami italien de Tennessee Williams, servait d'interprète mais tout passait par leurs yeux qui reflétaient la même force d'âme. » Carson et Françoise se sont comprises instantanément. On dirait deux amies intimes, heureuses de se retrouver après une longue séparation. Leurs dix-sept ans de différence ne doivent pas entrer en ligne de compte d'autant que la romancière américaine ne paraît pas son âge malgré ses souffrances.

Au-delà du succès foudroyant de leur premier livre qui les avait fait reconnaître dans la rue et saluer par une critique dithyrambique, elles ont en commun cette lucidité née d'une forme d'innocence. Et le poids de leur solitude respective, lors de ce tête à tête, en disait long sur une angoisse profonde que le rire semble masquer comme chez Tennessee Williams menant une vie d'errance et de vagabondages nocturnes.

L'auteur de *la Ménagerie de verre*, *Un tramway nommé désir*, *la Rose tatouée*, *la Chatte sur un toit brûlant*, *la Nuit de l'Iguane*, avait lui aussi découvert en Françoise une identité d'esprit, des ressemblances fraternelles de pensée. Quand il la vit arriver à Kay West, le dramaturge s'interrogea sur ce qui allait advenir : « Je me demandais si le lendemain matin je la trouverais à sa machine à écrire, mitraillant un nouveau récit, survoltée par l'excitation ! Eh bien non ! Le lendemain matin, elle prenait bain de soleil et bain de mer. »

Par la suite, comme Françoise Sagan le raconte dans son récit autobiographique *Avec mon meilleur souvenir*, Tennessee Williams resurgira, à l'occasion, dans sa vie, ombre mélancolique ou compagnon disert et rieur, c'est selon. La dernière fois ce fut à Paris, en octobre 1971 où il était venu assister au théâtre de l'Atelier à la première de sa pièce *Doux oiseau de la jeunesse*, traduite par Françoise Sagan et mise en scène par André Barsacq, avec Edwige Feuillère en vedette. Le spectacle l'enchanta : « J'ai beaucoup aimé la mise en scène et toute la production de *Doux oiseau de la jeunesse*. Edwige Feuillère est merveilleuse ! Et la traduction de Françoise Sagan est très poétique, elle a épuré tout ce qui était lourd dans mon texte. »[1]

Pour ne pas trahir Tennessee Williams, la romancière travailla avec acharnement comme elle ne l'avait encore jamais fait avec ses propres textes. La Princesse Kosmonopolis, une actrice déchue, qui s'offre à de jeunes amants, est un personnage à sa mesure. Plus à l'aise quand elle manie deux ou trois héros que lorsqu'elle en installe une quinzaine, Françoise Sagan pouvait faire battre le cœur de cette ancienne gloire d'Hollywood sans risquer de trébucher.

Dans une nouvelle « le Gigolo »[2] elle avait déjà campé ce type de femme vieillissante qui a besoin de minets pour oublier sa solitude et vivre dans la nostalgie du plaisir. Vient également à l'esprit l'image d'une Dorothy Seymour, la narratrice du roman *le Garde du cœur* en train de se dire à propos de son aspect du moment : « Je devais ressembler à une de ces héroïnes de Tennessee Williams, alcooliques et solitaires, comme je les aime. »

1. Propos recueillis par Jeanne Fayard (*Tennessee Williams*, Seghers 1972).
2. *Les Œuvres Libres* n° 175 (Librairie Arthème Fayard, décembre 1960).

Mais si l'on veut trouver des points de comparaison avec l'auteur, référons-nous plutôt à ce passage du livre où Dorothy lève quelques voiles sur sa personnalité : « Ah ! Je ne dirai jamais assez les charmes de la vie quand on l'aime. La beauté des jours, le trouble des nuits, les vertiges de l'alcool, ceux du plaisir, les violons de la tendresse, l'excitation du travail, la santé, cet incroyable bonheur de se réveiller vivante, avec tout ce temps devant soi, toute cette gigantesque journée offerte avant que le sommeil ne vous fige à nouveau dans une pose mortelle, sur l'oreiller (...). »

L'accident

C'était un dimanche à la campagne, plutôt maussade, avec un ciel gris qui n'incitait pas à sortir du moulin du Coudret splendidement aménagé, que Françoise Sagan loue au couturier Christian Dior, à proximité de Milly-la-Forêt. Mais ce 14 avril 1957, en début d'après-midi, elle prend tout de même sa voiture, une Aston Martin décapotable, achetée d'occasion, venue s'ajouter à la Jaguar, à la Buick et à la Gordini qui composent son « écurie ». C'est le type de bolide dans lequel se tuera Roger Nimier sur l'autoroute de l'Ouest, dans la nuit du 28 au 29 septembre 1962. Curieusement, Jacques Chardonne dans la lettre qu'il envoya le 29 avril 1957 à Nimier, son correspondant privilégié [1], fait cette remarque : « C'est Morand qui achetait les terribles voitures de Sagan. Mais lui sait conduire. Il n'a jamais fait d'imprudences. » Et de citer à ce sujet une lettre de l'auteur de *l'Homme pressé* : « Les Aston Martin sont de splendides voitures... sport, mais il ne faut pas les avoir à 4 places. J'en ai eu une en 54-55 à 2 places. De plus, elles ont le cul un peu léger dans les virages à plus de 140, ce qui fait qu'elle ont toujours été placées dans les courses, mais très rarement premières. »

La romancière avait invité à déjeuner le metteur en scène Jules Dassin, accompagné de sa femme, l'actrice Melina Mercouri, l'agent littéraire Alain Bernheim et son épouse

1. *Lettres à Roger Nimier.*

Marjorie. Retardé par une crevaison, le réalisateur de *Rififi chez les hommes* venait de téléphoner pour qu'on se mît à table sans lui mais Françoise préféra partir à sa rencontre, emmenant ses amis Bernard Frank, Véronique Campion et Voldemar Lestienne, reporter à *France-Dimanche*.

Un peu avant Corbeil, débouche la Peugeot 203 de Jules Dassin. Embrassades sur le bord de la route, puis chacun repart vers le moulin ; l'Aston Martin prenant de la vitesse disparaît aux yeux de ses suivants. Quelques minutes plus tard c'est le drame. « On n'allait pas encore très vite quand la voiture s'est mise à flotter », raconte Voldemar Lestienne qui était installé à l'avant, entre Françoise et Véronique, Bernard Frank étant assis derrière eux.

Partie en dérapage, l'Aston Martin a percuté le bas-côté, puis basculé dans le fossé avant de finir sa course dans un champ de blé, l'arrière se dressant à la verticale. Sous le choc les trois passagers sont éjectés mais la conductrice, évanouie, côtes défoncées, poignets brisés, est restée coincée sous le véhicule. Jules Dassin, Melina Mercouri, Alain Bernheim et sa femme, découvrant l'accident, sont évidemment les premiers à intervenir.

« Melina et Marjorie ont couru vers le bord de la route pour arrêter les voitures qui passaient afin de demander du secours, dit Jules Dassin. De nombreux automobilistes vinrent nous prêter main-forte et nous parvînmes avec beaucoup de peine à soulever l'Aston Martin. Françoise était inconsciente. Elle semblait avoir reçu un choc violent au côté gauche du visage et saignait du nez. » « Je lui ai fait du bouche à bouche pendant quelques minutes », raconte Alain Bernheim.

Véronique Campion a le bassin fracturé, Bernard Frank le bras gauche fracturé et de nombreuses ecchymoses et le journaliste Voldemar Lestienne souffre de contusions au visage. Celui-ci qui paraît l'un des plus touchés, est transporté en même temps que Françoise Sagan vers l'hôpital de Corbeil, dans la fourgonnette de la gendarmerie : « Nous étions chacun sur une civière. Françoise ne bougeait plus, la langue hors de la bouche, une mousse rosâtre aux commissures des lèvres. C'était affreux car je la croyais morte. A ce moment-là j'ai pensé à l'amour que j'avais éprouvé pour elle. Assis à ses côtés dans la voiture, je la tenais par l'épaule quand l'accident est arrivé. ''Je serai le dernier à l'avoir serrée dans mes bras'', me suis-je dit dans un sursaut d'orgueil. »

L'histoire de sa passion pour Françoise Sagan est indissolublement liée à un souvenir de reportage sur l'auteur de *Bonjour Tristesse* : « Nous étions en plein hiver, elle habitait chez Florence Malraux et soignait une grippe, se rappelle Voldemar Lestienne. Je me suis assis au pied de son lit ''Qu'est-ce que vous faites demain ?'' ''Je m'en vais écrire un livre dans une maison qu'on me prête au Vaudoué, près de Milly-la-Forêt.'' ''Je pars avec vous.'' ''Si vous êtes frileux il n'y a pas de chauffage.'' ''Ça ne fait rien je vous accompagne.''

« Je suis revenu neuf mois plus tard, poursuit Voldemar Lestienne. La cheminée tirait mal, il fallait casser la glace le matin. Nous vivions comme des chatons blottis l'un contre l'autre. Elle avait 20 ans et moi 22 ans. On dormait beaucoup, on lisait, on parlait, on se baladait dans sa grosse Buick décapotable. La pénurie d'essence consécutive à l'affaire de Suez m'obligeait à me ravitailler en carburant chez le père de Françoise, dans son usine d'Argenteuil.

« Un beau matin j'apprends qu'on déménage pour s'installer dans le moulin de Christian Dior. C'est là, un soir, devant un feu de bois qui pétillait, qu'elle m'annonça son intention d'épouser Guy Schoeller. Dans l'instant j'ai fait ma valise et j'ai attendu sur le bord de la route le dernier autocar pour Paris. Rentré chez moi je me suis dit que Françoise ne tarderait pas à me téléphoner. Mais rien, pas un appel, et son silence a duré des mois. » Par une ironie amère quand elle lui fait signe c'est pour qu'il vienne passer le week-end au moulin où seront également présents Jules Dassin et Mélina Mercouri, Jacques Quoirez, Véronique Campion, ainsi que Bernard Frank. Seule manque Florence Malraux qui est souffrante.

Pour l'écrivain Bernard Frank cette invitation correspond aussi à de touchantes retrouvailles car n'aimant pas beaucoup non plus Guy Schoeller, cet agaçant rival, il s'était éloigné de son amie : « C'est à cause de Mme Blanche, la patronne du "Bar Bac" que Françoise a repris contact avec moi. Au bistrot le bruit courait que je n'allais pas fort et que peut-être même on ne me reverrait plus. Victime d'une grave intoxication j'étais sur une paillasse à l'hôpital Beaujon car il n'y avait plus de place. Françoise m'envoya un télégramme : "Mon chéri, viens donc te reposer à la campagne". C'est ainsi qu'après un mois d'hospitalisation j'ai passé trois semaines en clinique à Saint-Cloud, n'ayant dormi, entre-temps, qu'une nuit au moulin. »

Françoise Sagan à son arrivée à Corbeil, est dans un état si dramatique qu'un prêtre vient lui donner l'extrême-onction. Jacques Quoirez qui s'était inquiété de ne pas voir revenir l'Aston Martin, avait pris sa Jaguar et en apercevant, quelques kilomètres plus loin, la voiture retournée de sa sœur, n'eut plus qu'à foncer vers l'hôpital. En l'absence du chirurgien de service qu'il fut impossible de joindre, le frère de Françoise fait le numéro d'un de ses amis, chirurgien. Par chance celui-ci est chez lui en train de jouer aux cartes avec un de ses éminents confrères, spécialiste de neurochirurgie.

Ils se rendent aussitôt auprès de la romancière agonisante et décident de l'emmener immédiatement à la clinique de Neuilly en se demandant si elle vivra jusque-là. « Avec la Jaguar j'ouvrais la route à l'ambulance, raconte Jacques Quoirez. A l'entrée de Paris, deux motards de la Préfecture de Police ont pris le relais. » Cette course contre la mort a lieu sans que les parents de Françoise aient pu être avertis. Pierre Quoirez, en voyage d'affaires en Italie, apprendra la nouvelle en lisant dans le train le gros titre d'un journal qu'avait déplié son voisin de compartiment. Son épouse, elle, est à Cajarc, ayant confié l'appartement du boulevard Malesherbes à la fidèle Julia qui sera informée fortuitement comme le père de Françoise :

« J'étais dans l'autobus desservant la ligne 83, entre la place des Ternes et la place d'Italie, quand un monsieur est monté aux Gobelins avec un journal qui relatait l'accident. » Un titre lui vrille le cœur : « Françoise Sagan : Pronostic réservé pendant 48 heures ». C'est l'attente pour tous, ses proches, les amis de toutes sortes, les journalistes guettent un renseignement, la foule des admirateurs anonymes comme ce routier qui lui envoie une médaille de la Sainte Vierge en fer blanc. La blessée de la chambre 36 tient en haleine un public à l'écoute des bulletins de santé que journaux, chaînes de radio et de télévision du monde entier diffusent.

Les médecins ont diagnostiqué un défoncement de la cage thoracique et un traumatisme crânien. On songe à James Dean qui s'est tué en 1955, à vingt-quatre ans, au volant de sa Porsche, quelques jours après avoir terminé son troisième film *Géant*. D'ailleurs, sous le titre « le Malheur et la Fureur de Vivre », Georges Hourdin, en première page du *Monde* [1], établit une comparaison entre la romancière et le comédien qui « ont traduit l'un et l'autre, dans leur art, dans leur attitude dans la vie, ce qu'il est convenu d'appeler le mal de la jeunesse ».

Et le fait « que les jeunes membres du ''Club Françoise Sagan'' à Milan, ont décidé de louer un car pour venir porter, par la route, à leur idole blessée leurs hommages et des fleurs » est significatif de l'étroite parenté des deux célébrités et prend valeur de symbole. « Le malheur de vivre, souligne Georges Hourdin, se transforme en amour charnel de la vitesse. Françoise Sagan conduit pieds nus ''pour mieux faire corps

1. *Le Monde*, daté du 27 avril 1957.

avec la voiture''. James Dean embrasse les phares de la Porsche qu'il vient d'acheter et dans laquelle il doit bientôt mourir. »

Elle conduisait pieds nus...

C'est un journaliste de ses amis, Paul Giannoli, qui avait écrit qu'elle conduisait pieds nus. Il inventa cette phrase car elle accréditait la légende d'une Sagan excentrique dont le nom est synonyme de whisky, boîte de nuits, voitures de sport, dolce vita tropézienne. En vérité Françoise faisait comme la plupart des gens en vacances au bord de la mer, elle conduisait pieds nus au retour de la plage à cause du sable entre les doigts de pieds. « Je n'ai jamais pensé, dit-elle, faire corps avec quoi que ce soit ! »

« Il y a un jeu dont je raffole. La nuit, vers les trois heures du matin, mon frère au volant de sa Jaguar, et moi au volant de ma Gordini, nous nous rendons place Saint-Sulpice. A plus de cent à l'heure, nous nous lançons l'un contre l'autre et nous freinons au dernier moment. »

Cette révélation de Françoise Sagan, à l'occasion d'une interview à la radio en 1956 fut comme de l'huile sur le feu. Vraie ou fausse, car aucune plainte pour tapage nocturne n'avait été déposée dans le quartier, elle n'en souleva pas moins une tempête de protestations.

« En voiture, je me sens une étoile », disait James Dean. La jeune romancière, au volant de son bolide, a tout, elle aussi, de l'étoile filante. Comme la plupart de ses personnages,

Françoise Sagan conduit vite. Même Flora, l'héroïne de *Un orage immobile*[1] dont l'action se déroule au XIXe siècle, file à toute allure dans sa charrette anglaise :

> « Le cheval blanc et le cheval noir étaient deux trotteurs anglais, deux cobs admirables venus tout droit d'Angleterre et qu'elle menait comme le vent, d'une main sûre, ce qui ne laissait voir d'elle que des cheveux hérissés par la course, des yeux brillants de plaisir, et une silhouette plus garçonnière que féminine. »

On croit voir Françoise dans son cabriolet ronronnant comme un tigre apprivoisé. Mais prendrait-elle le risque d'une folle collision par goût du pari stupide ? Dans l'arrière-pays tropézien, non loin de Tahiti-Plage, elle avait assisté à des duels insensés entre conducteurs. Face à face la Mercedes 500 SL de Gunther Sachs et la Ferrari de Roger Vadim. « Une sorte de roulette russe motorisée, ainsi que l'explique ce dernier[2], mais qui laissait au perdant tous les chances de rester en vie. »

Pour arbitrer ce tournoi qui se joue en trois manches maximum, Françoise était accompagnée de Christian et Serge Marquand, Maurice Ronet et Marlon Brando qu'elle appréciait beaucoup :

> « Il est plein de charme. Il y a quelques années on m'avait demandé d'écrire une série d'articles sur lui. Mais comme ça l'embêtait et moi aussi, nous avons préféré nous amuser au lieu de travailler. »

1. Jean-Jacques Pauvert chez Julliard (1983).
2. *D'une étoile l'autre* (Edition n° 1, 1986).

Entre eux ce sera mieux qu'une complicité amicale. Ils appartiennent à la même race des créateurs qui défient l'avenir à leurs risques et périls. « Quand je repense à Marlon et Françoise, dit Alexandre Astruc, je suis frappé par le dédain secret que pour des raisons morales, tout comme Fitzgerald, ils se sentaient tenus d'affecter à l'égard du don qu'ils avaient reçu du ciel : la possibilité de s'exprimer. »

Françoise Sagan avait fait la connaissance de Marlon Brando à Hollywood au cours d'un dîner chez le producteur Samuel Goldwyn. « Je me souviens également de la présence de Charles Boyer et de Dalio, deux célébrités françaises locales », raconte Bruno Morel qui accompagnait l'auteur de *Bonjour Tristesse* dans son équipée. Aux Etats-Unis pour parfaire ses études d'ingénieur, âgé de 25 ans en 1955, il profite du séjour de Françoise pour s'offrir des vacances, lui servant à la fois d'interprète et de petit ami.

> « A l'époque en Amérique, on ne badinait pas avec la morale, précise la romancière. A Hollywood, c'était très strict. Pour pouvoir partager la même chambre, nous sommes allés à Malibu dans une espèce de bordel à la décoration exotique, je me rappelle des peaux de panthère aux murs. »

Les deux jeunes gens se rendent sur le plateau de tournage du film de Cecil B. De Mille *Les Dix Commandements*, font une virée à Los Angeles et y décident tout à coup d'acheter un costume à Bernard Frank. « D'un restaurant nous lui avons téléphoné à Paris pour prendre ses mesures », dit Bruno Morel. Son périple avec Françoise se poursuit par une excursion dans le désert (Death Valley), une randonnée à cheval au Grand Canyon du Colorado, en Arizona, une balade à Las Vegas, la ville du jeu, où Kiki, très excitée, tentera sa chance aux appareils à sous.

L'autoroute du Sud n'existait pas encore. C'est par la nationale 7, chantée par Charles Trénet, que l'on descend en voiture dans le Midi. Neuf cents kilomètres d'une route sinueuse que Françoise Sagan parcourait en dix heures, quittant la capitale le plus souvent à la tombée de la nuit pour arriver à Saint-Tropez au petit matin. En général, elle partait avec son frère et quelques copains qui suivaient tant bien que mal ; tout le monde se retrouvant sur la plage de Pampelonne, déserte à cette heure, avant de faire l'ouverture de « l'Escale », sur le port, et de flâner à la terrasse de « Sénéquier ».

« J'ai la conduite ambulance », dit Françoise Sagan. Traduisez : rapide et sans à-coup. Son père qui a toujours eu de grosses voitures et aimait rouler vite lui apprit à conduire très tôt. « Il me mettait sur ses genoux quand j'avais huit ans et, comme pour le jeu, je n'ai pas perdu mon temps : j'ai passé mon permis à dix-huit ans et deux jours. »

Pour se déplacer dans Paris, la romancière a une petite Austin. D'un optimisme incroyable Françoise espère toujours trouver une place devant l'endroit où elle se rend. Quand il n'y en a pas, elle s'arrange pour se garer à proximité au risque qu'une auto-grue emmène son véhicule à la fourrière. Elle avait raconté à Sartre un dîner raté prévisible dès lors que son compagnon profita d'une place de parking très loin avant le restaurant. « Elle avait tiré de cette prudence le pronostic que sa soirée était fichue. Et ce fut vrai. Un critère comme un autre ! », avait ri Sartre de son rire tranchant et métallique [1].

Françoise Sagan possède également une Mercedes 450, achetée d'occasion, et une vieille Buick 37 chevaux baptisée « Pipette » car elle consomme énormément : « C'est une sorte d'engin mythique — on se croirait dans un bateau ! Elle est

---

1. *Bonjour Sagan* par Bertrand Poirot-Delpech (Editions Herscher, 1985).

décapotable : on roule en plein air, dans le vent ». [1] Souvent en panne cette belle américaine de couleur bleue a passé des mois chez un garagiste de la région d'Honfleur. Françoise put enfin payer les frais de réparation et la récupérer après avoir gagné au quarté. Sa Mercedes n'est pas en très bon état, non plus, mais elle reste la voiture idéale pour la route. Les usines Citroën lui ont, de plus, prêté pendant un an à elle et à une vingtaine de personnalités l'AX sport qui l'amusa beaucoup. Mais ses trois voitures ont de huit à quinze ans.

S'apercevant un jour, à une station-service sur l'autoroute de Normandie, que les pneus de l'ancienne étaient lisses, la romancière demanda au pompiste de les changer. Le travail effectué, celui-ci l'avertit qu'il avait également mis des chambre à air neuves. Françoise Sagan paya en lui laissant un très gros pourboire. « S'il a voulu me tromper, cela lui donnera des remords », dit-elle à sa passagère, l'écrivain Brigitte Lozerec'h. Enfin, quand on l'arrête pour excès de vitesse, elle n'est pas toujours en mesure de présenter ses papiers mais sa notoriété la sauve : il arrive qu'en échange d'autographes Françoise s'en tire à bon compte.

1. *Globe* n° 10, daté octobre 1986.

Premier mariage

« Si tu guéris je t'épouserai. » Penché sur le visage marqué et endolori de Françoise Sagan qui est inconsciente, Guy Schœller fait cette promesse. C'est en écoutant la radio de sa voiture que le directeur des exclusivités à la Librairie Hachette a appris l'accident. « Je suis allé directement à la clinique de Neuilly, raconte-t-il, où j'ai veillé toute la nuit en compagnie de Jacques Quoirez. »

L'extraordinaire résistance de la jeune romancière a quelque chose de miraculeux. Au petit jour, son frère sort de la chambre enfin soulagé après des heures d'angoisse. « Elle m'a reconnu », annonce-t-il à Guy Schoeller assis sur un banc dans le couloir. Au début de l'après-midi, tandis que le médecin effectuait un électro-encéphalogramme et procédait à l'examen du fond de l'œil, Françoise Sagan lui dit : « On ne m'y reprendra plus ». « A conduire ? », demande le praticien. « Non, à me faire opérer de l'appendicite. » Elle avait subi cette opération voilà trois ans.

Emergeant des ténèbres, Françoise n'a aucun souvenir de l'accident. Quand on lui en relate les circonstances elle s'inquiète aussitôt : « J'espère que je n'ai tué personne ? Qui est blessé ? Est-ce que Florence était dans la voiture ? » Avec son père elle s'efforce de plaisanter : « Tu m'avais dis que j'aurais des ennuis avec la Gordini. Tu vois, papa, c'est l'Aston Martin. »

Ce dimanche-là, il y eut 8 morts et 33 blessés sur les routes de France. Le chef de la gendarmerie de Corbeil après avoir calculé soigneusement que l'Aston Martin avait roulé vingt-trois mètres dans le fossé puis effectué un saut de trois mètres soixante-dix, jugera en connaisseur : « C'est un accident très banal. » Ceux qui tuèrent, à cinq jours d'intervalle, les jeunes romanciers Jean-René Huguenin et Roger Nimier, et celui qui foudroya Albert Camus, le 4 janvier 1960, l'étaient aussi. Mais cette banalité est à faire vomir de tristesse. Pauvre petite rescapée du week-end, Françoise Sagan allait connaître l'épreuve la plus longue et la plus douloureuse de son existence.

« Françoise a souffert le martyre avec un courage exemplaire, dit Annabel Buffet. Mais après l'accident ce ne sera plus la même. Les drogues qu'elle a dû prendre pour calmer ses atroces douleurs l'ont rendue mentalement plus fragile. » C'est surtout l'apprentissage de la solitude qui est à l'origine de cette transformation psychique.

« Quand on a très mal, dit la romancière, on est toujours seul. Les gens qui vous aiment le plus ne peuvent rien pour vous. Mon accident de voiture m'aura au moins appris cela : à un moment donné j'ai su que j'étais définitivement seule. »

Ses premiers pas de convalescente, Françoise Sagan les fait square La Rochefoucauld, à proximité de l'appartement de la rue du Bac que lui a laissé Alain Bernheim parti aux Etats-Unis. Après avoir descendu trois étages, aidé d'un bras ami, elle retrouve un semblant de force pour marcher avec peine. Mais quel progrès depuis le jour où elle essaya de se mettre debout. Jamais elle n'aurait cru que son corps pût refuser d'obéir. Tout son être avançait déjà vers une chaise, sauf les jambes qu'elle ne contrôlait plus. Françoise est tombée et dans l'instant mesure la vanité de ses prétentions. Sa jeunesse privilégiée et son phénoménal succès ne l'avaient pas préservée du malheur comme elle l'eût pensé. En s'écroulant au pied de son lit, la jeune romancière prit brusquement conscience de la fragilité des choses heureuses ou plus exactement de cette sorte d'invulnérabilité qu'elle s'était créée.

Pour achever sa rééducation elle part chez René Mer, un homme d'affaires qui lui a prêté sa maison de Beauvallon, sur le golfe de Saint-Tropez. Annabel l'accompagne. En amie attentive et dévouée, il lui arrive de se lever la nuit pour mettre des compresses sur les jambes de Françoise que des crampes douloureuses agitent pendant des heures. « Elle écrasait des mégots sur le talon de son pied nu pour me montrer que ses membres inférieurs étaient devenus insensibles », raconte la journaliste Marlyse Schaeffer. Quand on fait remarquer à la romancière qu'elle a eu beaucoup de chance de s'en tirer, elle parle alors de cette vie au ralenti qui est maintenant la sienne et cite le mot de Chamfort : « Mon Dieu, délivrez-moi des peines physiques, des morales je m'en charge. »

Au cours de l'été 1957, des copains descendent dans le Midi lui rendre visite. Lorsqu'ils prennent le train, elle se réjouit à la pensée d'aller les chercher à la gare de Saint-Raphaël. Elle ira ainsi accueillir Jean-Paul Faure : « J'avais amené ma raquette de tennis, dit-il. Françoise et moi, nous avons joué sur le cours privé de la maison presque chaque jour. Plutôt sportive, c'est grâce à sa bonne forme physique qu'elle s'en est sortie. Ses médecins en étaient persuadés. »

Journaliste à *l'Express*, Madeleine Chapsal vient l'interviewer début septembre. Cet entretien exclusif[1] a lieu à l'occasion de la parution de *Dans un mois, dans un an* tiré, dès la première édition, à 200 000 exemplaires. A la question « Qu'est-ce qui vous plaît dans la vie ? » Elle répond : « Ce qui vaut la peine

---

1. « Françoise Sagan vous parle... » (*l'Express* n° 325, daté du 13 septembre 1957).

de vivre. C'est la littérature, les gens qu'on aime bien, qui vous plaisent... un accord physique évident entre soi et le monde extérieur. »

Le roman étant dédié à Guy Schoeller qui a passé une dizaine de jours à Beauvallon avant de participer à un safari au Kenya, des rumeurs de mariage avec celui qu'elle appelle « mon plus grand ami » courent dans les salles de rédactions et les dîners en ville. « Maman sera la première surprise en lisant les journaux, si ceux-ci impriment la fausse nouvelle de mon mariage. Nous n'en sommes ni aux roses blanches ni au voile... » déclare-t-elle à Yves Salgues qui l'interroge au téléphone [1].

Les démentis de Françoise Sagan ne trompent personne d'autant que Guy Schoeller a confirmé depuis le Kenya. Il ne reniera pas sa promesse mais ne veut rien changer à ses habitudes. Devenir « Monsieur Françoise Sagan » ce n'est pas son genre et il sait très bien qu'elle ne sera jamais Mme Guy Schoeller, l'épouse conforme d'un homme d'affaires même s'il s'agit d'une personnalité parisienne et mieux encore d'un étonnant personnage qui a les caractéristiques d'un héros de roman. Mais le sort en est jeté. Au moment de la sortie de *Dans un mois, dans un an*, la confirmation du mariage comble de joie René Julliard. L'éditeur, jamais à court d'idées, n'en espérait pas tant pour le lancement du livre. Ce n'est, pourtant, pas un coup monté, puisqu'il était question d'épousailles depuis plusieurs mois.

Une semaine avant son mariage à la mairie des Batignolles et le désir sincère d'accorder deux existences si différentes, le couple se sépare momentanément. C'est Françoise surtout qui a besoin de s'éloigner avant de prononcer le oui fatidique et d'entendre l'adjoint au maire du 17ᵉ arrondissement lui dire

1. *L'Aurore*, daté du 2 septembre 1957.

finement : « Madame, j'espère qu'avec un certain sourire, pas pour un mois ni pour un an, vous direz : *Adieu Tristesse.* »

Avec son frère Jacques elle file en Italie et le soir dans chacune des villes où ils s'arrêtent, elle téléphone à son futur mari. La communication est difficile à obtenir, on entend mal, Françoise Sagan a déjà bu trois ou quatre Negroni. A l'autre bout du fil, Guy Schoeller commence à s'inquiéter malgré Françoise qui hurle dans l'appareil que tout va bien et qu'elle sera là très vite. « On a voyagé en train jusqu'à Naples, dit Jacques Quoirez. Nous étions en pleine euphorie. Je lui avais fait jurer de ne plus jouer aux cartes et pour ma part, je renonçais à la compétition automobile. C'était le bonheur ; on ne voulait plus rentrer. »

« Le jour du mariage, ajoute-t-il, j'avais en poche un visa pour le Venezuela où je pensais m'expatrier. »

Histoire de rire, la veille de la cérémonie, Françoise Sagan téléphonait à sa sœur et à quelques amis pour leur dire que, tout bien réfléchi, elle n'épousait plus Guy et partait avec Untel. « Tout le monde était effondré, se souvient Françoise. Personne ne m'a répondu : ''C'est une blague''. On me croyait vraiment. »

Selon le vœu des deux époux, le mariage se déroula « dans la plus stricte intimité », à peine troublée par la présence de quelques deux cents photographes admis par petits groupes à la mairie... Malgré les ruses de Sioux, Françoise et Guy n'ont pu les semer. Des journalistes en mal de copies les pistent nuit et jour depuis leur annonce de convoler en justes noces. C'est la rançon de la célébrité. Guy Schoeller, qui mène une vie plutôt paisible, serait presque choqué d'apparaître ainsi en première page des journaux.

Il a peu de goût pour ce genre d'exhibition mais la présence de Pierre Lazareff, incarnation d'une presse à sensation, semble prouver le contraire. Sans avoir signé un pacte secret avec le diable, le distingué directeur à la librairie Hachette, spécialement chargé dans la tentaculaire maison des relations avec les éditions Gallimard, ne fait qu'afficher une solide amitié envers le puissant directeur de *France-Soir*. Comme celui-ci aime beaucoup Françoise Sagan et que le couple s'est connu dans son bureau, il est naturel de le voir parmi les rares personnes admises dans la salle des mariages. Flanqués de leurs témoins son frère Jacques pour Françoise et l'éditeur Gaston Gallimard [1] pour Guy Schoeller, les époux, après avoir murmuré un « oui » inaudible, sortent de la mairie sans porter d'alliance, ayant tout simplement oublié d'en acheter. Plus surprenant encore, Guy a omis Pierre et Marie Quoirez et sa propre mère dans la liste des invités.

Celle-ci, d'ailleurs, ne compte guère qu'une douzaine de noms qu'on retrouvera à « La Grille Royale », la propriété des Lazareff à Louveciennes où a lieu le déjeuner préparé par Raymond Oliver, le fameux cuisinier de la télévision. Outre les témoins et le maître et la maîtresse de maison, il y a Sophie Litvak, la femme du metteur en scène Anatol Litvak, Ithier de Roquemaurel, administrateur de la librairie Hachette, Francis Fabre, PDG des Chargeurs réunis, et son épouse, l'avocat Albert Abdesselam, membre de la délégation française aux Nations Unies, son confrère Jérôme Sauerwein, les journalistes et écrivains François et Jacques Gall.

Ce sont tous des familiers de « La Grille Royale », une ancienne « folie » de la comtesse du Barry avec un étang réservé aux canards et aux cygnes et un parc assez profond pour faire oublier le voisinage de Paris et de l'autoroute de l'Ouest. Tout ce qui compte en France et ailleurs a été l'hôte un dimanche du célèbre couple de journalistes qui reçoit sans contrainte ministres, artistes, écrivains, vedettes de cinéma, banquiers, capitaines d'industrie, etc. Aux beaux jours le défilé

---

1. Il offrit en cadeau aux nouveaux mariés le service à café de l'impératrice Eugénie.

de personnalités se transporte près du Lavandou, à « La Fossette », une villa plantée sur un cap rocheux qu'Hélène Lazareff s'est fait construire avec une jetée où accostent les bateaux de ses amis.

Au mois d'août 1957, cet endroit sublime a servi de décor au tournage de *Bonjour Tristesse*, le film d'Otto Preminger avec Jean Seberg dans le rôle de Cécile. Les droits cinématographiques du roman avaient été vendus par René Julliard cinq millions d'anciens francs au chef d'orchestre Ray Ventura devenu producteur. Ce dernier par l'intermédiaire d'Alain Bernheim réalisa la plus belle opération de sa carrière en les cédant à son tour aux Américains de la Columbia contre un chèque de soixante millions. Quand elle apprendra ce marché Françoise Sagan accusera le coup avec son flegme habituel, mais elle ne comprendra jamais la leçon.

Bonjour Tristesse et spécialement *Un certain sourire* réalisé par Jean Negulesco, ne laisseront pas un souvenir impérissable dans la mémoire des cinéphiles ni dans celle de Françoise Sagan :

« J'ai été atterrée en les voyant. Le second surtout, était une catastrophe. Je suis rentrée dans la salle, j'ai vu Christine Carrère sourire niaisement, tandis que Rossano Brazzi pêchait le goujon sur la plage du Carlton, à Cannes... Le meilleur, c'est *Aimez-vous Brahms..* qu'a fait mon ami Tola Litvak. [1] »

Pour lui dire sa satisfaction elle écrira une lettre au metteur en scène de *la Fosse aux serpents* et d'*Anastasia* :

1. *Cinématographe* n° 107, daté de février 1985.

« Cher Tola [1],

Je voudrais te remercier de ta réalisation de *Aimez-vous Brahms..* Je l'ai beaucoup aimée.

Paris y est beau, les gens y sont tendres, comme je les espérais. Ils jouent très, très bien tous les trois. J'ai beaucoup regretté, en revanche, que ça finisse si tristement — mais c'est de ma faute. Bref, j'ai complètement oublié pendant deux heures que j'avais écrit cette histoire, que ces prénoms m'étaient familiers, et je ne vois pas meilleur compliment à te faire.

Paule, Simon, Roger [2] ont pris grâce à toi un visage, des gestes, un poids que je ne saurais plus moi-même distinguer de mes héros imaginaires.

Je te remercie et je t'embrasse. »

Anatol Livtak invitera la romancière à figurer dans le film lors d'une scène de boîte de nuit tournée aux studios de Boulogne. On la voit dansant dans les bras de Sacha Distel. Pour sa part, Otto Preminger lui avait carrément proposé le rôle de Cécile au moment de chercher l'interprète de l'héroïne de *Bonjour Tristesse*. « Vous voulez rire ? », répondit Françoise Sagan au metteur en scène qui imaginait déjà le lancement publicitaire du film.

Oubliant son idée farfelue, il contacte Audrey Hepburn l'interprète de *Gigi* pourtant bien loin du personnage. Choquée par le sujet du livre, la comédienne déclare qu'elle ne tournera jamais un scénario aussi immoral. En désespoir de cause Otto Preminger s'adresse à Hélène Gordon-Lazareff qui va organiser un concours dans *Elle* pour dénicher l'oiseau rare. Un jury composé notamment de Roger Nimier et Maurice Goudeket,

---

1. Nom dont se servent ses amis pour désigner Anatol Litvak.
2. Interprétés respectivement par Ingrid Bergman, Anthony Perkins et Yves Montand.

l'ancien mari de Colette, sélectionne quinze jolis minois dont celui de Mijanou Bardot, la sœur de Brigitte, sur les quinze cents photos qu'a reçues le journal.

Mais aucune des candidates ne plaît vraiment à Otto Preminger qui, renonçant au projet, part à la recherche d'une Jeanne d'Arc pour un film qu'il voulait consacrer à la sainte d'après la pièce de Bernard Shaw. C'est à Chicago que le réalisateur découvre sa future vedette : Jean Seberg, une étudiante de 18 ans. Cette fille d'un pharmacien et d'une institutrice de Marshalltown, dans l'Iowa, a lu *Bonjour Tristesse* et s'est sentie en communion de sentiments avec Cécile. Otto Preminger lui offrira le rôle sans hésiter. Après avoir été la sainte Jeanne elle entre sur sa lancée dans la peau de l'adolescente solitaire et cynique de *Bonjour Tristesse*, les personnages du père, Raymond, et de ses maîtresses, Anne et Elsa, étant joués par David Niven, Deborah Kerr, Mylène Demongeot.

La présentation du film à New York est un fiasco. « Jean Seberg ressemble autant à une nymphe française qu'un verre de lait à un pastis », souligne le critique du *New York Herald Tribune*. L'actrice ne s'en souvenait peut-être plus lorsqu'elle vendra ce journal sur les Champs-Elysées dans *A bout de souffle* de Jean-Luc Godard. Entre- temps, elle s'était révélée une véritable héroïne de Sagan après son coup de foudre pour un avocat stagiaire parisien François Moreuil [1].

En vacances sur la côte varoise chez l'industriel et mécène Paul-Louis Weiller, le jeune homme lui avait lancé en la rencontrant : « Bonjour, bonheur ». Cette belle histoire d'amour se termina par un divorce deux ans plus tard.

---

1. Devenu cinéaste il fera tourner Jean Seberg dans *la Récréation*, d'après une nouvelle de Françoise Sagan.

Les paradis artificiels

« L'accident a eu lieu en avril et j'ai cessé d'avoir mal en octobre. La maladie est une expérience capitale... » Pendant plusieurs mois Françoise Sagan est tourmentée par une polynévrite, inflammation des nerfs qui fait atrocement souffrir. C'est un supplice quotidien qu'elle ne supporterait pas sans sa régulière dose de morphine, plus précisément un succédané appelé le Palfium 875, un produit récent.

Grâce aux ordonnances du docteur Schwartz qui signe Medicus ses chroniques médicales dans *France-Soir*, elle aura ses piqûres bienfaisantes. « Il fallait qu'elle prenne du Palfium toutes les trois heures, dit Jacques Quoirez. Après avoir raflé tout ce que je pouvais dans les pharmacies parisiennes, j'allais me fournir en Belgique. A la frontière, si les douaniers avaient voulu fouiller ma Jaguar ils seraient tombés sur une quantité de boîtes d'ampoules cachées dans la capote abaissée. Pour ma sœur, je faisais sans bien m'en rendre compte du trafic de stupéfiants. »

Au bout de quatre mois de ce régime Françoise Sagan est devenue une droguée. Ne supportant pas l'idée d'être dépendante de la morphine, elle entre dans la clinique du docteur Morrel, à Garches, afin d'y perdre le goût du Palfium 875. Ce fut un séjour rapide au cours duquel elle a tenu son journal publié sept ans après sous le titre *Toxique*[1], enrichi par des

1. Julliard, 1964.

dessins et l'écriture anguleuse de Bernard Buffet. Le docteur Morrel permet à ses malades d'assumer la responsabilité de leur guérison en les laissant espacer d'eux-mêmes, à force de volonté, les piqûres qui provoquent cette tiède sensation de bien-être.

Cette méthode équivaut au supplice de Tantale. Ne point céder à la tentation de l'ampoule à portée de la main c'est surpasser les douleurs physiques par une souffrance morale encore plus forte. Quelle victoire pour Françoise quand elle inscrit : « Lundi : j'ai passé hier treize heures sans ampoule. Je pense que c'est un événement. » Lorsque les effets du Palfium ont disparu elle note :

« J'essaye désespérément de ne pas tricher mais il suffit d'y penser pour que ça commence. La seule solution est d'attendre que ce soit vraiment douloureux. Et non pas prodigieusement énervant comme maintenant. Je m'épie : je suis une bête qui épie une autre bête, au fond de moi. »

C'est une épreuve terrible qu'elle essaie de surmonter en rédigeant coûte que coûte son journal :

« Mardi : il paraît que ça va devenir plus difficile. Je le crois volontiers, j'étouffe depuis ce matin. Il faut, paraît-il, s'accrocher. L'esprit monte et descend entre deux crises, sans cesse. Décrocher le téléphone, garder cet air courageux, expliquer posément que décidément ce n'est pas supportable comme ça. Ils feront quelque chose, quelque chose qui retardera le moment où je partirai. Tout ce que je fais pour moi est contre moi, c'est épouvantable. »

Cette lutte continuelle s'exprime encore par ces lignes arrachées à la détresse accablante qui envahit Françoise Sagan :

« Quand on n'a plus personne à embrasser, et que la solitude équivaut à un travail que personne ne vous demande plus, la vie doit être triste.

Il repleut... Mon fume-cigarette m'a échappé, a glissé sur le rebord de la fenêtre. Je n'ai aucun geste, j'ai attendu qu'il s'arrête, par hasard, au bord de l'abîme, comme fascinée par l'événement, incapable d'intervenir avant. Curiosité. A y penser, il me semble que j'ai toujours été comme ça, sauf en voiture...

J'avais seize ans. J'ai eu seize ans. Je n'aurai plus seize ans, moi qui me sens la jeunesse même. Je n'ai pas vieilli en fait, je n'ai renoncé à rien. J'ai appris des trucs, peut-être, des truquages.

Ce capot noir qui s'élançait, ce bruit confiant, amical, Jaguar un peu longues, Aston un peu lourdes, je m'ennuie de vous à périr, après avoir failli périr par vous. »

Dans son journal, Françoise Sagan fait intervenir des personnages aux noms bizarres comme Verinoc ou Annibal. Le premier masque Véronique Campion qui vient d'épouser le journaliste Renaud Vincent. Le second dissimule Annabel. « Quand les gens boivent, explique celle-ci, ils voient des éléphants roses. J'en savais quelque chose d'où ce jeu de mots avec mon nom qui rappelle le général Hannibal et ses célèbres éléphants. »

« Annibal et Verinoc viennent de partir, note Françoise. Verinoc est superbe et gaie, je l'aime. Antoine et Annibal ont l'air très contents. J'aurais bien aimé monter dans leur taxi. Avant je faisais tout ce que je voulais, maintenant plus rien c'est dégoûtant. »

Quand elle constate « Antoine et Annibal ont l'air très contents », il ne s'agit pas de Bernard Buffet qui ne connaissait pas encore Annabel ; Antoine c'est un setter que Sagan donna à son amie, mais le peintre et le chien ne feront pas bon ménage ce qui obligera la chanteuse à s'en séparer.

Un jour de dépression Françoise Sagan croit qu'elle n'est plus amoureuse de personne. Elle écrit :

« Je sais ce qu'il me reste à faire : je vais m'éprendre de moi, me soigner, me bronzer, me refaire les muscles un par un, me ménager infiniment les nerfs, me faire des cadeaux, me jeter dans les glaces des sourires troublés. M'aimer. Sans doute un passant en 1958 arrêtera-t-il cette lente glissade vers la schizophrénie. Et sans doute sera-t-il... »

La romancière se retient d'écrire le nom de Guy Schoeller et Bernard Buffet comble le blanc par un point d'interrogation.

Françoise Sagan n'en oublie pas pour autant sa raison d'être : la littérature, sa vraie passion, celle qui l'excitera jusqu'à son dernier souffle.

« Peut-être devrais-je consacrer mon activité littéraire à autre chose que ce petit journal. Une nouvelle ? Oui, quoi ? Trente débuts se présentent, aucune fin. ''L'homme étendu'' n'était pas mal et ''Une Soirée''. Autrement... J'aimerais écrire des choses qui se passent en Espagne, avec du sang et de l'acier, ou à Florence sous les Borgia (?) mais non. Mon domaine, c'est apparemment ''il a mis le café dans la tasse, il a mis le lait dans le café, il a mis du sucre, etc.''.

Le quotidien triste, Prévert, Buffet, notre chère époque ? Sartre, personne n'est gentil, ni méchant, et d'ailleurs comment l'être ? L'ennui le bel amour qui se cache la tête sous son aile, qu'en peut-on savoir, et pourquoi essayer, etc. »

1.

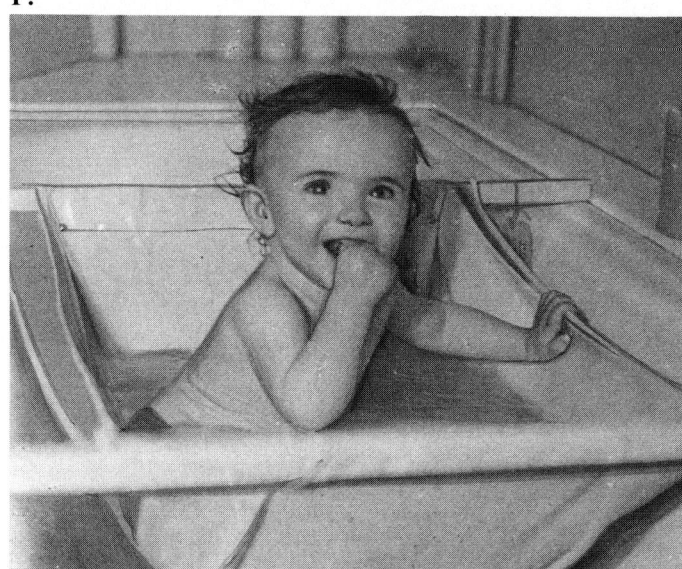

5.

1. Françoise Sagan à 18 mois : ça baigne !.. **2.** Aux sports d'hiver avec sa mère. **3.** Avec son chat et sa première voiture. **4.** Déjà amie des bêtes. **5.** A toute vitesse sur quatre roues.

4.

1.

2.

4.

5.

3.

Ci-contre, avec son premier mari, Guy Schoeller, un hiver à Saint-Tropez.

1. Année scolaire 1946-1947 au cours privé Louise de Bettignies, à Paris. On reconnaît Françoise, cheveux nattés, à l'extrémité droite du troisième rang. **2.** Près de Cannes, vers l'âge de quatorze ans. **3 et 4.** Françoise Quoirez est devenue Françoise Sagan à la publication de *Bonjour Tristesse* : elle avait dix-huit ans. **5.** Silhouette romantique : Françoise vient d'entrer en littérature. **6.** Sur la plage, avec son amie Paola.
7. Vacances tropéziennes : de gauche à droite, Alexandre Astruc, Noël Dumolard, la fille de Jacques Quoirez, Françoise, Véronique Campion, Michel Magne et Annabel.

6.

7.

1.

2.

3.

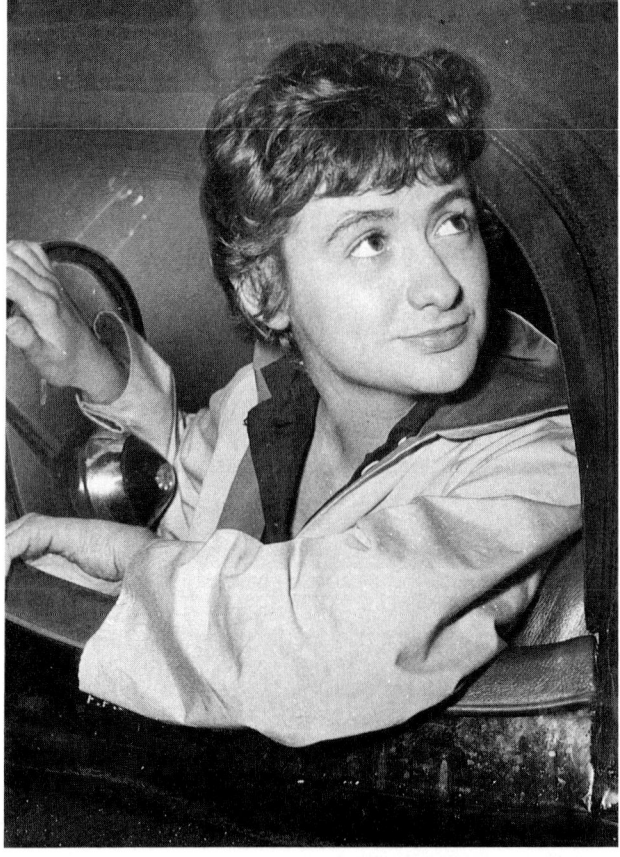

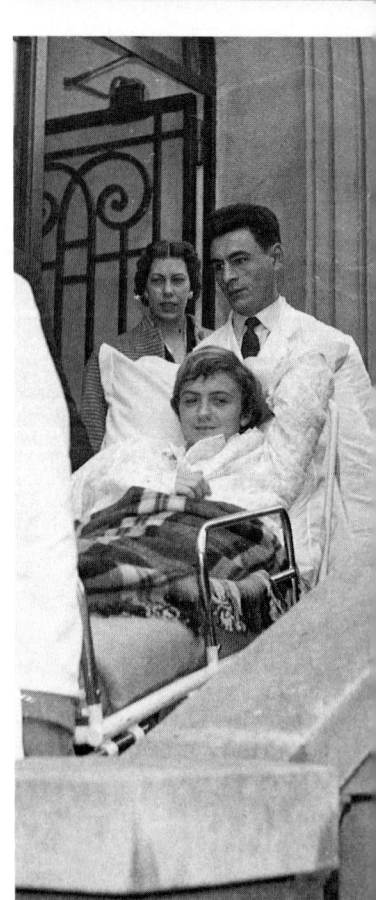

4.

Ci-dessus, l'Aston Martin qui s'est retournée sur Françoise un dimanche d'avril 1957, près de Milly-la-Forêt.

1. Françoise entre son père Pierre Quoirez (à droite) et J.A. Grégoire, le constructeur automobile. **2.** Au volant de sa Jaguar. **3.** L'écriture, toujours... **4.** A sa sortie de clinique, après son accident. **5.** Départ de la Mairie des Batignolles, après son mariage avec Guy Schoeller, en mars 1958. **6.** Un couple du Tout-Paris : Guy Schoeller et Françoise Sagan.

5.

6.

1.

2.

6.

3.

7.

1. Balade à dos de mulet en Arizona. Françoise (2e cavalier) découvre le Grand Canyon en compagnie de son ami d'enfance Bruno Morel (6e cavalier). 2. Avec Bernard Buffet, après la première de *Rendez-vous manqué*, en janvier 1958. 3. Avec Florence Malraux : on les croyait jumelles. 4. Juliette Gréco chante Sagan sur une musique de Michel Magne. 5. Jean Seberg, l'interprète de *Bonjour Tristesse*. 6. Françoise dans les bras d'un vieux copain, Jacques Chazot. 7. François Mauriac (au centre) et François Le Grix, lecteur chez Julliard. 8. Françoise sur le tournage de *Aimez-vous Brahms*, en compagnie des acteurs. 9. Marie Bell, interprète de la pièce *Les Violons parfois*, entourée de l'auteur, R. Dutoit et P. Vaneck. 10. Avec Annabel, qui a interprété quelques chansons de Sagan.

Ci-dessous :
C. Rich, Ph. Noiret, F. Brion et H. Piégay interprètent *Château en Suède*, en 1959.

8.

9.

10.

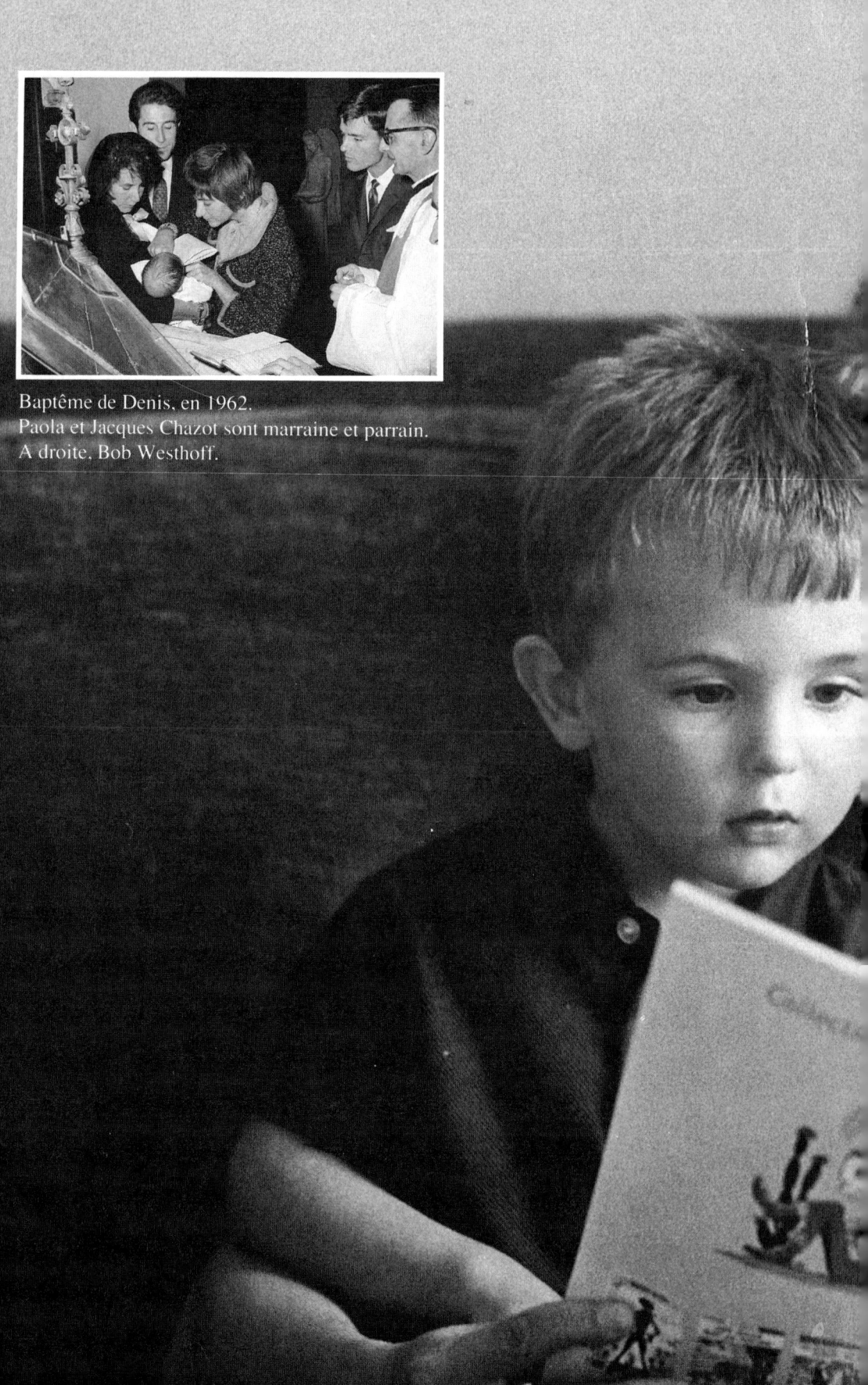

Baptême de Denis, en 1962.
Paola et Jacques Chazot sont marraine et parrain.
A droite, Bob Westhoff.

Françoise, très tôt,
communique
à son fils sa passion des
chevaux.
A Deauville avec Bob Westhoff
et sur la pelouse de la propriété
d'Equemauville.

1.

2.

1. Françoise Sagan aux courses, en train de suivre le galop de son cheval Hasty Flag.
2. Chez elle, avec Jérôme Garcin, qui l'interviewe pour son émission *Boîte aux Lettres* sur FR3. 3. L'écrivain Bernard Frank, un ami de toujours.
4. Françoise Sagan en compagnie de l'auteur.
5. A l'heure des souvenirs…

Page suivante : Françoise Sagan, dans son appartement parisien, travaillant sur le manuscrit de son roman *De guerre lasse*.

« Il y a autre chose qu'il me faut signaler sans doute si ce journal veut être complet, ajoute-t-elle en conclusion. C'est que je me suis habituée peu à peu à l'idée de la mort comme à une idée plate, une solution comme une autre si cette maladie ne s'arrange pas. Cela m'effraye et me dégoûte mais c'est devenu une pensée quotidienne et que je pense être à même de mettre à exécution si jamais... Ce serait triste mais nécessaire, je suis incapable de tricher longtemps avec mon corps. Me tuer ; Dieu que l'on peut être seule parfois (...). »

Pour échapper à la neurasthénie et à l'ennui la drogue est un palliatif sinon une thérapeutique mais elle reste une démission non une conquête. Sur ce sujet Françoise Sagan a répondu sans détour [1] :

« On se drogue parce que la vie est assommante, que les gens sont fatigants, qu'il n'y a plus tellement d'idées majeures à suivre, qu'on manque d'entrain. On met un petit coton entre la vie et soi. La seule chose que je trouve convenable — si on veut échapper à la vie de manière un peu intelligente — c'est l'opium.

C'est une drogue intelligente. Dangereuse, bien sûr, mais la vie qui vous rapproche de la mort est tout aussi dangereuse. Je ne crois pas à la drogue créatrice puisque je crois qu'elle vous empêche d'écrire. On se dit toujours : demain. La génération d'écrivains avant la nôtre était alcoolique, celle-ci c'est la drogue... Il est évident qu'il est très difficile d'être un créateur, dans un pays aussi uniforme où le fait d'être un individu est déjà presque un défi à la société. Je pense tellement que chacun doit faire ce qu'il

---

1. *Magazine Littéraire* n° 34. Propos recueillis par Francis Bueb (Novembre 1969).

veut, que je n'arrive pas à prononcer un jugement sur les drogués. Quand je me sens mal, ou désespérée, il m'arrive de boire. Je me jette sur tout ce qui rend extraverti, sur tout ce qui vous pousse vers les autres. Le whisky vous jette vers les autres, tandis que l'opium vous fait vous replier sur vous-même.

Il est évident que la vie actuellement est accablante et que l'on a besoin de quelque chose entre la vie et soi. Je ne vois pas du tout pourquoi on met les gens en prison parce qu'ils fument du haschich. Ce sont les gens normaux qui sont anormaux. »

De Baudelaire à la « beat generation », en passant par Apollinaire, Artaud, Michaux, Roger Vailland, André Malraux, des écrivains se sont risqués à devenir cet autre soi-même reconstruit par l'usage des stupéfiants et des excitants. Il y a quelque chose de pathétique dans l'aventure solitaire de la drogue. Mais elle concerne si étroitement celui qui la tente qu'on doit se garder des jugements hâtifs.

Celle-ci dans *Des bleus à l'âme* (où en contrepoint du récit elle prend la parole en son nom propre) avait écrit, sans que la critique n'y prête attention :

« Aucun de mes héros ne se drogue. Que je suis donc démodée! Mais quand on y pense, il est absolument comique qu'à notre époque, où tous les tabous, les grands tabous, sont abattus, où la sexualité — et ses corollaires — est une source de revenus déclarables, où la fraude, le vol et la malhonnêteté sont presque devenus blagues de salon, les gens se fassent taper sur les doigts pour une seule chose : la drogue.

Ils vous crient, bien sûr, que l'alcool et le tabac, c'est pareil, voire pire. Pour une fois je me rallierai à l'opinion des autorités, car si l'on connaît un peu ce milieu, il est évident qu'on ne sort de la drogue qu'une fois sur cent mille, et à quel prix et avec quels dégats ! Les images d'Epinal que l'on offre nous le montrent bien — et les images d'Epinal, dans leur naïveté, ont presque toujours plus de vérité que les raisonnements abstraits. Entre un joyeux ivrogne dans un bistrot, gras, titubant et répugnant (...) et le jeune homme maigre, seul dans une chambre, les mains tremblantes et la seringue plongée dans une veine qui saute, il y a un monde, ce monde étant l'absence ''des autres'' : l'alcoolique se saoule ouvertement et le drogué se cache. Au demeurant je ne tiens pas à faire le panégyrique de l'alcool ni attaquer la drogue au nom d'une morale, je ne m'attache qu'au côté gai ou triste de la chose ; et puis l'essentiel n'est pas dans cette différenciation, mais dans le fait cruel et évident qu'un être humain, intelligent ou bête, sensible ou idiot, vivant ou atone, est généralement victime aujourd'hui de l'un de ces trois dictateurs : l'alcool, la drogue ou la pharmacie (les tranquillisants).

Comme si la vie n'était qu'une longue route savonneuse où l'on déraperait horriblement à toute vitesse vers un tunnel noir et inconnu, et où l'on essaierait désespérément de déficher des crampons qui claquent au fur et à mesure, que les noms soient whisky, Librium ou héroïne. Tout en sachant que ce dernier crampon, l'héroïne, doit être remplacé plus vite que les autres et qu'il est moins solide... »

Jusqu'au *Bleus à l'âme*, effectivement, aucun de ses héros ne se drogue ni n'abuse d'amphétamines et de tranquillisants. Exception faite, toutefois, pour Lewis, dans *le Garde du cœur*, paru en 1968, c'est-à-dire trois ans plus tôt, qui est un amateur de L.S.D. Le découvrant dans un état second, la narratrice Dorothy Seymour observe seulement : « Je n'ai rien, au demeurant, contre les drogues : simplement l'alcool me suffit et le reste me fait peur. J'ai peur aussi des avions, de la pêche sous-marine et de la psychiatrie. La terre seule me rassure, quelle que soit la part de boue qu'elle contient. » Dans *Un profil perdu*, puis dans *le Lit défait*, publiés respectivement en 1974 et 1977, Françoise Sagan évoque sans fausse pudeur ce qu'elle avait elle-même éprouvé de diverses manières. Dans chacun des livres les héros ont recours à des adjuvants pour supporter le poids de leurs inquiétudes. Ainsi Julius A. Cram, le puissant homme d'affaires de *Un profil perdu* qui « avalait de nombreux médicaments, des pastilles blanches, jaunes, rouges, dont il avait renouvelé le stock à New York ».

Pour Edouard Maligrasse, dans *le Lit défait*, la situation est plus alarmante encore. Cet auteur dramatique de 35 ans fait usage de temps en temps de pilules psychotoniques et se serait volontiers piqué à l'héroïne « si cela lui avait permis d'écrire dix pages éblouissantes, mais l'idée de stimuler ou d'étouffer chimiquement ses humeurs l'humiliait profondément ». Un autre personnage du roman, le directeur du théâtre Jolyet qui est en train de mourir d'un cancer, se drogue, lui, afin d'apaiser ses souffrances comme Françoise Sagan faisant appel au Palfium 875.

« Puis la douleur jaillit dans sa gorge, écrit-elle, gagna le thorax, s'étendit en profondeur et en intensité. (...) Les ampoules y étaient rangées comme au garde-à-vous, étincelantes, minces et glacées, et, près d'elles, la grosse seringue neuve semblait endormie. (...) D'un geste précautionneux, il décolla une des ampoules (...). Il avait toujours détesté se faire mal, et devoir se piquer, devoir enfoncer ce bout de fer dans sa peau, traverser les nerfs tendus juste au-dessous, lui paraissait un acte contre nature.

« (...) Et tout à coup, comme téléguidé, quelque chose se dirigea vers la bête qui lui dévorait le cou et s'y attaqua. Il sentit la douleur reculer et il soupira de bonheur anticipé, un immense bonheur (...). C'était la débâcle à présent, la douleur s'enfuyait de partout. Et enfin il put se retourner, il retourna un corps de nouveau souple, vivant et tiède entre les draps... »

Françoise journaliste

Quand elle est désignée, en 1967, par le *Sunday Times* comme l'écrivain français représentatif de la période contemporaine, l'auteur de *Bonjour Tristesse* n'échappe pas non plus à son image stéréotypée. Le journal anglais lui consacre un long article et surtout une photo pleine page qui est présentée comme une sorte de blason de Sagan : autour du visage gravitent whisky, Alka-Seltzer, Aston Martin à la carrosserie froissée, juke-box et effigie de Karl Marx.

« L'Alka-Seltzer, remarque-t-elle, je n'en prends jamais, ça me donne mal au cœur. » Quant à la présence du théoricien du marxisme elle relève aussi du folklore. A tout prendre, Françoise Sagan eût préféré Emile Zola, un exemple d'intellectuel courageux converti aux doctrines socialistes comme elle les conçoit. Car la romancière n'hésite pas à faire des restrictions :

« Il y a un socialisme que je déteste, celui, complètement piteux, qui consiste à vouloir que personne ne roule en Rolls. C'est à mon avis beaucoup moins important que de vouloir que tout le monde puisse rouler en 2 CV. C'est un socialisme très proche du communisme, vouloir avant tout que personne n'ait de privilèges. L'important est que chacun bénéficie de quelque chose. Le privilège me paraît moins important que le droit [1] »

Françoise Sagan n'a jamais eu peur de se mouiller quand la cause lui paraissait juste et que sa notoriété pouvait attirer l'attention sur un cas « désespéré ». Citons deux exemples où son témoignage correspondait, toutes proportions gardées, à l'esprit de « J'accuse ». En 1977, elle prend la défense d'un ouvrier algérien Youssef Kismoune [2] condamné à vingt ans de réclusion criminelle sans que le tribunal n'ait réussi à faire la preuve de sa culpabilité dans une affaire de meurtre. En 1986, la romancière s'insurge cette fois, contre la condamnation à un an de prison de son ami le journaliste Marc Francelet [3], à propos d'une histoire bénigne.

D'une certitude inébranlable sur le bien-fondé de ses opinions, Françoise Sagan est capable de remuer ciel et terre pour parvenir à un résultat. Pour Marc Francelet elle n'hésitera pas à intervenir auprès du ministre de la Justice, Albin Chalandon, tant il lui était insupportable de savoir cet homme enfermé à tort.

Lorsque, en mars 1958, Pierre Lazareff qui avait assisté à son mariage avec Guy Schoeller quelques jours plus tôt l'envoie suivre un procès d'Assises à Versailles il s'attend à des « impressions d'audience » à l'emporte-pièce. Le patron de *France-Soir* ne sera pas déçu ! Ainsi cette introduction bien dans le ton saganien :

1. *Globe* n° 4 (mi-février/mi-mars 1986). Propos recueillis par Frank Maubert.
2. Voir « l'Insolence de monsieur K... », article paru dans *le Monde*, daté du 14 décembre 1977.
3. Voir son article « Ce que j'ai vu hier était un déni de justice » (*Libération*, daté du 30 avril 1986).

« Tout cela commençait assez gaiement comme les corridas. Il faisait très beau. Versailles était plus doré que jamais. Les journalistes se saluaient entre eux et le gendarme, devant la petite porte des accusés, faisait le beau pour les photographes (...). »

Quant à la conclusion de ce premier article : « La société juge ses fruits. En général, ça la rend féroce », elle ne manquait pas non plus de piquant. Le lendemain Françoise Sagan retrouve Vivier et Sermens, les auteurs d'un double meurtre qui, à l'époque du jugement, risquaient leur tête. La romancière dit carrément ce qu'elle pense du spectacle :

« Du point de vue théâtral, c'est bien mauvais. Il y a deux bons acteurs, Floriot et Vivier. Un bon commentateur : le président. Le reste est de la maladroite figuration (...). »

Mettre en vedette, à égalité, un ténor du barreau et l'un des assassins, c'est tenir un langage que les chroniqueurs judiciaires n'oseraient pas employer. Mais Françoise n'a pas fini de surprendre. En prévision du verdict elle écrit : « Aujourd'hui va être une atroce journée. Car enfin, si on les condamne à mort ce sera sans les avoir compris. Et eux n'auront pas compris ce que veut dire tuer. » Ce deuxième article sera coupé pour indulgence « excessive », le troisième ne paraîtra pas et Vivier sera envoyé à la guillotine.

Sur les bancs de la presse [1] où l'on s'était serré un peu pour accueillir cette néophyte des salles d'audience, Roland Faure qui deviendra directeur de *l'Aurore* avant de présider Radio-France, la regarde avec bienveillance : « Elle séchait devant sa page », se rappelle-t-il ; le futur benjamin de l'Académie

1. On y remarque également les écrivains Hervé Bazin et Jean-Louis Curtis.

française, Bertrand Poirot-Delpech, qui recevra bientôt le prix Interallié pour son premier roman *le Grand Dadais*, apprécie sa compagnie. A l'époque chroniqueur judiciaire au *Monde*, il pourra en parler longtemps après dans l'album *Bonjour Sagan* [1] :

« Voyant débarquer la petite Sagan, vingt ans et des poussières, au milieu des flashes faiseurs de gloire, les vieux routiers du prétoire s'affligeaient que l'intruse ne sût même pas les titres des officiants, ni les phases de la cérémonie. Les plus mielleux s'empressaient de les lui indiquer, sous prétexte de lui éviter des impairs. Les pauvres ! Le lendemain, le talent parlait, insolent comme à son habitude, négligeant les péripéties, grimpant à l'idée générale comme les bons tennismen montent à la volée et smashent. »

De toute évidence, elle était prête à renouveler l'expérience et œuvrer, à l'occasion, comme journaliste.

Plus jeune elle avait tenté en vain de faire publier des nouvelles dans *France-Soir*, le quotidien de la rue Réaumur qui tirait à plus d'un million d'exemplaires. Son patron, le bouillant Pierre Lazareff, les avait-il lues ? Quoiqu'il en soit, lui et sa femme Hélène, directrice de *Elle*, deviendront très tôt des admirateurs enthousiastes de Françoise Sagan en qui ils ont cru deviner l'émule d'une Colette. Celle-ci, dans l'entre-deux-guerres, avait écrit régulièrement dans les journaux parisiens et même obtenu la direction littéraire au *Matin*. L'auteur de *Bonjour Tristesse* effectuera ses premiers reportages pour l'hebdomadaire féminin d'Hélène Gordon-Lazareff qui l'envoya en Italie (Naples, Capri, Venise) [2]. Un périple fait pour aviver son imagination romanesque.

Son premier article débutait par cette phrase digne d'Alexandre Dumas ou de Michel Zévaco (Pardaillan) : « Ayant épuisé ses soupirants, Jeanne, la reine la plus cruelle et la plus

1. Editions Herscher, 1985.
2. *Elle*, daté des 27 septembre, 4 et 11 octobre 1954.

voluptueuse de Naples, les faisait jeter par une trappe dans la mer. » Elle retrouvait sa veine dramatique quand, à quatorze-quinze ans, elle lisait à sa mère des pièces historiques de son cru.

« C'était du genre : "Sauvons-le" disait la reine. Le roi : "Qu'on le jette aux vautours". La reine : "Pitié, Sire !". Après m'avoir patiemment écouté, ma mère s'assoupissait en me murmurant des mots bienveillants », raconte Françoise Sagan qui, avec son frère Jacques, écrira le scénario et les dialogues d'un feuilleton télé *Les Borgia ou le Sang doré*[1] dans la tradition des romans de cape et d'épée.

« Mon intention, précise-t-elle, était d'abord de faire rêver des gens qui, par la télévision, sont généralement confrontés à de tristes images. » Elle voulait aussi raconter une histoire à la manière des feuilletonistes du siècle dernier :

> « Je me les représente comme des collégiens en train de s'esclaffer des aventures de leurs personnages. Il y a dans leurs récits une allégresse communicative et on les sent complices avec leur public. Maintenant ce n'est plus du tout comme ça. Les feuilletonistes ne voulaient pas donner une image d'eux-mêmes à travers leurs œuvres, tandis qu'aujourd'hui, les auteurs pensent souvent à la façon dont le public les voit. Ils savent, en effet, qu'ils auront à s'expliquer en dehors de leurs livres. »

De plus, en demandant à son frère de collaborer au scénario, Françoise fait un clin d'œil amusé à ceux qui auraient été sensibles à un sujet tabou tel que l'inceste. « Françoise Sagan a le goût du scandale, soulignait le critique Jean-Claude Longin

---

1. Diffusé par Antenne 2 en trois épisodes d'une heure trente chacun : le 31 décembre 1977, le 7 et le 14 janvier 1978.

à propos des "Borgia" [1]. Du scandale qui commence comme une petite musique fascinante, douce, un peu irréelle, puis qui s'immisce dans les interstices de l'honorabilité, qui s'épanouit à l'intérieur des conventions et éclate soudain aux yeux d'un monde ébloui et choqué. » « Montrer l'amour heureux entre César Borgia et sa sœur Lucrèce, note-t-il, est aujourd'hui un acte hautement subversif. »

Ainsi, l'association Françoise Sagan/Jacques Quoirez pour traiter l'histoire d'une passion incestueuse, apportait une réponse pleine de malice à une société qui a toujours eu peur d'aborder un thème que la Bible elle-même rejette dans les oubliettes. Déjà, dans sa première pièce *Château en Suède* [2], Françoise Sagan faisait allusion à cette duperie des cœurs entre un frère et sa sœur. Ces répliques du début de l'acte III où Eléonore et Sébastien sont en scène, nous en donnent la clef :

ELEONORE. Nous entrerions bras dessus bras dessous chez Maxim's ou dans une boîte de nuit. On dirait bonjour distraitement à quelques amis... comme ça...
SEBASTIEN. J'aurais l'air très amoureux de toi. On nous regarderait d'un air trouble. « Vous savez, c'est Eléonore von Milhem, celle qui a ruiné ce pauvre Cliquot. Avec son frère. Il paraît qu'il sont ensemble, ça se fait peut-être en Suède... Et patati et patata... »
ELEONORE. On rirait beaucoup... On chercherait un visage, je te conseillerais une jeune femme, tu ferais le degoûté. Je regarderais pensivement un homme parfois...
SEBASTIEN. Et puis on irait danser... Il y aurait plein de musique et des profils éperdus, et des sourires échangés. J'adore Paris.

---

1. *Le Quotidien de Paris*, daté du 1ᵉʳ janvier 1978.
2. *Château en Suède*, 1959.

ELEONORE. Et à l'aube, on rentrerait. A deux ou à quatre. Jusqu'au dernier moment on leur laisserait espérer une petite orgie.

SEBASTIEN. Et ils ne l'auraient pas. Ou alors on se serait perdus, et le dernier rentré irait tout raconter à l'autre. Et on boirait du champagne rosé pour se réveiller. Tu dirais : « Je suis vieille, folle et laide ». Ce serait l'aube.

ELEONORE. Et tu dirais : « Je suis un débauché, un parasite et un incapable ».

SEBASTIEN. Qu'est-ce qu'on serait heureux ! (...)

Effectivement, Françoise et son frère Jacques le furent merveilleusement quand ils habitèrent ensemble l'appartement de la rue de Grenelle. « Nous avons mené une vie très distrayante entre Paris, Saint-Tropez et Mégève », se souvient Jacques Quoirez, redevenu célibataire à l'époque. « On a fait une fête extraordinaire », enchaîne Françoise Sagan. C'est dans cette période particulièrement agitée qu'elle rencontre Régine qui n'est pas encore la grande prêtresse des nuits parisiennes. Barmaid au « Whisky-à-gogo », rue du Beaujolais, à quelques mètres de l'appartement où venait de mourir Colette, elle va voir arriver une jeune fille que son brutal succès gêne aux entournures.

Vingt-six ans après, Françoise se rappellera de cet instant à l'occasion d'une interview faite par Régine pour *Paris-Match*[1] :

« Tu m'as dit bonjour, et j'ai compris que je faisais partie de ta famille. J'avais trouvé une sœur. J'étais à l'aise. Avec toi rien ne pouvait m'arriver d'ennuyeux. C'était important parce que je vivais alors des moments très pénibles à cause de tous ces gens qui se comportaient ignoblement envers moi. »

1. « Régine confesse Sagan », document *Paris-Match* du 21 novembre 1980.

Elle revint le lendemain, le surlendemain et presque chaque jour. Chez Régine, Françoise avait trouvé un refuge. C'était aussi l'endroit idéal pour recevoir les journalistes et les photographes qui ne cessaient de la solliciter.

Par jeu et lassitude elle se contente d'abonder dans le sens de la légende qu'on lui a faite :

« On disait beaucoup de stupidités mais j'aimais mieux ça que si on m'avait vue en train de faire la cuisine. Rouler vite, boire du whisky, vivre la nuit correspondaient chez moi à des goûts évidents. Alors j'ai décidé de porter ma légende comme une voilette... »

Virées avec les copains

« Je peux très bien éprouver une passion violente pour un crétin qui me conduira après-demain au Brésil. » Globe-trotter sur coup de cœur, Françoise Sagan attache beaucoup d'importance à son passeport. C'est même son objet le plus cher comme elle l'a dit à son ami Marc Francelet[1] avant de lui conter cette histoire qui ne doit rien à son imagination :

« Un jour, j'ai été coincée : c'était au Mexique, il y a une quinzaine d'années, avec un coquin de mon cœur. Quand j'ai voulu le quitter, il m'a fauché mes papiers. Je me suis trouvée en pleine nuit, dans les rues d'Acapulco, sans un sou, sans rien. Dans un bar, un mafioso galant a ri de mon histoire : il a expédié quelques sbires persuasifs pour récupérer le passeport puis il m'a prêté son avion personnel et m'a fait reconduire à New York. »

C'est à New York où elle effectue un deuxième voyage en 1956, qu'elle aura connu d'autres sensations fortes. La veille de son retour en France, la romancière, en compagnie du compositeur Michel Magne, avait voulu boire un dernier scotch dans un petit bar français de Broadway. C'était la nuit des élections présidentielles. Partisans et adversaires d'Eisenhower parlent politique avec une telle flamme qu'une

1. *VSD* Spécial n° 500 (du 2.4.87 au 8.4.87).

bagarre a fini par éclater. Michel Magne, en voulant se mêler de ce qui ne le regarde pas, reçoit un violent coup de poing. Françoise, armée d'un siphon, se précipite vers son camarade groggy. Ils sortent de là indemnes mais décident de jouer les grands blessés pour étonner leurs amis à Orly. Ils ont oublié la presse.

A leur descente d'avion, les photographes se régalent à la vue du couple couvert de pansements. On aurait dit deux enfants qui se seraient battus comme des chiffonniers. Michel Magne, très farceur, avait un peu forcé la note en rajoutant des sparadraps pour impres- sionner les amis qui les attendaient. Parmi eux se trouve Véronique Campion que Françoise appelle affectueusement Plock lorsqu'elle-même se surnomme Plick, faisant référence aux malicieux lutins Plick et Plock, les personnages d'un des pères de la B.D., Christophe, véritables ancêtres des Schtroumpfs.

Dès son arrivée à New York, le 23 octobre 1956, la jeune romancière télégraphie à son amie qui habite rue de Constantinople, dans le huitième arrondissement : « Bien arrivée. Envoie nouvelles à Plick. Affections, Plick ». Descendus à l'Hôtel Pierre, près de Central Park, Françoise Sagan et Michel Magne bousculent un peu les convenances avec leurs fous rires et leurs galopades. Tout est prétexte à s'amuser, surtout pour Michel qui découvre l'Amérique avec le regard émerveillé d'un gosse espiègle.

Dans une lettre à Véronique, sa chère Plock, Françoise raconte quelques-unes des facéties du jeune homme qui ne parle pas un mot d'anglais :

« Il a fait une scène affreuse à une dame qui avait glissé une peau de banane à l'endroit où il avait, lui, glissé ses lettres, prenant les boîtes à ordures pour des boîtes à lettres. Puis, n'arrivant point à se faire comprendre des garçons d'ascenseur, ayant vainement essayé de compter 2008, numéro de sa chambre, avec ses doigts pour éclairer le dit liftier, il est parti au hasard tout en haut et a redescendu vingt-sept étages par un escalier, chose rare aux U.S.A. (...). »

Françoise poursuit en anglais en soulignant que la pauvre Plick est harcelée par les journalistes qui se passionnent pour sa vie sentimentale. Et elle termine sa lettre par : « Ecris-moi vite, il y a des moments où j'en ai drôlement marre. Je t'embrasse, Plick. » Au cours de ce séjour Françoise Sagan se grise de jazz, écoutant la « Voix de l'Amérique », Billie Holiday, jusqu'à l'aube et des tas de musiciens noirs auxquels se joignait Michel pour faire un bœuf.

Chouchoute des Liberman (Alexander, rédacteur en chef de *Vogue* est aussi sculpteur, Tatiana, son épouse a été une intime de Maïakovski), elle participe à leur cocktail-party dans le petit hôtel particulier qu'habite le couple, entre la 3e Avenue et Lexington Avenue, un quartier respectable qui fait un peu penser au Palais-Royal. C'est chez eux qu'elle côtoiera artistes et écrivains sous le charme de cette petite Française qui a écrit, coup sur coup, deux best-sellers. La première édition de *Un certain sourire*, tirée à 150.000 exemplaires par l'éditeur Dutton, a été pratiquement vendue avant d'apparaître sur le marché[1].

Truman Capote ne manquait jamais les réunions organisées par Alex et Tatiana Liberman que l'on voit l'été à Saint-Tropez car ils ont une propriété à Beauvallon. C'est encore par leur intermédiaire que Françoise Sagan rencontrera Marlène Dietrich et en profitera pour éclaircir un petit mystère :

1. « Au même titre que le "5" de Chanel, Edith Piaf et le camembert, Françoise Sagan est devenue l'un des grands produits d'exportation français », avait déclaré le magazine littéraire *Saturday Review*.

« Marlène racontait partout qu'elle avait été ma passagère pour une remontée mémorable, en Jaguar, des Champs-Elysées, au petit matin. C'était une pure fable qui servait à accréditer ma légende scandaleuse. "Alors, vous vous êtes bien remise de notre balade en voiture ?'', lui ai-je lancé. Elle n'a rien osé dire et a rougi. »

Françoise Sagan et Michel Magne feront aussi une virée de quatre jours en Floride où ils s'initieront à la pêche au barracuda. C'est l'occasion d'une nouvelle lettre à Véronique Campion :

« Je suis à Key West, littéralement ravagée par les coups de soleil, avec Magne et Peter que tu ne connais pas mais que tu connaîtras car il vient à Paris le 15 décembre (...). Je ne suis pas faite pour les voyages, je le constate une fois de plus. Ici, ça va, surtout à cause du nommé Peter, mais au début... hou, la, la... Donc je ne voyagerais plus, sauf avec Plock car ce ne serait pas un voyage mais une suite de malices, comme chacun sait.

Ma Véronique, je t'aime énormément, je rentre rapidement, je t'embrasse. Françoise Plick Sagan. Chiche que sur mon prochain livre, je fais mettre Françoise P. Sagan. Chacun croirait à un mariage secret et ce serait Plick... hu, hu, hu. Je le fais. As-tu trouvé une maison de campagne, toi ou une de ces dégourdies qui se disent mes amies. C'est fou ce que je vous aime tous. Et toi la première, mon bon cher vieux sacré Plock. Je suis ravie de rentrer. Bien que Peter... il te plaira.

P.S. : Je ne bois plus. Magne te transmet sa plus gracieuse pensée. Il a pêché un barracuda. Il est rouge comme un coq, l'air hagard, j'ai peur qu'il ne périsse. Les Tropiques comme disait l'autre, c'est pas Lisieux[1]. En regardant les poissons à la pêche, cet après-midi, j'ai trouvé ma propre devise : "Je meurs ou je me détache." Plick. »

Michel Magne habite un petit appartement rue Lepic, à Montmartre. Françoise Sagan y vient souvent entendre ce fou de musique lui parler de ses projets extravagants. Ensemble ils ont composé des chansons interprétées par Mouloudji, Juliette Gréco, Annabel. Il se met au piano, elle l'écoute et fredonne quelques paroles. C'est comme de l'écriture automatique ; d'instinct la romancière trouve les mots pour évoquer la fin d'un amour :

Et les derniers baisers
La fenêtre ouverte
Sur l'aube déserte
La vie, l'amour
C'était la vie
L'amour tant pis.

Leur premier 45 tours comprenait quatre chansons : « Sans vous aimer », « Le jour », « Vous mon cœur » et « La valse ». C'est Juliette Gréco qui les chante. L'enregistrement, en présence de Françoise, revenue spécialement de Saint-Tropez, se fera à l'Apollo, dans une atmosphère très tendue. Gréco, nerveuse, faillit se brouiller avec Michel Magne qui lui dit sur un ton vexé : « Si vous n'êtes pas contente de l'orchestration, faites-la faire par Michel Legrand. »

Pour le lancement du disque, en juin 1956, à la Microthèque, rue d'Argenteuil, Françoise Sagan, en tailleur blanc, bronzée, assiste l'air absent à cette fête obligatoire. Un châle mexicain drapé sur ses épaules, Juliette Gréco explique aux journalistes :

1. Michel Magne était né à Lisieux (Calvados), le 20 mars 1930.

« Avant de connaître Françoise, je la jugeais mal mais lorsqu'elle m'a proposé ses chansons j'ai compris qu'elle était
inépuisable, et puis elle écrit dans un très bon français ! » La
jeune romancière a encore huit chansons prêtes. Elles parlent
toutes de beaux soirs d'été, de solitude, de nuits blanches.
Françoise ne sait pas encore à qui les donner.

C'est au ''Caroll's'', un cabaret de la rue de Ponthieu où
elle passait, qu'Annabel Schwob de Lurs a rencontré Sagan
qui était accompagnée de Michel Déon. Il écrivait à l'époque
son roman *les Trompeuses Espérances* dans la maison que Françoise
avait louée à Adainville, un village de l'ancienne Seine-et-
Oise, près de Houdan. « J'aimerais bien que vous chantiez
mes chansons », dit-elle à Annabel qui, aux temps héroïques
de Saint-Germain-des-Prés fut à la fois la complice et la rivale
de Juliette Gréco.

C'était le début d'une amitié sur fond de vacances parfois
folles, parfois sereines mais toujours aventureuses. Au sortir
de la guerre, après la présence frustrante de l'occupant, la
jeunesse avait eu besoin de défoulement et c'est à Saint-
Germain-des-Prés qu'elle trouva cette force d'exaltation. Plus
tard, à Saint-Tropez, le même souffle de gaieté, la même
magistrale insouciance, emportèrent ces filles et garçons avec
lesquels Françoise Sagan se sentit en famille. La liberté de
Bonjour Tristesse correspondait, en effet, à leur état d'esprit.
Ainsi que le raconte Daniel Gélin : « Nous nous contentions
du présent, mais pleinement, avec une exquise jouissance. »[1]

Le comédien qui fut l'interprète de sa quatrième pièce
Bonheur impair et passe, montée au théâtre Edouard-VII, en
janvier 1964, se souvient de Françoise qui avait loué sur le
port l'ancien appartement de Paul Eluard. « Sur la porte de la
salle de bains le poète avait collé articles, photos, caricatures :
un vrai musée du surréalisme », se rappelle-t-il. L'Hôtel de la

---

1. *Deux ou trois vies qui sont les miennes* (Julliard, 1977).

Ponche, tenu par Albert et Margot Barbier, servira aussi de refuge tropézien à la romancière qui occupe habituellement la 22, une chambre avec terrasse.

Picasso qui y prenait son pastis, Boris Vian en train d'écrire face à la mer, Mouloudji chantant pendant le dîner, c'est dans cet ancien bistrot de pêcheur ouvert en 1885, l'année même où Guy de Maupassant découvrit « cette fille de la mer » qu'est Saint-Tropez, que Françoise Sagan a longtemps campé. Elle et ses amis ont laissé à la Ponche des souvenirs joyeux ou mélancoliques, suivant le jour, les saisons, les années. Albert est mort, mais Margot n'a pas la mémoire qui flanche. En vrac des souvenirs surgissent :

« Françoise se levait à quatre heures de l'après-midi, elle écrivait dans son lit... Françoise au piano et Juliette Gréco qui chantait Saint-Germain-des-Prés... Des parties de cartes qui duraient toute la nuit... C'était la vie de famille. Mon mari allait chercher Françoise à la gare de Saint-Raphaël... Brigitte Bardot pendant le tournage de *Et Dieu créa la femme*... qui se promenait toute nue dans la Ponche. « Cache-toi, que tu es laide » lui disait Albert. « Moi, je suis laide ! », s'exclamait Brigitte stupéfaite. »

A Saint-Tropez, Françoise Sagan et Brigitte Bardot se sentaient d'autant plus chez elles que leurs parents les y avaient emmenées en vacances avant la guerre. Comme Annabel qui y vint pour la première fois avec sa mère en 1932, à l'âge de quatre ans. Jean-Claude Merle, un vieux gamin de Saint-Germain-des-Prés, ex-animateur de « la Discothèque », sise rue Saint-Benoît, en a fait son port d'attache. Cet heureux bohème, dont la vocation a toujours été de dérider ses contemporains, mit Françoise Sagan à contribution quand il eut l'idée saugrenue d'organiser durant l'été 1960, à l'Hôtel de la Ponche, une conférence sur l'apiculture.

« On avait fait faire des affiches. La presse locale annonça l'événement d'une manière très sérieuse. Personne ne pouvait soupçonner le canular. Les apiculteurs de la Môle (Var) sont venus nombreux. La salle était pleine quand Françoise fit son entrée en maillot rayé jaune et vert. Toute la bande en portait. C'est la boutique Chose qui nous avait déguisés en abeille. Pendant une demi-heure elle raconta des blagues, comparant la reine de la ruche à la reine d'Angleterre. Les apiculteurs, après s'être aperçus qu'on se payait leur tête, sont repartis furieux. Albert Barbier n'était pas très content non plus. L'affaire s'est terminée par un gueuleton. »

De l'argent...

« On naît joueur comme on naît rouquin, intelligent ou rancunier », constate Françoise Sagan dans *Avec mon meilleur souvenir*.

> « Pendant qu'on joue, écrit-elle encore, l'argent redevient ce qu'il ne devrait jamais cesser d'être : un jouet, des jetons, quelque chose d'interchangeable et d'inexistant dans sa nature même. »

Très tôt elle avait appris à prendre ses distances vis-à-vis du culte de l'argent qui d'après elle rend extrêmement grossier :

> « Lorsque j'étais petite on ne pouvait pas parler à table ni de l'argent ni de la vie privée ni de la santé. Je ne vois pas un dîner maintenant où l'on parle d'autre chose. » [1]

A ses yeux c'est la preuve qu'à l'heure actuelle beaucoup oublient les règles de la civilité :

> « Etre poli, cela veut dire anticiper ou penser : ''N'a-t-il pas du mal à mettre son manteau ?'', ''Vais-je m'asseoir avant qu'elle ne soit assise ?'', ''Est-ce qu'il n'est pas plus

---

1. *L'Evénement du Jeudi* n° 4 (novembre 1984). Propos recueillis par Ermine Herscher.

simple que je lui tienne la porte pour qu'elle passe ?'' Enfin, des choses aussi bêtes. Bizarrement, la courtoisie est un souci très démocratique puisque cela inclut l'égalité, cela inclut qu'on ne jouisse pas de quelque chose sans en faire profiter l'autre, le partage. On ne partage pas qu'avec ses pairs ou avec les gens d'un même milieu. En fait, la courtoisie, c'est l'imagination de l'autre... avec un vague souci de réciprocité. »[1]

Lors du conflit qui l'opposa, en mars 1985, aux éditions La Différence[2], Françoise Sagan en exposant ses griefs dans un communiqué adressé à la presse, aura l'occasion de manifester son savoir-vivre. « Je suis désolée de vous déranger par une sinistre histoire d'abus de droits, mais risquant de faire d'autres victimes que moi-même, m'y voilà contrainte », dit-elle en préambule. Et elle termine sur le même ton urbain : « Je vous remercie infiniment d'avance et vous renouvelle mes excuses pour le temps que je vous ai fait perdre avec cette minable opération. »

Cette attitude correspond à un état d'esprit bourgeois mais dans le bon sens du terme car il est le fruit d'une éducation qui demande de la disponibilité pour prêter attention à l'autre, quel qu'il soit. Cela vient surtout de sa mère dont l'exquise politesse mérite d'être notée. Françoise Sagan a toujours veillé à ce que rien ne puisse la choquer. Pas même un mot grossier

---

1. *L'Événement du Jeudi*, n° 4 (novembre 1984).
2. Par l'intermédiaire de son avocat, Me Jean-Claude Zylberstein, Françoise Sagan demanda la saisie d'un livre intitulé *La Maison de Raquel Vega* qui devait être, dans l'esprit de l'auteur, une préface amicale au peintre colombien Fernando Botero. L'affaire se corsa lorsque le directeur littéraire de *La Différence*, Harry Jancovici, attaqua la romancière et le journaliste Marc Francelet, pour « violation de domicile, coups et blessures et extorsion de signature » dans la nuit du 18 au 19 mars. Finalement les deux parties renoncèrent à leurs procédures respectives.

lâché par une Manouche faisant assaut de vulgarité pour épater la galerie.

L'ancienne compagne du gangster marseillais Carbone, lancée sur la scène des années soixante-dix par un livre de souvenirs que lui avait consacré Roger Peyrefitte, était tout l'opposé de Françoise. Mais ses propos outranciers, sa gouaille, son insolence qui faisait sensation dans les dîners mondains, l'ont paradoxalement séduite et amusée. Elle l'invite dans sa maison de Normandie, l'accompagne dans des virées nocturnes qui se terminent souvent devant un plat de nouilles au « Zanzibar », rue Sainte-Anne, une boîte du quartier de l'Opéra.

Dans *le Chien couchant*, Madame Biron, la logeuse de Gueret, un jeune comptable, appartient à ce type d'individu comme l'était Manouche à laquelle elle s'apparente. Ancienne maîtresse d'un truand marseillais, revenue de tout à cinquante ans, l'autoritaire et lucide Maria fascinait Gueret malgré sa silhouette informe et négligée. Françoise Sagan éprouve de l'affection pour ces gens inadaptés aux lois et aux rites d'une société qui les rejette dans leur solitude.

Petite fille elle adoptait un chien errant, devenue adulte elle s'attache à rendre heureux des paumés qui l'attendrissent. Plus d'un clochard parisien lui doit un moment de réconfort grâce à sa générosité dont profiteront beaucoup de quémandeurs. Les exemple abondent quand on interroge ses amis ou ses relations qui eux-mêmes furent souvent dépannés par Françoise sans qu'elle ne fasse signer la moindre reconnaissance de dette.

Cela va du billet de 500 francs donné à un pauvre hère dans la rue, jusqu'à l'achat d'une machine à laver à une vieille dame, en passant par une aide financière à Jean Genet ou à Colette Audry afin qu'elle puisse monter, en 1956, sa pièce *Soledad*. Celle-ci se souvient que Françoise Sagan lui avait signé un chèque de 50 000 francs : « Comme je pensais que l'argent devait servir à ce genre d'entreprise, je l'ai remerciée sans excès. » A la même époque Jacques Lanzmann qui n'a pas de quoi se payer un billet de train Paris-Bruxelles eut lui aussi recours à la romancière. Manouche de même, à qui Françoise remettra 3 000 francs dans une enveloppe.

Véronique Campion en triant l'abondant courrier que reçoit son amie, tombe un jour sur la lettre d'un repris de justice handicapé. Le bonhomme réclame une coquette somme pour réaliser un appareil de son invention grâce auquel il pourra mieux vivre. Le dessin de la machine, aussi bizarre soit-elle, convainc en tout cas Françoise qui lui envoie l'argent. Du coup, l'ex-taulard infirme viendra plusieurs fois au domicile de sa bienfaitrice pour la taper de quelques billets. Il lui est également arrivé de s'occuper d'une jeune désespérée que l'on avait repêchée de la Seine sous ses yeux. Elle lui offrit l'hospitalité dans une maison de Saint-Tropez louée pour quelques mois et l'aida à s'en sortir.

Sa générosité consiste encore à prendre à son service un copain dans la dèche comme ce fut le cas pour Jean Grouet : « Un matin, place du Trocadéro, j'entends klaxonner. C'était Françoise qui dans sa Jaguar m'avait vu en se doutant que mon avenir ne devait pas être très reluisant. ''J'ai des milliers de lettres en retard, me dit-elle. Vous m'aiderez à les classer.'' Elle avait agi avec une telle délicatesse que j'eus l'impression que c'était moi qui lui rendais service. Parmi les gens qui la sollicitaient certains étaient dans une situation de grande solitude, malades de surcroît. Ceux-là, Françoise allait toujours les voir. On trouvait encore ce genre d'appel : ''Vous avez tellement de chance, achetez-moi un billet de la Loterie Nationale''. »

Citons enfin cette histoire étonnante qui faillit devenir une affaire d'Etat. Au cours d'un dîner, Claude Pompidou confie à Françoise Sagan qu'elle a cassé sa voiture et supporte mal de se faire conduire par un chauffeur de l'Hôtel Matignon.

« Puisque c'est comme ça, lui dit Françoise, je te donne la mienne. » Le lendemain, elle faisait déposer au pied de l'immeuble des Pompidou, quai de Béthune, sa Bristol. Pour la remercier de ce cadeau inattendu l'épouse du Premier Ministre lui enverra une statue d'art nègre.

Mise dans la confidence, Véronique Campion a le tort d'en parler à Renaud Vincent, alors journaliste à *Paris-Presse*. Le lendemain, dans la rubrique d'échos de ce quotidien, l'histoire est racontée avec un dessin humoristique montrant l'Aston Martin en paquet cadeau. Fureur de Georges Pompidou qui voit dans l'article une manœuvre pour le discréditer. Ami personnel de Pierre Lazareff, il téléphone au patron de *France-Soir*, également responsable de *Paris-Presse*, en lui précisant qu'il demandait un rectificatif et une sanction à l'encontre du journaliste après cette parution « mensongère et diffamatoire ».

Pierre Lazareff, extrêmement ennuyé, appelle Françoise Sagan qui lui confirme l'information. Les choses en restèrent là mais le couple Pompidou en voulut beaucoup à la romancière et l'on peut se demander si jusqu'à ce jour l'ancienne épouse du Président de la République n'a pas gardé de la rancune contre cette dernière. En tout cas à l'occasion du dixième anniversaire du centre Georges-Pompidou [1], Claude Pompidou refusa d'être interviewée par Françoise Sagan comme l'avait envisagé l'hebdomadaire *Elle*.

---

1. A la question de Manouche : « Aurais-tu aimé vivre ma vie ? », Françoise Sagan répondit notamment : « Oui, à certains moments. Les plus gais. La période fête ! Vivre en marge est assez amusant. En marge et en opposition à une société organisée, aussi ennuyeuse que la nôtre. » (*Le Figaro Littéraire,* daté du 22 juillet 1972.)

Les jeux de la chance

Ce soir-là, elle eut très peur de s'ennuyer à mourir. Dans la maison de Saint-Tropez les garçons ne l'amusaient plus avec leurs jeux stupides de potaches : toute la bande s'oblige à raser les murs car c'est à celui qui bottera le derrière de l'autre. Pour s'évader de cette folie enfantine Françoise a décidé d'aller à Cannes. Un jour au Carlton alors qu'elle était en vacances avec ses parents, une femme racée l'avait frappée par sa beauté mûrissante et mystérieuse. C'est elle qui apparaît sous les traits d'Anne Larsen, la « grande dame » de *Bonjour Tristesse*, avec ses visages durs, rassurants où se lisaient l'ironie, l'aisance, l'autorité.

La netteté de ses souvenirs, parfois, l'étonne : un regard, des gestes, ce qu'on appelle le comportement, se fixent dans sa mémoire alors qu'elle dit n'être pas douée pour l'observation. Mais un simple détail suffit à aviver son imagination et fait qu'un personnage existe dans la solitude qui l'accompagne. Comme ces joueurs autour des tapis verts aux prises avec leur destin. Au Palm Beach de Cannes, le jour de ses vingt et un ans, Françoise Sagan avait franchi le cercle magique d'une salle de jeux. Ce fut un moment inoubliable :

« Ayant vu en l'espace d'une soirée se peindre sur les visages — avec l'intensité, l'excès qu'y mettent certains mauvais acteurs — la méfiance, la crédulité, la déception, la fureur, l'emportement, l'entêtement, l'exaspération, le soulagement, l'exultation, et même, encore plus mal jouée, l'indifférence, je décidai que, quoiqu'il m'arrivât par la suite, j'opposerais toujours au destin, quels que soient ses coups ou caresses, un visage souriant, voire affable. »[1]

Quand elle entra de nouveau au casino, soulagée d'avoir quitté ses amis chahuteurs, Françoise n'avait pas envie de jouer. Ou plutôt si : elle aimerait perdre. Elle s'est approchée d'une table de baccara et sans se soucier de l'enjeu, a lâché le mot fatal : « Banco ! ». Le croupier resta sans réaction, comme s'il ne l'avait pas entendu. Plusieurs coups passèrent. Agacée, elle répéta « Banco ! », en criant presque. Cette fois le croupier s'intéressa à elle. Un instant après, il poussait devant Françoise une pelletée de jetons.

Elle avait gagné cent mille francs.

— Quelle chance ! dit une vieille dame, avec son sourire mielleux. Cette appréciation, elle l'avait beaucoup entendue. On disait qu'elle était née sous une bonne étoile, que ses gros tirages, ses millions, c'était une sacrée chance. A chacun son point de vue. Le sien, Françoise a essayé de l'exprimer dans un texte qu'elle lut au cours d'une émission de radio[2]. N'ayant jamais été publié, nous le reproduisons *in extenso* :

« Je ne sais pas pourquoi il est si difficile de parler de la chance. Je la connais pourtant assez bien car elle est venue habiter avec moi, il y a un an, et depuis elle ne m'a pas quittée. Je parle naturellement de la chance insolente et excessive, celle qu'on salue par son nom au passage. La mienne a des côtés extraordinaires. Je pense surtout au fait

1. *Avec mon meilleur souvenir.*
2. France-Culture, 1955.

d'avoir des lecteurs, qui est la chose la plus agréable qui soit.

Mais elle me mène parfois un peu plus loin que je ne le voudrais. Il me faut alors essayer de me la faire pardonner. Ce qui est très difficile, comme certaines mères quand elles ont des enfants trop affreux ; soit me résigner à ne pas être pardonnée ce qui est triste car elle est parfois injustifiée : je pense surtout au prix des Critiques et au très beau livre d'Audiberti. De plus ma chance est exhibitionniste. Elle se rappelle toujours à moi en me mettant dans des situations impossibles dont elle me tire ensuite par les cheveux, toute contente et triomphante d'elle-même.

En voiture et à une certaine vitesse elle me jette vers les arbres ou sous les autobus. A ce moment-là on me dit, quand je sors des débris de la voiture, que j'ai eu de la chance. Mais en fait, il aurait peut-être mieux valu passer à côté de l'autobus ou ne pas aller vers les arbres. A pied et dans les cocktails littéraires, elle me fait partir dans des discours oiseux et abstraits et je ne me sors de là qu'en enivrant mon interlocuteur qui en devient bienveillant ou, tout au moins, oublie les stupidités que je lui ai dites pendant cinq minutes sur la littérature considérée comme un assassinat ou quelque chose du même cru. Enfin, elle est partout avec moi, éclatante et complice (je touche du bois), elle me sourit, elle me fait peur.

Elle me fait peur et doit ennuyer beaucoup de gens qui ayant acheté un journal, un jour ou l'autre, ont dû y lire le récit de mon enfance qui fut heureuse donc inintéressante, ou l'exposé de mes idées. C'est en son nom que je m'excuse avec l'ingratitude qui caractérise la jeunesse actuelle. C'est en son nom que je la supplie de rester avec moi. »

Jusqu'à présent tout s'est passé selon son vœu ; pour autant que friser la catastrophe était inexorablement inscrit dans sa destinée. Comme le phénix, elle renaît de ses cendres, pouvant se sentir invulnérable et par là même oser courir des risques. En fait, s'il lui arrive de flirter avec la mort c'est qu'elle aime formidablement la vie. « Je crois que ses accidents lui activent l'imagination », dit son amie la styliste Peggy Roche qui fut vingt ans rédactrice de mode au magazine *Elle* et dont la présence, auprès de Françoise, depuis plusieurs années, est un élément stabilisateur dans l'existence agitée de la romancière.

Quand, en octobre 1985, celle-ci fut victime d'un œdème pulmonaire, à Bogota[1], elle veilla à son chevet après son rapatriement d'urgence à bord d'un mystère 50, spécialement affrété par l'Elysée. Peggy Roche c'est vraiment l'ange gardien de Françoise et à ce titre elle sera autorisée à coucher à l'hôpital militaire du Val-de-Grâce où le président Mitterrand, aussitôt rentré de Colombie, viendra voir l'écrivain qui était son invitée pendant ce séjour officiel. Il lui rendra visite à deux reprises. La première, Françoise Sagan est toujours sous ventilation artificielle et a été endormie par les médecins pour le nettoyage de ses poumons bourrés de sécrétions gastriques. La seconde, le chef de l'Etat s'entretiendra avec elle, malgré l'appareillage respiratoire.

— D'habitude on ne vous comprend pas très bien, mais aujourd'hui vous exagérez, plaisante François Mitterrand.

— J'ai eu des comas intéressants. Celui-là aura été désagréable, constate Françoise Sagan, navrée d'avoir gâché la fin du voyage présidentiel en Amérique latine.

Découverte inanimée par une femme de chambre de l'hôtel Tequendama, à trois heures près, c'était trop tard. François Mitterrand, très inquiet, met tout en œuvre pour que la romancière soit sauvée. Mais c'est d'abord grâce à l'efficacité

---

1. La capitale colombienne est située à 2.650 mètres d'altitude. C'est le mystérieux mal des montagnes qui a pu déclencher le processus physiologique.

des médecins de l'hôpital militaire de Bogota que Françoise Sagan en réchappe. Une fois encore sa bonne étoile veille...

En France, l'annonce de son accident éclipse l'aspect politique des deux jours que le Président de la République a passés en Colombie. Des commentateurs de la presse d'opposition profiteront, toutefois, de l'événement pour accuser Mitterrand de faire des voyages qui coûtent cher aux contribuables. « A quelque chose malheur est bon, écrit Guy Baret [1] : l'accident de santé de Mme Sagan nous rappelle qu'à chacun de ses voyages, le Président embarque avec lui une cohorte d'invités personnels (...) Que l'expression "invités personnels" ne nous abuse pas. Ce qui est personnel, c'est l'invitation ; la facture, elle, est réglée grâce aux deniers publics (...) »

Françoise Sagan défraye à nouveau l'actualité et il faut ces circonstances dramatiques pour s'apercevoir qu'elle reste un personnage populaire. L'émotion des gens, lorsqu'ils apprennent que la romancière se trouve dans le coma, en est la meilleure preuve. Plusieurs jours durant, dans son appartement de la rue du Cherche-Midi, gerbes de fleurs, télégrammes, lettres, coups de téléphone affluent de toute parts. Ses nombreux amis et des admirateurs anonymes viennent aux nouvelles.

C'est souvent Denis Westhoff, le fils de Françoise, qui les rassure. Dans la famille on connaît la résistance étonnante de Kiki, derrière son apparente fragilité : elle s'en sortira, pour les siens, ça ne fait aucun doute. Jacques Quoirez qui se rend chaque jour au Val-de-Grâce remarque, non sans une pointe de malice, que sa sœur devra la vie à des militaires : « Quand on sait ce qu'elle pense de l'armée, c'est amusant ! ». Après sa sortie de l'hôpital, Françoise réunit des intimes pour fêter sa résurrection. Hélène Rochas, Bettina, Juliette Gréco et sa sœur Charlotte Aillaud, Marie-Hélène de Rothschild, Françoise

---

1. Sa chronique à la Une de *France-Soir*, daté du 23 octobre 1985, est intitulée « François et Françoise ».

Verny, sa directrice littéraire chez Gallimard, le couturier Jacques Delahaye, Jacques Chazot, Frédéric Botton, le baron de Rédé, le journaliste Philippe Grumbach et sa femme Nicole Wisniak, Bertrand Poirot-Delpech sont parmi ceux qui attendent la miraculée au pied de l'escalier menant à l'étage.

C'est une étonnante vision que de découvrir Françoise, encore très faible, descendant les marches sur des chaussures à talons hauts. « On avait peur qu'elle tombe à chaque pas », dit Jean-Paul Faure. Le spectacle auquel il assiste a quelque chose d'étrange et presque de surréaliste. « On t'a vue, tu étais merveilleuse », s'exclament ceux qui ont suivi le journal d'Antenne 2 où la romancière a été interviewée. Hélène Rochas l'invite à aller à l'office car une surprise l'attend : elle a débarqué avec ses deux cuisiniers et de quoi préparer un dîner fin et copieux.

L'ambiance de fête qui règne dans l'appartement faillit mal tourner avec une prise de bec entre deux invitées grisées par l'alcool. Françoise Sagan s'amuse beaucoup de cette altercation. « Je vais lui casser la gueule », hurle la victime de l'agression verbale. « Ma chérie, surtout ne te gêne pas », répond Françoise, le visage hilare. Franchement, elle n'en espérait pas tant de ses retrouvailles avec la vie mondaine. Mais c'est à Cajarc, loin du tapage parisien, qu'elle va aller se reposer, en compagnie de Peggy Roche, de sa femme de chambre Pepita, des fox-terriers Lulu et Banco. Là-bas, dans ce pays lié à des souvenirs de vacances, de famille, d'adolescence, d'été, elle aura l'impression fantastique, rassurante, que le bonheur coule devant sa porte. Cette joie sereine qui l'envahit peu à peu, Françoise Sagan nous la fait partager en écrivant un article pour *l'Humanité*[1] :

---

1. « Cajarc au ralenti », *L'Humanité,* daté du jeudi 29 septembre 1977.

« A six heures, je m'assieds sur les marches de pierre devant la maison ; je regarde passer les gens, qui me parlent, les chiens, qui s'allongent parfois près de moi, je regarde tomber le jour, surprise — voire scandalisée — si une voiture immatriculée d'un autre numéro que 46 traverse la route. De l'autre côté de la rue, je vois toujours le vieux puits où nous allions chercher l'eau, petits, dans des brocs, matin et soir, et où une ou deux vieilles femmes s'échinent encore. La pompe grince, bien sûr, et très souvent l'horloge de l'église s'embrouille et sonne trois ou quatre fois la même heure, mais personne ne s'en soucie vraiment. Les réverbères commencent à s'éclairer, halo jaune tous les cent mètres ; les chauves-souris reprennent leurs glissades interrom- pues ; - deux passants se pressent pour le repas du soir ; je commence à avoir froid et faim. Je me lève, je rabats la porte sur la rue tranquille. Demain sera un jour pareil à aujourd'hui. »

Cajarc, les gens du Lot, les Causses, c'est pour Françoise Sagan synonyme de liberté. L'esprit de province, avec ses ragots, n'a pas droit de cité dans ce petit bourg où les gens font preuve d'intelligence et de tolérance. « A Cajarc, remarque Françoise, on peut voir passer une jeune fille enceinte de huit mois sans que l'ombre d'une critique soit faite. On vient la féliciter... Ce ne serait, sans doute, pas possible à Bordeaux, place des Quinconces. »

Lorsque Claude Gruet, dite « Madame Claude », l'anima- trice du plus célèbre réseau de call-girls de l'après-guerre, commença à fréquenter la région, personne n'a murmuré derrière son dos. Elle est l'amie de Jacques Quoirez, un enfant du pays, et cela suffit pour qu'on la considère comme un personnage qui eut le coup de foudre pour les Causses. Car le frère de Françoise entraîna dans le Lot une bande de joyeux noctambules de Saint-Germain-des-Prés parmi lesquels Sydney Chaplin, le fils de Charlot, les comédiens Noël Howard et

Maurice Ronet, l'écrivain Antoine Blondin, Jean-Claude Merle et sa femme Yvette.

Cette dernière choisira, d'ailleurs, de s'installer définitivement à Cajarc, ouvrant une boutique d'antiquités sur le Tour de Ville, dans l'ancienne habitation d'Edouard Laubard, voisine de la maison natale de Françoise Sagan. La romancière, elle, a emporté ses pénates à proximité, dans un magasin de confection à l'enseigne « A la confiance », transformée en résidence secondaire louée à l'année. Comme par enchantement l'univers qui lui est propre se ressent aussitôt dès qu'on en franchit le seuil. Où qu'elle soit, à Paris, dans sa propriété de Normandie, ici à Cajarc, c'est la même atmosphère apaisée avec son décor sobrement bourgeois où des tableaux aux couleurs du passé vous font éprouver le sentiment d'une solitude universelle.

Parmi ses trouvailles insolites il en est une qu'elle aime tout particulièrement. C'est une peinture mi-naïve, mi-hollandaise représentant un dîner dont les participants paraissent bizarres. Dans leurs regards étincelle une lueur de folie qui fait dire à Sagan qu'ils doivent être complètement zinzins. Aussi a-t-elle fixé une plaque de cuivre avec, gravée, cette inscription : « Dîner chez les Van Zeen Zeen, tableau attribué à Aloysius Van Zeen Zeen ». Ce charmant canular valut à son auteur des réflexions de gens assez snobs pour s'exclamer d'un air pénétré : « Tiens, vous avez un Van Zeen Zeen. »

« N'est-ce pas une histoire gaie ? » demande Françoise qui aurait d'autres anecdotes de ce genre à raconter car elles l'enchantent. Ainsi l'histoire de ce monsieur, zinzin également, rencontré par hasard et dont elle ne pouvait plus se débarrasser.

« A l'aube, je l'ai emmené voir les statues de Maillol, au jardin des Tuileries. Il est tombé amoureux de l'une d'entre elles et brisa sur son corps de bronze une bouteille de champagne en s'écriant : ''Tu le mérites''.

Les fous sont sains, ajoute Françoise Sagan, comparés aux gens qui se prennent au sérieux. C'est étouffant les circuits bien organisés, dans la vie il ne faut pas avoir peur de faire des choses insensées. »

Les jeux de l'amour

« Je n'aime l'honneur qu'au singulier. » Par cette formule Françoise Sagan ferme définitivement les portes à une gloire qu'elle ne veut pas endosser comme un uniforme. Quand l'Académie Goncourt la pressentit en 1973, elle refusa poliment le couvert qu'on s'apprêtait à lui mettre chez Drouant[1], place Gaillon, même si Colette en avait eu un gravé à son nom. Elle ne sera pas non plus la deuxième femme à entrer à l'Académie française, après Marguerite Yourcenar : « Le vert ne me va pas du tout, ça me donne une mine de chien. Ensuite, je ne suis pas capable d'être à l'heure à un rendez-vous et je risque donc de mettre le dictionnaire en retard ! »

Inutile d'insister : l'auteur de *Bonjour Tristesse* n'apprécie pas beaucoup les assemblées, qu'elles soient au nombre de dix écrivains comme chez les Goncourt ou de quarante immortels comme sous la Coupole. Quand elle reçut, en mai 1985, le 35ᵉ prix de la Fondation du Prince Pierre de Monaco, décerné par un jury réunissant des membres des deux académies, Françoise Sagan s'expliqua nettement sur la question. C'était la bonne occasion car ce prix prestigieux a la réputation de servir d'antichambre à l'Académie française. L'historien Alain Decaux l'encouragea à poser sa candidature, de même que Maurice Schumann, ce qui étonna certains de ses confrères

---

1. Hervé Bazin, le nouveau président de l'Académie Goncourt, ne lui offrait rien moins que le couvert de Roland Dorgelès.

l'ayant entendu, lors des délibérations, faire des réserves sur le choix de Françoise Sagan.

Plus de trente ans après le prix des Critiques, en recevant cette nouvelle distinction des mains du prince Rainier de Monaco, au Palais des Grimaldi, en présence de la princesse Caroline, du prince Albert et de la princesse Stéphanie, la romancière éprouva, certes, du plaisir, mais ce fut avec le même détachement qu'autrefois. Analysant, avec une impitoyable lucidité, ce qu'on avait dit et ce qu'on avait tu, elle savait ne pas se tromper sur la valeur intrinsèque de l'événement. Aux journalistes Josyane Savigneau et François Bott qui l'interrogent sur la longévité du phénomène littéraire Sagan, elle fournit cette réponse[1] :

« La presse, les gens, en ont fait peut-être un phénomène. Je suis un écrivain dont on lit les livres. Cela n'a rien de phénoménal. C'est ce qu'on peut appeler un destin si l'on est romantique et un peu emphatique ; une carrière, si l'on est cynique et pratique ; un accident, si l'on n'aime pas mes livres ; une bonne chose, si on les aime ; une réussite, si l'on se place du point de vue du succès... »

Alain Robbe-Grillet, qui succéda à Françoise Sagan au palmarès du prix des Critiques grâce à son deuxième roman *Le Voyeur*, constate qu'elle reste un de nos écrivains les plus connus, les plus traduits, les plus lus dans le monde. « Mais, ajoute-t-il, elle n'a pas suscité une parole critique très intéressante ni très ample à l'étranger. » Après avoir fait remarquer que les critiques littéraires ayant voté à l'époque pour Sagan, n'étaient pas les mêmes que ceux qui lui attribuèrent le prix par neuf voix contre cinq, le chef de file et théoricien du Nouveau Roman veut, toutefois, bien admettre qu'une certaine

---

1. *Le Monde,* daté du dimanche 19-lundi 20 mai 1985.

correspondance existait entre eux : « J'avais un point commun avec Sagan, c'était l'intérêt pour Sartre. L'un comme l'autre on se reconnaissait dans les idées qu'il avait remuées. »

Dans une interview à *l'Express*[1], Alain Robbe-Grillet établissait un parallèle entre leurs œuvres : « Ses personnages et les miens, c'est la même chose ; elle aussi, elle fait des personnages plats, stéréotypés, des personnages qui seraient vus par des midinettes. L'ennui, c'est qu'elle les traite comme s'ils avaient une profondeur psychologique. Elle les prend au sérieux, elle y croit. Sinon, ce serait très intéressant, ces images, elles seraient la représentation qu'une midinette se fait du monde ! »

Alain Robbe-Grillet regrette que Françoise Sagan n'ait pas plus travaillé ses romans au niveau du texte. « Elle a été, dit-il, victime de son talent. Ecrivant avec facilité et ayant très vite eu de gros besoins d'argent, elle bâcle souvent. C'est très dommage car *Bonjour Tristesse* promettait une œuvre plus importante dans l'histoire de la littérature. » Mais écoutons Emmanuel Berl qui dans son *Journal d'un Ecrivain* publia ses « Réflexions sur Mademoiselle Sagan »[2]. Après avoir noté, comme beaucoup d'autres, que son cas ressortit plus à la sociologie qu'à la littérature, il remarque : « Mlle Sagan se croit peut-être existentialiste, il me semble qu'elle ne l'est pas, où est sa ''liberté''. Elle reste assise sur un tout petit pliant pour regarder l'histoire. Techniquement, son succès tient pour beaucoup, je pense, à sa brièveté, dont je ne saurais trop la complimenter ; il était intolérable que, depuis *Autant en emporte le vent*, les romans français restent frappés d'une dilatation maladive, laquelle ajoutait quatre cents pages à des récits qui, vingt ans plus tôt, s'en fussent passés. Sociologiquement, ce succès manifeste une résignation à la mort qui ''emplit les

1. *L'Express,* daté du 11 octobre 1965, interview recueillie par Madeleine Chapsal.
2. Nº 101, daté de mai 1956.

gorges'' déjà brûlées par l'alcool. Les personnages de Mlle Sagan sont des ombres, ses anecdotes des à peu près. Mais l'ennui qu'elle aspire, exhale et chante, est, lui, réellement authentique. Et non pas, j'en ai peur, l'ennui d'une classe ni celui d'une adolescence, mais d'un continent, d'une culture, d'une société dont les fraternités s'effritent et dont les divinités tendent vers l'automation (...). »

« Peut-être se croit-elle arrivée au bout de l'expérience humaine ? » s'interroge pour sa part le père André Blanchet[1] avant d'ajouter : « Il lui reste pourtant quelques petites choses à apprendre, assez élémentaires. Par exemple, que l'humanité s'étend au-delà du Quartier latin ; que tout amour n'est pas attrape-nigaudes ; que le dégoût de soi résiste aux acides de l'analyse la plus lucide ; qu'on n'est pas maître de sa souffrance comme on l'est de sa joie ; enfin, qu'il ne suffit pas — quel enfantillage ! — de ne jamais nommer Dieu pour être assuré de ne plus l'entendre (...). » Relevons enfin cette observation de Bernard de Fallois[2], critiquant *Un certain sourire* : « Françoise Sagan écrit-elle des mémoires ou un roman ? L'auteur dit roman. Le lecteur comprend mémoire. Son premier succès est venu, me dit-on, de ce qu'elle racontait comment elle avait tué la maîtresse de son père. Elle raconte cette fois comment elle a trompé son amant avec son oncle. Or que va-t-il se passer ? Chaque année, deux cent mille lecteurs en France, et plus encore à l'étranger, vont se dire en ouvrant le dernier Sagan : ''Tiens, avec qui Françoise a-t-elle couché cette année ? (...). »

C'est le comble du ridicule mais la jeune romancière passait pour une dépravée. Plus tard elle s'expliquera sur la sexualité en répondant à Jean-Jacques Pauvert[3] qui voulait connaître

1. *Etudes*, revue mensuelle fondée en 1856 par des Pères de la Compagnie de Jésus, n° 5, daté de mai 1956.
2. *Etudes* n° 7, daté de mai 1956.
3. *Réponses*.

son avis sur la mode d'un cinéma où l'acte d'amour est détaillé sans pudeur. « Avez-vous l'impression que cette vague d'érotisme, comme on dit, a transformé les gens ? », lui demandera l'éditeur d'*Histoire d'O* et qui fut le premier à oser publier Sade sous son nom.

« Ça n'a pas transformé leur nature, mais leur attitude, dit-elle. Ils se sentent obligés d'être ''sexy'' comme ils se sentent obligés d'être minces, bronzés — voire heureux. C'est affreux et comique.

Lorsque, après un dîner, les couples s'en vont un par un, je sais que lui va jouer à l'homme (s'il peut d'ailleurs, le pauvre, parce que la vie est dure à Paris) et elle va jouer à la femme, pousser des cris. Ils vont jouer au plaisir, à la possession, à la domination, à l'égarement, ils vont jouer à la femme-objet, l'homme-tyran ou Dieu sait quoi... Ou bien dormir d'ailleurs. Et je me demande toujours lequel va jouer à l'être humain. Je me demande s'ils vont se parler, s'il va y avoir un langage du corps entre eux.

J'ai de grands doutes là-dessus. Ce mélange d'exhibitionnisme et de théories de Freud, bêtement vulgarisées et assimilées fort mal, crée une espèce d'obligation de faire l'amour ou d'afficher une liaison, même si, au fond, cela ne fait pas plaisir. Je suis sûre que les gens se mentent à mort là-dessus. Si l'on n'a pas d'amant ou de maîtresse, on se considère comme une femme frustrée ou comme un pauvre type. »

Les mots chuchotés dans le noir, les gestes qui font triompher le plaisir partagé, ces jeux de l'amour qu'elle conçoit comme une cérémonie secrète, Françoise Sagan n'en parle pas toujours de façon abstraite. Mais dans ses romans la sexualité est à la mesure d'une passion romantique et n'a pas besoin de termes explicites. Comme dans *Un profil perdu* quand elle écrit :

« Et les mille clairons du désir sonnèrent, les mille tams-tams du sang résonnèrent dans nos veines, et les mille violons du plaisir attaquèrent leur valse pour nous. Plus tard dans la nuit, allongés l'un contre l'autre... »

La vraie question c'est le mystère fondamental de l'amour-passion. Ce désir de posséder, d'étreindre, de se jeter dans le corps à corps des sentiments, est source de grand bonheur et de pauvres souffrances.

« Le plus souvent, l'amour c'est la guerre, dit Françoise Sagan. Un combat où chacun cherche à s'emparer de l'autre. Il est fait de jalousie, de possession, d'appartenance, même dans les attitudes en apparence les plus généreuses. Comme tous les combats, il fait des victimes. Il y en a toujours un qui aime plus que l'autre, un qui souffre, un autre qui souffre de faire souffrir. Heureusement, ce ne sont pas toujours les mêmes et le rapport peut s'inverser. Mais il y a une certaine tendresse qui conduit à accepter l'autre, et qui est à la fois confiance et élégance.

Avoir des rapports humains avec quelqu'un, c'est être à égalité avec lui, lui parler en confiance en dehors de l'amour ; c'est ce qu'on appelle aussi l'amitié. L'amour sans amitié est épouvantable. »

Ainsi qu'elle l'écrit dans *Des bleus à l'âme*, « les jeux de l'amour sont tous pareils, qu'ils soient puérils, enfantins, sexuels, tendres, sadiques, érotiques, chuchotés. Il faut juste comprendre, il faudrait avant tout se comprendre... »
Lorsqu'on forme un couple il faut que chacun voie clair en soi. Cette lucidité est peut-être de simple hygiène. Elle exige parfois un certain courage. Françoise Sagan eut la force morale de quitter Guy Schoeller quand elle comprit que ce quadragénaire rassurant et séduisant la conduirait à sa perte.

« Quand on commence à s'ennuyer, à grelotter d'ennui, alors, il faut filer, confia-t-elle à Claudine Vernier-Palliez[1]. Je brusque parfois les choses pour ne pas avoir à assister au pire, à ces déjeuners où l'on n'a rien à se dire. Ça m'est arrivé une fois avec mon premier mari, je trouve ça terrifiant. Quand on n'a plus envie de raconter aux autres ce que l'on a fait dans la journée... Oui, c'est ça, avoir envie de raconter à l'autre ce qui s'est passé dans la journée, que toute votre vie devienne matière à distraire l'autre, à le faire rire, c'est ça l'amour (...). »

Pour Françoise Sagan un amant c'est un bon mari qui s'ignore et un bon mari c'est un amant qui se connaît. Mais l'idéal ce serait un bon mari-amant, à moins qu'un bon ami marrant fasse l'affaire... Guy Schoeller, lui, ressemble au portrait qu'elle a tracé de Luc, l'oncle voyageur de *Un certain sourire* :

« Il avait les yeux gris, l'air fatigué, presque triste. D'une certaine manière il était beau (...). Je levai la main en signe de découragement. Il l'attapa au vol ; je le regardai, interloquée. Pendant une seconde, très vite, je pensai : ''Il me plaît. Il est un peu vieux et il me plaît'' (...). Luc avait une voix lente et de grandes mains. Je me disais : ''C'est le type même du séducteur pour petites jeunes filles de mon genre''. »

Fils de l'ancien directeur des Messageries françaises de la presse, Guy Schoeller est une personnalité dynamique du monde de l'édition. Avant de succéder à Henri Filipacchi à la direction du Livre de Poche, il s'occupe, à la librairie Hachette, du service des « exclusivités », et fait partie de conseils

1. *Paris-Match,* daté du 25 mars 1983.

d'administration de plusieurs affaires de presse. Aussi le voit-on beaucoup dans les bureaux des éditeurs et des patrons de journaux parmi lesquels Gaston Gallimard et Pierre Lazareff, deux hommes pour qui il professe une affectueuse admiration.

C'est d'ailleurs dans le bureau du directeur-général de *France-Soir* que Guy Schoeller rencontre pour la première fois Françoise Sagan. « J'ai vu, dit-il, un moineau dans un fauteuil. » A Paris, ce fringant homme d'affaire ne passe pas inaperçu. On le croise dans les soirées mondaines au bras de très jolies femmes. La rumeur publique, pendant un temps, le fiance au célèbre mannequin Bettina qui préférera filer le parfait amour avec le prince Ali Khan. Très cultivé, il adore lire, ce qui n'est pas si fréquent, même dans les milieux de l'édition. C'est aussi un excellent cavalier et il lui arrive de courir en gentleman rider.

Il aime également participer à des chasses en Afrique de l'Est. Jouant volontiers de l'humour ou de l'ironie, en imposant par ses façons de grand seigneur, Guy Schoeller qui s'est marié et a divorcé très jeune, conquiert d'emblée le cœur de Françoise. Après s'être revus chez Gaston Gallimard, au cours d'un dîner très gai, ils ont bientôt leur premier tête-à-tête. Il a pour cadre une auberge réputée de Saint-Léger-en-Yvelines, en lisière de la forêt de Rambouillet. « Ce fut un déjeuner absolument sentimental », se souvient Guy Schoeller qui avait été touché par la pureté et la vive intelligence de cette jeune fille sans façon. Quelques jours plus tard Françoise Sagan, très sage dans son manteau bleu marine à boutons dorés, partait pour les Etats-Unis.

De l'amour

— Allez, debout, la Sagan !

Sophie Litvak, la femme de Tola, est entrée comme une trombe. Dans sa chambre du chalet de Klosters, la station des Grisons en Suisse, Françoise Sagan, allongée sur le lit, son vieux chien Youki, choisi à la SPA, près d'elle, écoute du Brahms déversé par l'électrophone. La symphonie dans le ton intime de la confidence et de la méditation correspond bien à ses états d'âme du moment.

Alors qu'elle n'était pas encore mariée à Guy Schoeller elle disait volontiers : « Aucun amour ne dure au-delà de deux ou trois ans. Avec le temps, il s'estompe, s'abîme et finit par se briser... ». La faillite de leur vie conjugale s'est vérifiée au bout de quelques mois seulement.

« En mars 1959, un an après notre mariage, nous avons décidé de nous séparer, raconte Guy Schœller. C'est elle qui m'a dit : "Ça suffit, je m'en vais". On a quitté l'appartement de la rue de l'Université qui avait eu pour précédent locataire Jeanne Moreau, et chacun retrouva ses habitudes de célibataire, moi en regagnant ma garçonnière cours Albert-1er, elle en s'installant dans un appartement en rez-de-chaussée de la rue de Bourgogne qui ressemblait à l'antre d'un antiquaire. »

Avant même que leur divorce ne soit prononcé la presse en parle comme d'une chose officielle. C'est Carmen Tessier, dans sa chronique « Les Potins de la Commère », à la Une de

France-Soir, qui annonce la première que Françoise Sagan et Guy Schoeller ne formeront bientôt plus un couple. Motif : ils se sont aperçus que l'état de mariage n'était pas fait pour eux. Cette séparation qu'elle a voulue malgré le déchirement, Françoise Sagan doit la vivre sous les regards d'un public qui fait un triomphe à sa première pièce *Château en Suède*. Le soir de la générale, au théâtre de l'Atelier, Anouilh, Cocteau, Sartre, Mauriac étaient là. Ce dernier lui avait dit de sa voix rauque : « C'est beau, c'est gai et c'est même mieux que tout cela : c'est grave ».

« Cette philosophie de la vie et de l'amour, qui amuse le goût... et agace les dents des gens d'un certain âge, est le fait d'un être non pas désabusé, mais qui n'a jamais été abusé », constate Jean-Jacques Gautier dans sa critique du *Figaro*. Françoise Sagan a rappelé, elle-même, ses heureux débuts d'auteur dramatique :

> « Je découvris donc, cette année-là, les charmes d'un succès théâtral — les applaudissements à certains moments, les silences à d'autres — le charme d'un public qui me semblait en or puisqu'il aimait ma pièce. J'écoutais avec délice la rumeur publique : "Et en plus, elle sait écrire des pièces !". »[1]

Le dîner chez Maxim's qui suivit la représentation fut très joyeux mais Françoise est capable de dissimuler une blessure. A Klosters, au milieu de ses amis, elle attend de retrouver son équilibre, que ses meurtrissures de cœur disparaissent comme par enchantement. Guy Schoeller lui téléphone parfois pour dire : « Comment est le temps ? ». « Où en es-tu ? Est-ce que tu vas mieux ? » Il donne des nouvelles de la pièce : « Tu sais, ça marche très bien ».

---

1. *Avec mon meilleur souvenir.*

Mais ce n'était pas la voix d'un amour de cinq ans, d'un mari de dix-huit mois, d'un homme qu'on a aimé, qu'on aime peut-être encore. « C'était, constate Michel Clerc, la voix de l'éditeur Guy Schoeller, quadragénaire amical et détendu, et qui n'en sortait pas, qui n'en sortirait jamais, prisonnier de sa légende dorée — chevaux, succès, voyages — comme elle est prisonnière de sa légende grise : juke box et vague à l'âme. Il lui racontait un galop matinal à Maisons-Laffitte, un dîner qu'il avait eu la veille, dans le monde où l'on s'ennuie. Elle l'écoutait lui parler impitoyablement de tout, sauf de l'essentiel. »[1]

Comme la plupart des hommes qui ont approché Françoise Sagan lui aussi dira qu'elle était « la fille la plus intelligente qu'il eût jamais rencontrée ». Aujourd'hui, quand on évoque sa vie passée auprès de la jeune romancière, Guy Schoeller parle d'abord de sa générosité et de sa tolérance, avant de rappeler que personne n'a pu la prendre en flagrant délit de bêtise. A travers une série de flashes-back il retrouve dans le film de ses souvenirs des images de tendresse, de bonheur d'une extraordinaire pureté. Il n'oubliera jamais, par exemple, cette descente en voiture de Gassin à Saint-Tropez : « C'était à la fin juillet, vers sept heures du soir. Pendant que je conduisais, Françoise me lisait le manuscrit de *Aimez-vous Brahms..* Après elle a mis une cassette de Billie Holiday. Nous avons passé là un moment divin. »

Leur voyage de noces effectué en août à Saint-Tropez fut, par contre, annonciateur de difficultés conjugales évidentes. Le couple avait loué une villa, « l'Etoile », où il s'avéra déjà que le mode de vie de Françoise Sagan n'était guère compatible avec celui de Guy Schoeller. Comment concilier, en effet, deux personnalités aussi différentes lorsqu'il s'agit d'organiser une existence commune ?

1. *Paris-Match*, daté du 16 avril 1960.

« Madame n'est pas rentrée ? », demandait Guy à Yolande, la femme de chambre[1], quand il arrivait rue de l'Université après une journée bien remplie. Françoise, une fois de plus, serait en retard et par sa faute une maîtresse de maison s'impatientera car les Schoeller ne sont pas à l'heure. Etre ponctuelle pour la corvée des dîners en ville, c'est beaucoup demander à la jeune romancière qui ne pense qu'à rejoindre ses amis chez Régine.

« Des gens qui n'ont pas de montre », dit-elle. Au début, Guy Schoeller l'accompagne au ''Jimmy's Montparnasse'' mais danser, parler et boire jusqu'à l'aube est au-dessus de ses forces. La fréquentation des piliers de la boîte à la mode comme Bernard Frank, Antoine Blondin ou Jacques Chazot, leurs discussions enivrées sur la « banquette », à l'entrée du club, l'agaçaient à la longue. Il n'appartient pas à cette faune et préfère se lever tôt pour monter à cheval avant de commencer son travail chez Hachette.

A neuf heures trente, il retrouve son bureau, rue Galliéra. C'est une vaste pièce qui ressemblerait plutôt à un salon cossu avec des bibliothèques et des meubles en acajou. A midi, une « Chambord » noire, conduite par un chauffeur, le dépose chez Denis, dans le 17ᵉ arrondissement, l'un des restaurants les plus chers de Paris où il a l'habitude de traiter ses relations d'affaires. L'après-midi, on le revoit rue Galliéra, businessman distingué, un peu « lointain ». En dehors des belles femmes, des chevaux de race, des voitures rapides et des objets d'art, son plaisir ce sont les voyages : dans le Pacifique pour rendre visite à son frère Jacques qui vit à Tahiti, en Amérique, en Extrême- Orient, au Kenya...

1. Furieuse de voir traîner les vêtements de Françoise et n'aimant pas « la bande à Sagan » qui envahissait parfois l'appartement, elle a fini par rendre son tablier mais revint au service de Guy Schoeller après le divorce prononcé aux torts réciproques des époux. Aucune pension alimentaire n'a été mentionnée dans le jugement rendu en juin 1960.

Pour sa part Françoise Sagan aime bien boucler ses valises pour une escapade lointaine en compagnie d'un être cher. Ainsi parmi ses souvenirs de balades au bout du monde elle a conservé, comme un moment exceptionnel, celle effectuée au Cachemire avec son frère. C'était en 1968, elle écrivit cette année-là *Un peu de soleil dans l'eau froide*, l'histoire de Gilles Lantier, un journaliste parisien victime d'une dépression nerveuse qui s'est réfugié chez sa sœur dans le Limousin.

Commencé dans un manoir de l'Irlande du Sud, à Glen Bay, ce roman, le premier paru chez Flammarion, prit de l'ampleur à Srinagar où Françoise habitait une résidence lacustre meublée dans le style victorien. De sa chambre elle apercevait un palais en ruine. C'est un dépaysement qui ne la gêne en rien lorsqu'elle décrit des situations inventées de toutes pièces, en l'occurrence un tableau de la société bourgeoise de Limoges et le coup de foudre d'une de ses belles représentantes pour le journaliste convalescent. L'inspiration jaillit sans être du tout liée aux circonstances présentes.

> « L'ambiance du lieu où je travaille ne se reflète jamais dans ce que je fais, explique Françoise Sagan. Le feu a beau crépiter dans la cheminée, si mon histoire se déroule sur une plage, le seul bruit que j'entends est celui de la mer. »

Son amie et ancienne secrétaire Isabelle Held se souvient de l'instant où se déclenche le processus de la création : « La soudaineté de sa pensée est surprenante. Quand un personnage se met brusquement à vivre en elle, il faut pouvoir répondre immédiatement aux besoins de Françoise qui exige une disponibilité totale. »

« J'ai commencé par taper ses manuscrits à la machine, raconte-t-elle. Ce n'était pas toujours commode à cause de son écriture difficile à déchiffrer. Puis elle se lança dans des séances d'improvisation avec, au début, la crainte d'échouer. Moi aussi j'avais un trac fou, me faisant toute petite dans mon fauteuil, osant à peine respirer, immobile comme une statue. Après avoir lu ses notes, Françoise se mettait à marcher de long en large, tout en fumant et buvant beaucoup. Elle avançait dans son récit à haute voix. Je prenais en sténo jusqu'à vingt pages en une heure.

Quel bonheur d'avoir été au débouché de son imagination ! Ma plus grande émotion c'est la fin du *Lit défait*. M'ayant dicté la dernière phrase je lui ai demandé si c'était vraiment terminé. "Oui, je le crains", m'a-t-elle répondu. Les larmes aux yeux, je suis partie m'enfermer dans ma chambre où j'ai éclaté en sanglots. »

En l'absence d'une secrétaire Françoise Sagan a tapé directement ses livres à la machine avec trois doigts de chaque main.

« A l'époque où je travaillais sur *Des bleus à l'âme* raconte-t-elle, je me suis fracturé le coude — un stupide accident de cheval. N'ayant plus que trois doigts valides, cela mettait le comble à mon énervement. C'est alors que quelqu'un m'a conseillé : "Pourquoi ne pas essayer de dicter ?" [1].

Autrefois dicter m'était impossible : ça me paraissait le comble de l'exhibitionnisme, ajoute-t-elle. Et que faire, si rien ne venait ? Au début, j'avais encore des scrupules moraux à rester sans voix devant quelqu'un que j'avais fait venir pour m'entendre. Je recourai au whisky, au Maxiton. Par politesse, pour me débloquer. » [2]

C'est dans l'appartement parisien de Jules Dassin et Melina Mercouri, rue de Seine, que Isabelle Held fit la connaissance

---

1. « Comment travaillent les écrivains » (Propos recueillis par Jean-Louis de Rambures. *Le Monde*, daté du 6 février 1976).
2. *Les Ecrivains sur la sellette* de Jean-Louis Ezine (Seuil 1981).

de Françoise Sagan. Celle-ci donnait gentiment un coup de main au réalisateur qui écrivait ses mémoires. Isabelle tapait le manuscrit au fur et à mesure. Ça a duré quelques semaines. Parfois elle se rend chez Françoise qui s'est réfugiée dans une maison de Neuilly avec un ascenseur privé. De fil en aiguille la jeune femme qui travaille par intermittence dans le cinéma comme secrétaire de production devient sa collaboratrice en commençant par l'expérience *Des bleus à l'âme*.

« Partie ensuite sur un tournage je n'ai eu de ses nouvelles que plus tard, dit Isabelle Held. Elle voulait que je la rejoigne pour travailler avec Sophie Litvak à la traduction de la pièce de Tennessee Williams qu'elle était en train d'adapter à la demande de Barsacq. » Désormais Isabelle va occuper une place de choix dans l'univers de Sagan. L'estime et l'amitié que lui porte la romancière la font entrer d'office dans le cercle des intimes où Jacques Chazot et Frédéric Botton jouent un peu les maîtres de maison.

Ancien danseur étoile de l'Opéra-Comique, père (très) spirituel de Marie-Chantal, l'héroïne des histoires snobs qui faisaient fureur dans les années 1955 [1], Jacques Chazot fut présenté à Françoise Sagan à cette époque et dans un grand éclat de rire — ils s'amusent beaucoup ensemble — devinrent des amis inséparables. « Pour moi, dit-il, elle est la femme idéale, car elle est la seule que je connaisse qui réunisse toutes les qualités. Elle est à la fois l'intelligence, la fragilité, la gentillesse, la bonne humeur, la simplicité. Et, bien entendu le talent. Et le sien est immense. »

En janvier 1984, dans une interview à *F Magazine*, nouvelle formule, il parlait, pour la première fois, à cœur ouvert de son coup de foudre pour Françoise [2]. « C'était une relation

1. Celle-ci, par exemple, une classique du genre : — Gladys, il m'est arrivé une aventure. Père avait la Jag, Gérard, l'Austin, mère la Cad. J'ai pris le métro. Tu connais ?
2. Des propos inattendus recueillis par Monique Chouraqui.

d'une qualité rare, un amour total. Je continuais à avoir parallèlement des aventures masculines ; il n'y avait entre nous aucune jalousie, aucune possessivité. Simplement nous étions bien ensemble. La complicité totale, la tendresse, l'amour sans les doutes, sans les orages de la passion. C'était, je crois, ce qu'on appelle aujourd'hui l'amitié amoureuse. »

Jacques Chazot révèle ensuite avoir pensé se marier avec Françoise. « Nous y avons même pensé tous les deux, précise-t-il. L'ennuyeux était que ça n'était pas au même moment. Un soir, je dînais avec Françoise et voilà qu'elle devient soudain nostalgique et me propose de l'épouser. J'étais à ce moment-là amoureux d'un très joli garçon : ''D'accord, minou, mais plus tard'', lui ai-je répondu. Quelques mois après, je n'étais plus amoureux et nous dînions de nouveau ensemble. Je prends alors mon élan et je dis à Françoise : ''Ça y est, j'ai réfléchi, nous allons nous marier''. ''Ah, non, me dit-elle. Non, ce soir, je ne suis pas déprimée''.

Je n'ai jamais cessé de penser depuis que j'étais peut-être passé à côté de quelque chose d'important qui aurait changé ma vie. J'aurais sans doute abandonné mes liaisons masculines : je n'aurais pas supporté que ma femme soit ridicule. »

Second mariage

« J'étais une femme qui avait aimé un homme. C'était une histoire simple ; il n'y avait pas de quoi faire des grimaces. » La phrase qui clôt son second roman, Françoise Sagan l'a souvent mise à l'épreuve. Comme Dominique, l'héroïne d'*Un certain sourire*, elle se dit avant de tourner la page : « Pourquoi être aussi déchirée ? ». Tristesse obligatoire, douloureux mystère de l'amour... Pourtant déjà prête à recommencer, en sachant que le couple n'est pas éternel, le remords non plus. On dirait qu'elle a fait sienne la phrase du philosophe Alain : « A chaque instant, une vie nouvelle nous est offerte. C'est notre seule prise. » Moins d'un an et demi après son divorce, Françoise Sagan épouse Bob Westhoff le 10 janvier 1962 à Barneville-la-Bertrand (Calvados).

L'événement passera à peu près inaperçu des 174 habitants du village. Le secret le plus absolu entourait la cérémonie organisée par Jacques Quoirez : quelques jours plus tôt, il avait rencontré le procureur de Lisieux et obtenu une dispense de publication de bans ; motif invoqué : « maintien de l'ordre public dans le département ». C'est avec la même discrétion que le jeune marquis de Lasbespin, maire de la petite localité normande, fut averti que son illustre voisine d'Equemauville s'apprêtait à convoler. Le couple lui rend visite à son château, un dimanche soir, pour mettre au point la célébration prévue le lendemain dans la matinée.

Cette fois-ci on est vraiment entre soi. Pas de reporters, pas de tohu-bohu. Il y a les parents de Françoise, son frère, sa sœur Suzanne et son beau-frère Jacques Defforey, les intimes [1] Jacques Chazot et Véronique Campion, ses cinq neveux et nièces et deux amis de Jacques Quoirez, Albert Debarge, PDG d'un important laboratoire pharmaceu- tique, et Christiane, une cover-girl. Le marié, un Américain de 31 ans, correspondrait assez, physiquement, à Alan, son compatriote du roman *les Merveilleux Nuages*, paru l'année précédente, dont Françoise a fait ce portrait. « Il avait l'air d'un héros de western. Les yeux clairs, la peau tannée, l'air franc. La simplicité même... »

Qui est Bob cet inconnu au physique de jeune premier de cinéma ? C'est en juillet 1961, à l'occasion du mariage de sa grande amie Paola San Just avec le comte Charles de Rohan-Chabot que Françoise Sagan fait la connaissance de ce beau garçon discret qui dégage une impression de bonheur tranquille. A Paris depuis avril 1958, il avait quitté l'armée de l'air U.S. quatre ans plus tôt et vaguement tenté sa chance à Hollywood comme acteur. Son apparition dans un mélodrame sera sans lendemain. En revanche, il décroche un contrat de mannequin pour présenter les chemises Arrow.

Venu en France en touriste, Bob Westhoff s'y installe dans l'intention de faire de la sculpture et de la céramique tout en continuant son travail, plus lucratif, de cover-boy. Il occupe un petit atelier à Montmartre et, avant de découvrir la vie parisienne, fréquente le monde où l'on s'amuse. Sa rencontre avec Françoise Sagan est un cadeau royal du destin car il va « vivre en Sagan ».

C'est un privilège que Bernard Frank a goûté en expert : « Chacun de nous a ses jours de fête et ses jours de tous les jours. L'ennui des jours de tous les jours, c'est qu'à force de

1. Paola et Charles de Rohan-Chabot n'ont pu assister au mariage : ils étaient en voyage à Hong-Kong.

se ressembler, on finit par les confondre. Et c'est dommage de perdre la mémoire, de ne plus bien pouvoir distinguer ce qui fait la trame de notre vie. Les jours de fête pour se singulariser sont forcément plus rares. Ils ont un autre défaut, c'est d'être en smoking. Quand on vit en Sagan — et le Sagan ne vit pas pour autant à l'écart des difficultés et des drames, je dirais même qu'il a tendance à les provoquer ! — cette distinction entre jours de fête et jours de tous les jours s'efface. La majorité silencieuse de notre existence a enfin la parole et le smoking n'est plus obligatoire (...). »[1]

Une question toutefois s'est posée au lendemain de ce mariage-surprise : pourquoi Françoise Sagan a-t-elle décidé de retrouver aussi vite le chemin d'un foyer conjugal après une première expérience ratée ? Etait-ce pour prendre de vitesse Guy Schoeller qui de son côté épousait en troisièmes noces, le 19 janvier 1962, une charmante demoiselle de vingt ans, Florence Scellier, dont il aura une fille Sarah ? En fait la romancière sacrifie aux conventions car elle est enceinte et Mme Quoirez se serait désolée d'avoir une fille-mère. Puisque Bob qu'elle aime tendrement est fou de joie à l'idée d'avoir un enfant, il lui semble plus commode d'officialiser une situation propice aux ragots.

Denis Westhoff naît le 26 juin 1962 à l'hôpital américain de Neuilly. *Paris-Match* consacrera sa couverture à l'événement. Pour exprimer son sentiment d'être mère, Françoise a une très jolie phrase : « Je suis comme un arbre avec une branche en plus ». La voilà brusquement en face de quelqu'un qui aura le droit de la juger : « Un œil qui vous regarde exactement comme vous aviez envie d'être regardée », dit-elle. « Ça vous donne une responsabilité précise et par ce fait même on devient plus libre qu'avant. »

1. *Femme* n° 7, daté juillet/août 1985.

Cette maternité, sans changer radicalement son comportement l'oblige tout de même à modifier son train de vie. « Avant, explique-t-elle, j'allais à droite, à gauche ; dans un meublé, à l'hôtel, chez des amis. La venue de Denis impliquait que je sois plus souvent à la maison pour le petit déjeuner, le déjeuner et le dîner. » L'accouchement avait eu lieu en pleine nuit. C'est un souvenir plutôt désagréable que Françoise Sagan évoque péniblement :

« Je n'ai jamais compris comment des femmes acceptaient la présence de leur mari alors que la douleur vous défigure. Se montrer ainsi, jambes écartées, ensanglantée, quelle horreur ! C'est un manque de pudeur des deux côtés. Je ne supporte pas de voir souffrir quand on ne peut rien faire. Si Bob avait assisté à ce spectacle je l'aurais quitté le lendemain. »

« Je me trouvais chez ses parents, boulevard Malesherbes, quand vers quatre heures du matin un coup de téléphone m'a annoncé que j'étais papa d'un garçon, dit Bob Westhoff. L'arrivée du bébé nous a tous surpris car dans la journée, à l'hôpital, personne ne pensait que l'accouchement aurait lieu cette nuit-là. La grossesse de Françoise avait été difficile. Plusieurs fois elle fut à la limite de faire une fausse couche. Ça a failli arriver dans la maison que nous avions louée à Saint-Tropez. »

Transportée d'urgence dans une clinique de Nice, elle y reste quinze jours avant de rentrer à Paris par avion, en compagnie de son médecin pourtant opposé à ce nouveau risque. A Orly, des journalistes attendent la « Caravelle » d'où Françoise descend emmitouflée dans un manteau d'ocelot. Des photos sont prises de la romancière allongée sur une civière de l'ambulance qui la conduit à l'hôpital américain pour un examen. Les dernières semaines elle les passe auprès de sa mère et de Paola Saint Just qui veilleront sur elle jusqu'à sa délivrance.

Petite-fille Stern, une famille de banquiers alliée à la maison Rothschild, Paola dont le père est issu de la noblesse sarde, incarne la joie de vivre. Maîtresse d'Ali Khan, au charme irrésistible, auteur d'un roman *les Plis de l'eau*, elle a les moyens de s'offrir une existence de rêve. La sienne sera brève. Cette belle jeune femme, formidablement généreuse, devait mourir à la fleur de l'âge d'un cancer.

Françoise Sagan qui l'avait connue à Monte-Carlo en janvier 1958, lors de la création de sa comédie-ballet : *le Rendez-Vous manqué*[1], assistera bouleversée à son agonie dans le Midi. Dans sa villa de Saint- Tropez, Paola, terriblement amaigrie par la maladie, promène son pauvre sourire dans un décor idyllique qu'elle ne reverra plus. Des souvenirs frivoles vont à la rencontre d'une mort inéluctable : la jeune femme, dans un ultime sursaut de vie, essaie de retrouver le goût et les images du bonheur.

La présence de Françoise rayonnait sur ce passé encore proche où l'on veut avant tout son divertissement et son plaisir. En 1961, par exemple, au cours d'un bel été romanesque commencé par un bref séjour à Rome sous la conduite d'Alberto Moravia et des vacances à Capri :

« Je me trouvai avec Paola, Florence Malraux et mon frère, dit la romancière. Ma rencontre avec Franco Mancinelli-Scotti, un comte italien très "latin lover" séparé de l'actrice Elsa Martinelli, allait m'écarter d'eux. J'ai suivi mon soupirant en Sicile pour assister au tournage d'un film

1. Sur une musique de Michel Magne, avec des décors brossés par Bernard Buffet, et une mise en scène de Roger Vadim. Le spectacle sera ensuite présenté à Paris, au théâtre des Champs-Elysées.

de Francesco Rosi sur l'histoire du célèbre bandit Salvatore Giuliano. Franco était le chargé de presse de la production. »

A son retour d'Italie, Françoise Sagan, heureuse et dorée, assiste au mariage de Paola et tombe sur Bob Westhoff, à la beauté séduisante. Elle l'invite aussitôt à Equemauville où Paola et Charles de Rohan-Chabot passent leur lune de miel. On peut dire, en effet, que cet été-là fut romanesque en diable ! L'année suivante sera plutôt celle du Bon Dieu : Françoise a demandé à sa précieuse amie d'être la marraine de son fils tandis que Jacques Chazot en sera le parrain.

Le jour du baptême la famille Quoirez n'a toujours pas l'occasion de faire la connaissance avec les beaux-parents de Françoise. Protestants d'origine allemande, ils habitent les faubourgs de Minneapolis (Minnesota) et ne sont jamais venus en Europe. Ayant appris le mariage de leur fils par les journaux, ils se dirent ravis mais ne furent pas émus outre mesure. Bob, qui s'était engagé dans l'armée à dix-huit ans et avait passé de longs mois au Japon et aux Philippines, travaillant même, quelque temps, auprès des combattants français en Indochine, n'a guère donné de ses nouvelles.

« J'espère qu'ils auront beaucoup d'enfants, se contente de déclarer Mme Westhoff mère. J'en ai élevé neuf et je suis déjà plusieurs fois grand-mère. » Françoise Sagan n'a pas suivi ce conseil venu du cœur mais cela ne l'empêchera pas d'avoir des idées précises sur la façon d'élever son fils :

« Il faut qu'un enfant ait des points de repère solides : sa chambre, ses jouets, son école, les gens avec lesquels il vit, ses camarades avec qui il joue. Il y a des choses élémentaires à lui apprendre en matière d'édu- cation : être poli, honnête, ne pas être radin, faire preuve de tolérance.

Jusqu'à l'âge de trois-quatre ans, tant qu'il n'avait pas de camarades, j'ai accepté qu'on le photographie. A partir du moment où il a été à l'école, je m'y suis toujours opposée. S'appelant Denis Westhoff il échappait à la curiosité générale. A tel point qu'un petit copain lui a dit : "C'est vrai que tu es le fils de Françoise Sagan ?". "Oui." "Eh bien moi, mon père c'est Napoléon !" »

Françoise et Bob habitent boulevard des Invalides, dans un duplex trop petit pour accueillir le bébé.

« C'est Paola qui me l'avait fait acheter, dit Françoise Sagan. A peine était-il aménagé voilà que je suis enceinte. J'ai dû le revendre et nous avons loué un appartement avenue Emile Accolas. Ensuite je n'ai pas arrêté de déménager. J'adore changer de cadre, j'adore regarder passer de nouveaux nuages. »

Le bébé, lui, est à son aise, boulevard Malesherbes, dans un grand berceau en plumetis blanc. Une cousine de Jacques Defforey sera la nurse de Denis jusqu'à son entrée en maternelle. Surnommée Zazi c'est un caractère original mais ayant élevé les enfants du professeur Cauchoix, un chirurgien renommé, elle a toute la confiance de M. et Mme Westhoff au moins aussi singuliers qu'elle.

Un an après leur mariage, ils décidaient d'un commun accord de divorcer sans pour autant se quitter.

« J'ai voulu divorcer après la naissance de Denis, raconte Françoise Sagan. Je ne supportais pas que Bob ait fait de moi une mère. On se disputait tout le temps. Mais lorsque le juge nous a convoqués, on s'entendait à nouveau très bien. Nous nous sommes donc séparés officiellement tout en continuant à vivre ensemble. Cette situation a duré sept ans. »

« On avait pris le même avocat, Mᵉ René Floriot, dit Bob Westhoff. Il n'a sans doute jamais vu un couple si gai dans de pareilles circonstances. Ni Françoise, ni moi ne sommes faits pour être mariés. »

« Je n'ai jamais eu de passion qui dure plus de sept ans, précise Françoise. Il paraît que tous les sept ans le corps se renouvelle. Et puis, on naît, on vit et on meurt seul. A cela, on n'échappe pas et ce n'est pas un luxe. »

Une jeune femme de gauche

En mai 1960, le rédacteur en chef de *L'Express*, Philippe Grumbach, encouragé en cela par Gisèle Halimi, demande sa collaboration à Françoise Sagan qui retrouvera ainsi Florence Malraux engagée trois ans plus tôt pour être l'assistante de Françoise Giroud[1].

Aussitôt entrée à *L'Express*, la fille d'André Malraux, venue du service photo de Gallimard, est plongée dans le problème de la torture pendant la guerre d'Algérie. A peine arrivée, on lui demande, en effet, de recevoir une institutrice, Léone Mezurat qui, soupçonnée d'être un agent de liaison du FLN, a subi des sévices graves au cours de son interrogatoire par les militaires. Françoise Sagan, guère intéressée par la politique, ne peut être qu'indignée par le récit de Léone Mezurat qui a fait pleurer son amie. Malgré une famille « maurassienne », plutôt nationaliste, et une mère qui n'apprécie pas de voir sa fille cataloguée « écrivain gauchisant »[2], Françoise s'engagera définitivement dans un article sur l'affaire Djamila Boupacha, cette jeune fille torturée, militante du FLN, et signera le manifeste des 121 sur le droit à l'insoumission. Ses positions elle les prend « pour des raisons humanitaires » ; la droite

1. Voir l'excellent ouvrage de Serge Siritzky et Françoise Roth *le Roman de l'Express 1953-1978*(Atelier Marcel Julliard 1979).
2. « La jeune fille et la grandeur » (*L'Express* n° 470 du 16 juillet 1960).

étant pour l'Algérie française, elle s'est donc retrouvée à gauche au grand dam des siens.

Exprimant très librement son opinion, Françoise Sagan ne s'est jamais inscrite à un parti mais s'engage en fonction de certains problèmes qui la concernent. Dans un article écrit pour l'hebdomadaire *l'Evénement du Jeudi* [1] la romancière précise sa position en citant Marcel Proust qu'elle lit et relit sans cesse et dans lequel elle a trouvé son pseudonyme :

« Le vrai rôle d'écrivain est celui dont parle Proust : un instrument d'optique grâce auquel le lecteur pourra discerner certaines vérités de la vie qu'il ignorait jusque-là (et que souvent d'ailleurs son auteur lui-même a découvertes en les formulant). Mais ces certaines vérités, pour les connaître, il faut regarder. Et il n'est pas possible pour un esprit ouvert, imaginatif et sensible, de ne pas voir ce qu'il en est de sa terre, de son monde et de son temps. Il lui est impossible. de ne pas voir sur les trois quarts de cette planète le malheur des corps, la misère des âmes et ce tiède enfer qu'est la vie quotidienne de la plupart de ses contemporains ; et il lui est impossible ensuite, dès l'instant qu'il réagit à cet état de choses de n'être pas mêlé aussitôt à la politique (...). »

Femme de lettres qui ne s'est jamais enfermée dans la tour d'ivoire des poètes, Françoise Sagan se veut pleinement de son époque et en tant qu'individu s'interroge sur un monde dont elle vérifie continuellement les inégalités :

« La société est très dure pour les jeunes, le chômage est une chose abominable : plus il y a de machines perfection-nées, moins il y a de travail. Ma prise de conscience des sociétés implique pourtant le bonheur pour tous, mais tant

1. N° 34 (semaine du 27 juin au 3 juillet 1985).

que cette société ira dans le sens de l'argent et contre le bonheur des hommes, rien ne pourra avancer et c'est pourquoi je suis socialiste. Je pense que ce sont les seuls qui ont fait le maximum pour amortir le choc. » [1]

Le drame c'est la vie de tous les jours. La fureur, le bruit, la peur, l'exaspération, l'angoisse, l'ennui, tout cela fait partie du quotidien et sert de base à l'existence des gens. On a souvent reproché à Françoise Sagan d'être la romancière frivole d'un milieu doré et passablement désenchanté. Mais en U.R.S.S. on présente ses livres comme une attaque implacable de la décadence bourgeoise. Sa notoriété derrière le rideau de fer peut s'illustrer par cette anecdote que raconte Lena Botrel : « A la foire du livre de Francfort, des Russes qui s'intéressaient à une histoire de la littérature française ont fait la grimace en découvrant que l'auteur de *Bonjour Tristesse* ne figurait pas dans l'index des écrivains cités. »

D'autre part en 1958, on risquait en Afrique du Sud une peine de prison pouvant atteindre douze mois et, « en cas de préméditation », cinq ans si l'on était surpris à la lire. Ce qui montre à quel point le phénomène Sagan est vite devenu un cas type dans la société occidentale. Le pape Paul VI, au cours d'une audience, en août 1973, parlant de la désaffection du monde actuel pour la prière, accusa la romancière d'irréligion, toujours à cause de sa fameuse déclaration : « Dieu m'est indifférent » qui avait tant choqué le curé de Cajarc et qu'elle réitéra. Des raisonnements paradoxaux font qu'au Portugal on interdit *Bonjour Tristesse* alors que le plus grand journal catholique autrichien, *l'Observer de Vienne*, publie sous la signature du R.P. Diego Hans Gœtz les lignes suivantes :

« Derrière l'immortalité de ton roman, Françoise, il y a un espoir, le dernier espoir de nos contemporains. Ton livre se

1. Françoise Sagan interrogée par Alix Rheims (*Elle* du 6 janvier 1986).

termine sur cet espoir et je voudrais que parmi les milliers de lecteurs que tu vas avoir dans tous les pays du monde, quelques-uns soient touchés par cet espoir, la tristesse. Merci Françoise Sagan. » Même réaction du Père Blanchet, dominicain français : « Françoise Sagan ne ricane pas. Elle sourit tristement. Peut-être parce que le spectacle que nous offrons à ses yeux d'enfant n'est ni très gai, ni très réconfortant. »

Ne nous y trompons pas, la spiritualité chez Sagan est une réalité. Dans ses phrases presque transparentes on sent la pulsion d'une vie... « L'âme, quoi ! », comme s'est exclamé François Mauriac avant de constater : « Les personnages de Françoise Sagan ne croient pas qu'ils en aient une. Elle est vivante en eux pourtant, liée à cette chair périssable, qui a déjà commencé à se corrompre, et moi, je l'entends crier. »[1] Adieu tristesse, bonjour tristesse... Cette petite agitation vers le bonheur c'est de découvrir tout à coup « que la vie est une chose superbe, qu'elle est justifiée complètement, irrémédiablement, en cette seconde précise, par le seul fait d'exister »[2].

A ce moment-là, si l'on a une vision manichéenne du monde, la tristesse c'est le diable et, à l'inverse, Dieu représente la gaieté, un mot que Françoise Sagan utilise beaucoup. « Pour moi, dit-elle, la gaieté c'est l'explosion naturelle d'un mouvement heureux et quand elle est simulée c'est une forme raffinée de politesse. »[3] Gai, cet adjectif exquis qui agit comme un exorcisme efficace contre la froideur mortelle de l'ennui.

A vingt-cinq ans la romancière symbolise la génération montante, cette « nouvelle vague » dont tous les jeunes talents se réclament et que l'on identifie à *L'Express*, à l'époque journal de gauche.

---

1. *l'Express* du 13 septembre 1957.
2. *Un profil perdu* (Flammarion 1974).
3. *Elle* du 6 janvier 1986.

« Je ne pensais pas, écrit-elle, qu'il puisse y avoir des limites à l'indifférence générale sur certains sujets — et surtout à la mienne. Je ne pensais pas qu'un simple récit pourrait m'arracher à ce confort douteux que donne le sentiment de l'impuissance, ni à cette lassitude horrifiée que l'on éprouve à signer une millième pétition. Seulement on est venu me voir et on m'a raconté, avec preuves, l'histoire de Djamila Boupacha. Histoire trop insupportable pour supporter qu'elle se termine, demain 17 juin, à Alger, par la condamnation à mort d'une jeune fille de vingt-deux ans. Ou de ce qui fut une jeune fille de vingt-deux ans (…). »

Cet article lui vaut un énorme courrier, des lettres d'insultes et d'autres de soutien. Persuadée d'avoir épousé une cause juste qui est digne d'un plus grand sacrifice, elle accepte d'héberger des Algériens recherchés et de transporter des blessés dans sa Jaguar jusqu'à la frontière. Elle n'hésite pas non plus à rencontrer clandestinement Francis Jeanson qui depuis le début de l'année est recherché par la police française pour atteinte à la sûreté de l'Etat.

L'ancien rédacteur en chef-adjoint de la revue de Jean-Paul Sartre *Les Temps Modernes* avait en charge les membres du comité directeur de la fédération de France du FLN. A Paris il se réfugie dans des « planques » telles que le studio de Jean-Paul Faure, rue Bixio, près de l'Ecole Militaire, ou l'appartement du photographe de presse Philippe Charpentier, rue de la Convention. Par l'intermédiaire de ces deux sympathisants du réseau de soutien au FLN qui sont des amis très chers, Françoise Sagan, escortée de Bernard Frank, passera plusieurs heures en compagnie de Francis Jeanson. Celui-ci raconte : « Avec Françoise je me suis senti en famille. Elle était entièrement acquise aux idées que je défendais. J'avais été, souligne-t-il, l'un des tout premiers à dire mon admiration devant son talent d'écrivain ce qui suscitait de vives discussions

aux *Temps Modernes*. Roger Vailland fut également une des
rares personnalités de gauche à prendre parti pour elle. »

Dans les premiers jours de septembre 1960 éclate l'affaire
du manifeste des 121, une déclaration sur le droit à l'insoumission dans la guerre d'Algérie. Parmi les premiers signataires :
Jean-Paul Sartre, André Breton, Alain Robbe-Grillet et Maurice Blanchot qui écrira le texte définitif. On trouve aussi les
noms de Florence Malraux et de son futur mari Alain Resnais.
En découvrant sa fille sur la liste, André Malraux se mit en
colère car en tant que ministre du général de Gaulle il ne
pouvait pas accepter cette prise de position. Le Premier
ministre Michel Debré le lui reprochera d'ailleurs violemment.
« Je n'avais pas tout à fait prévu les conséquences de mon
engagement, dit Florence. La police interrogea tout le monde
sauf moi, mais si les inculpations contre les "121", dont la
liste s'était beaucoup allongée, continuaient de pleuvoir, personne n'a été arrêté. »

« C'est de Gaulle qui a eu le mot de la fin : "Laissez les
penseurs en paix" », note Alain Robbe-Grillet à qui André
Malraux avait proposé son aide au cas où il serait inquiété.
« Il écrivit à plusieurs d'entre nous pour les rassurer, ajoute
Robbe-Grillet. Je crois qu'il était très désireux d'être des deux
côtés à la fois. » Dans une seconde fournée apparaissent les
noms de François Truffaut et Françoise Sagan. « Ils ont signé
plus par soutien que par nécessité et conviction », remarque
Florence Malraux qui parlait souvent de ses positions philoso-
phiques avec Françoise, « intuitivement et sentimentalement
de gauche ».

Maurice Nadeau, critique de *L'Express* et directeur de
collection aux éditions Julliard [1], avait demandé à une collaboratrice du service de presse de la maison, Monique Mayaud,

1. Il y éditera la revue *Lettres Nouvelles* avant qu'elle ne devienne une
collection.

d'intervenir auprès de Françoise Sagan pour récupérer sa signature. « Je suis allée la voir à Equemauville, se souvient Monique devenue secrétaire générale des éditions Grasset. Il était environ une heure de l'après-midi quand j'ai fait mon entrée au manoir comme les gens du village appellent sa maison. Dans le petit salon on a bu du champagne dans des gobelets d'argent. Un âne se promenait autour de la table. Françoise a accepté tout de suite de signer le manifeste malgré René Julliard qui lui avait dit : ''Ne vous mêlez pas de ça''. »

Lui-même refusa de cautionner la déclaration en tant qu'éditeur et devait interdire à son jeune attaché de direction Christian Bourgois de la signer. Attitude paradoxale quand on sait qu'il ne cessa de prendre des risques en publiant des ouvrages jugés subversifs par le pouvoir et en abritant *Les Temps Modernes*, lâchés puis repris par Gallimard, dont le contenu politique exprimait le refus le plus total de la répression colonialiste. Compromis par l'action des siens auprès desquels il s'informait de la « marche des événements », René Julliard n'évitera pas les descentes de police dans sa maison d'édition.

Françoise Sagan n'y échappe pas non plus à Equemauville. Bernard Frank fut le témoin de cette mésaventure [1] qui faillit être aggravée par sa mauvaise humeur envers les représentants de la loi : « J'attendais Françoise au casino de Deauville. Ne la voyant pas venir, je suis rentré à la maison pour me retrouver nez à nez avec des policiers. Françoise était souriante, elle leur avait fait servir des rafraîchissements. J'étais au contraire, très mal à l'aise. Cette visite dans un endroit où nous passions des jours heureux m'avait scandalisé. Ces types me donnaient l'impression de souiller l'atmosphère.

« Devant mon air un peu con, l'un d'eux m'a dit : ''Si tu veux, mon petit, qu'on fouille toute la baraque...''. Après ça s'est arrangé. » Bernard Frank assiste également à des scènes

---

1. Voir *Un siècle débordé* (Grasset 1970, réédité chez Flammarion en 1987).

d'indignation sur le passage de Françoise Sagan, en train de faire ses courses à Honfleur : « On la traitait de salope, de traître... Des dames lui disaient : ''Mon fils est en Algérie, vous voulez sa mort''. Françoise est très bien dans ces cas-là. Il faut plus de courage et d'énergie dans ce genre de situation que lors d'un attentat au plastic. Quand ça saute, on s'en tire ou pas... »

A ce propos, dans sa série d'attentats contre des personnalités favorables à l'indépendance algérienne, l'OAS ne l'épargnera pas. Une charge de plastic fait sauter la porte d'entrée de l'appartement du boulevard Malesherbes. « Mon mari l'avait franchie moins d'une demi-heure avant l'explosion », dit Marie Quoirez qui était à Cajarc au moment de l'événement. « Ce fut une époque extrêmement agitée, et parfois amusante..., remarque Françoise Sagan. J'ai à cette occasion appris beaucoup de choses que j'ignorais. Sur les autres et sur moi-même. »

« Elle s'est toujours engagée avec un peu plus de vivacité que moi », constate Bernard Frank que Pierre Quoirez n'aimait pas. C'était même sa bête noire : « Il était assez jaloux des gens qui avaient une certaine importance pour Françoise. Son comportement ne ressemblait pas à celui d'un bourgeois classique. Il pouvait avoir des réactions extrêmement violentes et en même temps être assez rigolo. Mais en ce qui me concernait son hostilité était presque pathologique. »

En tout cas Pierre Quoirez, de tempérament anarchiste, ne se formalisait pas des idées politiques de Françoise. Mais peut-être n'a-t-il jamais su que l'auteur des *Rats* était à l'origine du ralliement de sa fille à de Gaulle lors des élections présidentielles de 1965. Cette histoire a été racontée par Michèle Cotta dans un numéro spécial du *Crapouillot*[1] :

1. *Le Crapouillot* n° 68, daté Mars 1966.

« Françoise Sagan et Bernard Frank partagent, rue de Martignac, le même appartement. Sagan est au second étage, Frank au troisième. Le téléphone sonne. Françoise Sagan décroche. C'est pour Bernard Frank. Celui-ci sort de la salle de bains avec du savon à barbe jusqu'au nez. Il prend la communication pendant que, interdite à l'aspect de Frank couvert de mousse blanche, Françoise Sagan pouffe de rire. Ses mimiques exaspèrent Bernard Frank. A l'appareil, on lui demande de signer le manifeste gaulliste. Redoublement des rires de Françoise Sagan qui trouve que Frank à une tenue bien peu sérieuse pour aborder un problème qui l'est autant. Enervé, Bernard Frank dit : "Ah, c'est comme ça, eh bien, je le signe cet appel. Et pan.''

Il raccroche et monte achever de se raser. Une demi-heure se passe. Frank redescend, penaud. Il ne sait pas comment il peut, maintenant, revenir sur sa signature. Une seule solution, que Françoise signe le manifeste elle aussi. L'auteur de *Bonjour Tristesse* n'a jamais signé un texte sans que Bernard Frank ne le contresigne. "Pour une fois'', dit-elle. Et elle signe l'appel au général. Elle va même plus loin : elle participe à un duel qui l'oppose, pour le compte de *Paris-Match*, à Marguerite Duras[1]. Sagan est pour de Gaulle, Duras pour Mitterrand. Citons cet extrait :

SAGAN. Le réflexe des gens qui votent à gauche est un réflexe précis d'agacement : « On n'est pas des enfants, il nous snobe, on va lui montrer... » C'est un vote contre l'idée qu'un seul homme tienne un pays entier, plutôt que l'œuvre de cet homme. Moi, ce qu'il a fait ne m'apparaît pas mal du tout : la décolonisation, ça marche avec l'Est, c'est plutôt conforme à mes idées.

1. Elle a signé aussi le manifeste des 121.

DURAS. En tout cas, la majorité absolue du pays a voté contre de Gaulle. Il n'en veut plus.

SAGAN. De Gaulle sera élu quand même. Il n'y a pas de doute...

DURAS. Ce n'est pas sûr du tout. Si Mendès était le candidat de la gauche, voteriez-vous pour lui ?

SAGAN. Absolument et de tout mon cœur, sans restriction aucune.

DURAS. Nous sommes donc d'accord sur ce point. Mais vous verrez ce qui arrivera, ça je vous le prédis : si de Gaulle a encore les pleins pouvoirs pendant sept ans et s'il y a une opposition de gauche qui se forme, qui est embryonnaire maintenant... vous verrez s'étaler l'anti-communisme officiel, la réaction...

SAGAN. A ce moment-là nous ferons les barricades ensemble, comme dans *Viva Maria*... Ce sera extrêmement gai...

Au cours de ce débat Françoise Sagan qui ne trouve pas Mitterrand « bien », précisera ainsi son choix :

« Moi, je vote pour de Gaulle, homme de gauche, parce qu'il est prêt à faire n'importe quel éclat, même facétieux, même grave, pour finalement maintenir, même sous une forme bizarroïde, les idées de la gauche. »

Ce n'était pas si mal vu. Avec le recul nécessaire à l'historien, la stature du général de Gaulle correspond assez bien à l'analyse de Françoise qui, à l'époque, semblait farfelue.

De même que le récit dans *L'Express*[1] de son voyage à Cuba, en juillet 1960, montre à quel point son jugement sur l'expérience castriste était prémonitoire. Le sujet est alors tabou auprès de l'intelligentsia de gauche. Sartre et Simone

1. Numéros datés du 4 et 11 août 1960.

de Beauvoir, émerveillés par Fidel Castro, avaient cautionné ce régime dont ils n'avaient pas voulu voir les dangers du totalitarisme derrière l'euphorie de la révolution. Accompagnée de son frère, Françoise qui passa en tout et pour tout neuf jours dans l'île, au contraire, a senti l'ambiguïté de cette tentative de démocratie directe. « Cuba, ce n'est pas si simple, écrit-elle. Personnellement j'étais partie avec les idées les plus romanesques et les plus enthousiastes et j'en suis revenue avec quelques réticences. » « Il y avait beaucoup trop de militaires. C'était suspect », dit-elle aujourd'hui pour justifier son attitude réservée d'alors.

Rentrée exténuée de la Havane, via New York, Françoise part se reposer dans sa retraite normande achetée l'année précédente de la manière la plus étonnante :

« C'était un 8 août, en jouant à la roulette au casino de Deauville, j'avais gagné huit millions. Ce matin-là je devais quitter la maison que j'avais louée pour les vacances et il y avait un inventaire interminable à faire dans cette immense baraque délabrée, et le propriétaire était grognon, pas aimable devant la porte avec sa petite liste à la main. Quand il m'a dit qu'il voulait vendre cette maison pas cher, juste huit millions, je n'ai pas hésité. Pourtant, d'habitude je n'ai jamais d'argent devant moi, je suis une perpétuelle locataire.

Bizarre, d'ailleurs, ce propriétaire. Dans une grande salle au rez-de-chaussée de la maison, il avait fait disposer un parquet et le soir, au son d'un gramophone, il dansait tout seul, alors que sa femme, paralysée, était couchée au premier étage. Le reste du temps, il courait les bergères. » [1]

1. *Magazine littéraire* n° 205 (mars 1984, propos recueillis par Jean-Jacques Brochier).

Sur un coup de dés, Françoise Sagan devenait à son tour propriétaire du « Manoir du Breuil » qui avait également appartenu à Lucien Guitry et où Sarah Bernhardt, paraît-il, séjourna. Dans *le Rire incassable*[1], sa biographie-miroir de la tragédienne qui se présente comme une correspondance faite de clins d'œil entre deux amies complices, la romancière imagine même que la grande Sarah dormit dans sa chambre du deuxième étage en haut, celle de gauche, où « l'on s'est battus à coup d'oreillers, un matin ! ».

1. Publié chez Laffont en octobre 1987. Françoise Sagan assista à la naissance de son livre en se rendant à la Société Nouvelle Firmin-Didot, dans l'Eure. C'était la première fois qu'elle voyait sortir des presses un de ses ouvrages.

Françoise et François

« La liberté est intouchable. J'ai lu son livre, et je trouve qu'il ne porte pas atteinte à la décence. Il serait injuste de le condamner. » A la barre des témoins, Françoise Sagan apporte son soutien à Jacques Laurent qui comparaît, en ce début du mois d'octobre 1965, devant la dix-septième chambre correctionnelle de Paris. Inculpé d'offense au chef de l'Etat pour son pamphlet *Mauriac sous de Gaulle*, paru à la Table Ronde, il reçoit l'aide d'écrivains dont les idées politiques sont diamétralement opposées aux siennes.

C'est un curieux spectacle de voir d'anciens sympathisants du FLN voler au secours d'un auteur qui a été proche de l'OAS. Commentant la déposition de la romancière, Michel Legris, le journaliste du *Monde*, ironise : « Mme Françoise Sagan a dû être abusée par le titre du livre de Jacques Laurent et s'imaginer que celui-ci est poursuivi pour outrages aux bonnes mœurs. »

Bernard Frank qui vient également à la barre, bredouille comme à son habitude mais on l'entend murmurer : « Le risque crée parfois la bonne littérature ». Pour Jacques Laurent, un des plus brillants « hussards », selon la formule de Frank, ces paroles d'amitié sont le meilleur des stimulants. Par-delà les querelles politiques se retrouvait une famille d'esprits libres, unis par des liens secrets qui contredisent les opinions établies. C'est la victoire de Stendhal sur Mauriac et de Gaulle dans un procès qui arrive deux mois avant les élections présidentielles. Ce sera aussi celle de la marginalité intellectuelle contre l'Etat souverain et son chantre.

Grâce aux succès de Cecil Saint-Laurent, le pseudonyme sous lequel il publia sa série des *Caroline chérie*, Jacques Laurent a pu, comme la romancière de *Bonjour Tristesse*, s'offrir un standing avec, en prime, quelques excentricités. « J'ai aimé, dira-t-il, jouer à me vanter de ma richesse, à exhiber ma belle bagnole, mon chauffeur, à jouer gros jeu dans les casinos. » [1] Le geste prompt, il eut vite fait de dilapider ses millions et lui aussi connaîtra une sensation de désenchantement devant sa feuille d'impôts.

« On a gagné énormément d'argent et il n'en reste rien, dit Françoise Sagan. Nous avions les mêmes recettes pour le garder : ce ne sont pas les bonnes. »

Son élection à l'Académie française où il a retrouvé ses amis Félicien Marceau et Michel Déon, l'autorise maintenant à souffler un peu ; mais pour être en règle avec son percepteur sa vie d'Immortel n'y suffira pas. En tout cas, Françoise Sagan ne viendra sûrement pas le rejoindre quai de Conti, même si le fait d'être académicien doit, d'après elle, vous éviter bien des tracas.

C'est à Saint-Germain-des-Prés, chez Lipp où son père l'emmenait quand elle était très jeune, que la romancière a ses habitudes, comme Jacques Laurent, d'ailleurs, un pilier de la brasserie bien avant d'occuper un fauteuil sous la Coupole.

1. *Messieurs les best-sellers* de Gilbert Ganne (Librairie Académique Perrin, 1966).

« Avec Roger Cazes, dit Françoise, j'avais des relations à la fois solennelles et très amicales. Les serveurs sont charmants, la nourriture très agréable. En général, je prends le plat du jour. Une fois, avec quelques-uns des familiers, on a fait une pétition pour que soit ajoutée dans les desserts une tarte aux abricots. Notre intervention fut inutile ; chez Lipp, la carte est immuable, ça ne changera jamais. »[1]

Pour saluer la mémoire du patron de la maison, Bernard Frank lui consacra une partie de sa chronique « Digressions »[2] sous le titre « Mort de quelqu'un » : « Au fond, Roger Cazes a été un des rares services militaires de mon existence, souligne-t-il. N'étant pas décoré, je peux dire que j'ai pris mes galons à la brasserie Lipp ! Ce qu'il y a de plus cruel, dans cette affaire[3], c'est que les distinctions sont dans nos têtes, purement imaginaires. Une nature heureuse n'y verrait que du feu. Elle goûterait le spectacle et le plat avec entrain et serait dans le vrai ; que l'on soit Pécuchet ou Premier ministre, l'entrecôte est la même. Les écrivains en herbe, les starlettes de retour de Cannes, les bourgeois du dimanche, auront beau scruter avec avidité l'assiette de Françoise Sagan, de Catherine Deneuve ou de Jacques Laurent, ils n'arriveront pas à repérer ce grain de caviar de différence qui pourrait donner un semblant de raison à leur anxieuse jalousie (...). »

Jour mémorable s'il en fut, le 10 mai 1981 restera l'un des grands moments de l'histoire de la brasserie[4]. Françoise Sagan peut dire « J'y étais », comme Robert Sabatier, Jean Dutourd,

---

1. Rien n'est moins sûr depuis la disparition de Roger Cazes.
2. *Le Monde,* daté du 27 mars 1987.
3. Bernard Frank fait allusion au protocole de la maison. Si l'on ne fait pas partie des habitués le temps d'attente varie à la tête du client. Jacques Laurent a évoqué ce rite dans son roman *les Sous-Ensembles flous* (Grasset, 1981).
4. *Chez Lipp* de Jean Diwo (Denoël, 1981).

le doyen Georges Vedel, le chansonnier Pierre-Jean Vaillard. L'élection à la Présidence de la République de François Mitterrand, familier de Lipp, a partagé, ce soir-là, la salle en deux camps. Les partisans de l'union de la gauche pavoisent. Roger Cazes, lui, fait plutôt grise mine. A chaque entrée d'un homme politique fusent des « hou ! hou ! » ou des « bravos ». « J'étais ivre de joie », dit Françoise. Rentrée exprès de Cajarc, en voiture, pour assister à la victoire de son candidat dans les rues de Paris, elle se rend jusqu'à la Bastille : « Les gens gambadaient sous la pluie, c'était superbe. »

La première fois qu'elle vit Mitterrand, par hasard chez des amis, la romancière resta sur son quant-à-soi :

> « Il m'avait fait mauvaise impression avec son air arrogant. Quand nous nous sommes revus, quelques mois plus tard, je l'ai trouvé très différent. Il m'a semblé ne plus avoir le goût du pouvoir pour dominer mais pour changer les choses. Un an avant qu'il ne soit élu, nous avons déjeuné ensemble, tous les deux, dans ma maison de la rue d'Alésia. Il était intelligent, ouvert, passionnant. Depuis nous nous revoyons de temps en temps tous les deux ou trois mois, chez moi, à l'Elysée, lors d'une manifestation comme à Longchamp pour le Prix de l'Arc de Triomphe. »

Au cours de la conversation François Mitterrand en vient à parler de Bernard Frank dont il avait apprécié *Un siècle débordé*. « Je suis pratiquement d'accord avec tout ce que vous dites sauf sur Malraux », écrivit-il à son auteur qui ne nourrissait pas une particulière tendresse pour le député de la Nièvre. Ce jour-là, donc, il demande de ses nouvelles à Françoise. Celle-ci fait alors un geste vers le plafond, en direction de la chambre de Bernard. Croyant qu'on lui désignait le nord de Paris, Mitterrand s'exclame : « Ah ! il habite Montmartre... ». « Non, non, il est ici », dit Sagan et elle le fait appeler. « On m'a réveillé, raconte Bernard Frank. Je suis descendu en peignoir comme un oiseau de nuit et, encore somnolent, j'ai pris une tasse de café avec eux. »

« Je suis beaucoup plus réservé que Françoise sur l'expérience de la gauche mais tout à fait heureux qu'elle ait eu lieu », ajoute-t-il. Pour le quatrième anniversaire du septennat interrogée par *Le Point*, elle déclare, plus admirative que jamais :

« Mitterrand a une politique extérieure remarquable. Il a aussi aboli des choses qui me faisaient horreur comme la peine de mort ou la Cour de sûreté. C'est le premier chef de l'Etat d'un tel calibre depuis de Gaulle. »

Plus tard, elle écrira, dans un livre illustré sur François Mitterrand :

« Je crois qu'il a besoin de toute la chaleur de ses amis, de toute leur sensibilité, mais je crois que son intelligence est solitaire, même s'il lui importe de pouvoir parler de n'importe quoi avec n'importe qui. C'est l'ami idéal dont parle Rimbaud, l'ami ni ardent ni faible, l'ami. Cela, ceux qui vivent avec lui le savent. Ceux qui vivent loin de lui et qui l'aiment, l'éprouvent confusément, et ceux qui ne l'aiment pas le lui jalousent un peu, aussi inconsciemment ou plutôt jalousent ses amis, dont il est plus qu'honorifique, dont il est rassurant et délicieux, de faire partie. Et je dis rassurant parce que plus l'on est faible et plus son attention et sa possibilité d'affection grandissent. Et je dis délicieux tout simplement parce que cette amitié est délicieuse. »[1]

1. *François Mitterrand, un homme président* par Claude Azoulay (Editions Filipacchi, 1987).

Lorsque des cendres de *France-Observateur* va naître *Le Nouvel Observateur*, Françoise Sagan est invitée à collaborer au premier numéro qui paraît le 19 novembre 1964, avec en vedette une interview de Jean-Paul Sartre. Cette nouvelle formule a pour maître d'œuvre Claude Perdriel, trente-cinq ans, polytechnicien, homme d'affaires entreprenant fasciné par la presse. Ami de Jean Daniel, ancien rédacteur en chef et grand reporter à *L'Express*, il propose à celui-ci de devenir directeur de la rédaction de l'hebdomadaire transformé de fond en comble. Daniel ne fut pourtant pas séduit d'emblée par ce personnage bouillonnant d'idées et à l'optimisme contagieux. Il lui reproche d'entretenir des relations avec un monde intellectuel trop frivole à son goût : « L'univers un peu trop fitzgeraldien dans lequel Françoise Sagan et Bernard Frank le faisaient vivre m'empêchait de penser que je pourrais un jour me lier avec lui d'amitié. »[1]

Craignait-il d'être contaminé par cette volonté de gaieté et une insouciance qui confinent à la futilité ? Antoine Blondin expliquera ce phénomène en rappelant que « le recours à la fête né d'un besoin de nier l'angoisse et le sentiment quasi biologique de la solitude rejoignent celui préconisé par Simone de Beauvoir comme ''une affirmation passionnée de l'existence'' et la mise en œuvre d'une plus grande ''densité d'être''. Alors on peut se coucher sans reproche et se lever sans peur (...). »[2]

La méfiance de Jean Daniel à l'égard de ce milieu est aussi significative que ces critiques faisant la moue après la sortie, en novembre 1966, du roman de Simone de Beauvoir *les Belles Images* : « C'est le monde de Françoise Sagan, ce n'est pas le vôtre. Ce n'est pas du Simone de Beauvoir. » « Comme si je

1. *Le temps qui reste* (Stock, 1973).
2. « Aimer Sagan pour elle-même » in *Ma vie entre les lignes* (La Table Ronde, 1982).

leur avais frauduleusement refilé une marchandise différente de celle qu'annonçait le label », précise l'écrivain [1] dont la vie et la pensée liées à celles de Jean-Paul Sartre s'inscrivent dans un combat pour une révolution sexuelle que Françoise Sagan a engagée innocemment, dès 1954, avec *Bonjour Tristesse*.

Quand paraît dans *Le Nouvel Observateur*, en avril 1971, le « Manifeste des 343 », leurs deux noms sont côte à côte pour protester contre la répression de l'avortement et revendiquer le droit à la contraception et à l'avortement libre. En donnant sa signature, Françoise Sagan ne cherche pas à apporter de l'eau au moulin du MLF mais à dénoncer une injustice :

> « L'avortement, dit-elle, c'est une question de classe. Si vous avez de l'argent tout se passe très bien, en Suisse ou ailleurs ; vous revenez intacte. Si vous n'avez pas d'argent, mais cinq enfants et un mari qui ne fait pas attention, vous devez aller voir la crémière du coin, qui connaît une infirmière qui connaît... et qui vous sabote ! On n'a le droit de garder un enfant que si on le désire violemment. »

C'est en partant de ce principe que la romancière secourut une mère de famille nombreuse, originaire de Lille, qui s'était adressée à elle comme dernier recours :

> « Enceinte, ayant déjà neuf enfants, avec un mari catholique borné, elle n'avait aucun moyen pour avorter. Je lui ai donné l'argent nécessaire, dans les 400 000 anciens francs. Peu de temps après, j'ai eu la surprise de recevoir une lettre où elle m'accusait de lui avoir fait commettre un acte illégal et menaçait de me dénoncer à la police si je ne lui versais pas une nouvelle somme importante. J'ai demandé à cette femme de venir à Paris. Quand elle a sonné, j'ai ouvert la

---

1. *Tout compte fait* (Gallimard, 1972).

porte moi-même sans la laisser entrer. Je lui ai seulement dit : "Je voulais voir la tête que vous pouviez avoir ! Et le commissariat est juste en bas !". »

Imperméable aux mouvements de foule, Françoise Sagan n'a jamais eu le temps de se demander si elle faisait partie « des femmes opprimées ». Pour *Libération*[1] elle tenta d'expliquer son point de vue sur dix ans de féminisme au cours d'une conversation avec la journaliste-écrivain Annick Geille qui avait crié haro sur le macho en publiant un essai sur la nouvelle condition masculine[2]. « Le véritable problème c'est la solitude, soulignera Françoise. Pas les relations sexuelles, ni les conflits hommes-femmes. J'ai lu des statistiques sur le nombre de personnes qui vivent seules à Paris. C'est une horreur. Il n'y a pas d'autre solution que de vivre en couple. »

En ce qui concerne les machos, elle aborda le sujet avec Jacques Laurent pour le compte d'un magazine[3]. « D'une certaine façon, les machos comprennent mieux les femmes que les autres hommes », lui fait remarquer son interlocuteur.

« Ils ont une idée des femmes très précise, très nette, très délimitée, très bornée... qui parfois aussi se révèle très vraie, dit-elle. Je ne crois pas qu'un macho puisse avoir une relation très longue avec une femme, ou alors il faut qu'elle soit bête. Pour le macho, la femme est posée une fois pour toutes. Elle est comme ça, elle est acceptée et comprise telle qu'elle est. »

Un autre thème de l'entretien c'est la fidélité.

1. *Libération*, daté du 26 avril 1984 (Propos recueillis par Annette Levy-Willard).
2. *Le Nouvel Homme* (Lattès, 1978).
3. *Marbre* n° 2 (janvier/février 1987).

FRANÇOISE SAGAN : On peut vivre avec deux hommes. Il y en a un qu'on aime et l'autre par qui on se laisse aimer.

JACQUES LAURENT : Oui, c'est différent ; on éprouve des sentiments différents mais qui peuvent permettre des relations intimes dans les deux cas.

FRANÇOISE SAGAN : En revanche, on ne peut tromper un homme que s'il vous rend très heureuse, quand on est bien avec lui, on peut avoir aisément des histoires très courtes avec d'autres hommes parce qu'on dispose d'un capital de bonheur. Si un homme vous rend très malheureuse on ne peut avoir d'histoire avec personne parce que l'on se sent coincée, on ne se sent pas séduisante, on ne ressent rien.

Le journal *Le Monde* devient le support de ses états d'âme de militante socialiste qui, sans adhérer au PS, participe à tous ses grands meetings. Son article « Bon repentir, messieurs ! » [1], sur la réserve des intellectuels, fait du bruit dans Landerneau. S'en prenant à des personnalités, politiquement de son bord, dont l'extrême prudence l'agace, elle écrit notamment après avoir suivi l'émission *Droit de réponse* de Michel Polac :

« J'ai vu, par exemple, les têtes pensantes, les chefs du *Nouvel Observateur* (hebdomadaire que je lisais avec réprobation depuis belle lurette), s'excuser enfin de leurs erreurs passées, pleurnicher sur l'Algérie française, le Vietnam par eux livré aux Khmers, se frapper le front sur leur pupitre, déclarer à leur tour impraticables les notions droite-gauche, bref, je les ai vus se réclamer du centrisme avec une contrition des plus touchantes et un courage que je leur soupçonnais mais ignorais encore (...). »

1. *Le Monde*, daté du 12 janvier 1985.

Piqué au vif, Jean Daniel, directeur du *Nouvel Observateur*, réplique le lendemain par un article au vitriol dans *Le Matin* (« Jusqu'à plus ample informé, Françoise Sagan n'est ni Sartre, ni Aragon, ni Malraux ») et adresse une lettre au *Monde* (« Nous ne nous attendions certes pas à ce qu'une leçon de fidélité à la gauche nous soit administrée par un écrivain dont nous n'avons cessé d'apprécier le talent mais chez qui nous n'avions pas encore décelé une aptitude particulière au militantisme et un engagement politique de tous les instants. Elle excellait dans le clavecin bien tempéré, la voilà qui se fourvoie dans les grandes orgues »). En fait, Jean Daniel était furieux d'avoir été, pour sa tiédeur subite, comparé par Françoise Sagan à Dalida.

Le « Tout-Paris »

« Tout livre en vitrine excite mon appétit, mon appétit de lettres, de signes, de titres, de typographie plutôt que de lecture, avec une préférence provisoire pour la jaquette rouge et blanche de Julliard, et le pincement au cœur que me vaut immanquablement le double filet rouge à l'intérieur du filet noir de ma chère NRF (...). »[1] François Mitterrand en écrivant ces lignes, datées du 13 avril 1978, faisait référence, sans le vouloir, à deux éditeurs de Françoise Sagan. En même temps il clamait son amour des livres et rendait hommage aux vrais héros de la littérature : les écrivains.

Mauriac, ami de sa famille, fut l'un des « correspondants » qu'il alla voir en débarquant à Paris en 1934. Vingt ans plus tard paraissait *Bonjour Tristesse* et le même François Mauriac, en première page du *Figaro*, consacrait au livre un article demeuré célèbre. Ne pourrait-on pas voir dans ce hasard du destin le signe d'une future rencontre entre deux personnalités qui venaient l'une et l'autre d'un milieu familial assez réactionnaire et allaient se rejoindre en prônant les mêmes idées progressistes ?

« Il serait le même homme avec des idées de droite, je ne serais pas séduite », précise Françoise Sagan qui s'est retrouvée à sa table, à l'Elysée, avec Antoine Blondin comme voisin. « Françoise qui ne boit plus m'autorisait à vider son verre »,

---

1. *L'Abeille et l'Architecte* (Flammarion, 1978).

dit l'auteur de *Un singe en hiver* converti au mitterrandisme lui aussi. La romancière aura l'occasion de rendre l'invitation en accueillant François Mitterrand à Cajarc.

Venu inaugurer le 19 décembre 1986 le musée Champollion à Figeac, le Président de la République en profita pour découvrir le village natal de Françoise Sagan. « Il a dîné et dormi ''à la Confiance'', dit-elle. Le lendemain nous avons fait une promenade dans les rues et il est reparti en hélicoptère. » Cette visite impromptue remettait Cajarc à l'heure présidentielle car dans le passé la petite agglomération quercynoise avait vécu sous la tutelle de Georges Pompidou.

Originaire du village de Montboudif, dans le Cantal, il s'était parfaitement adapté à cette région formée de plateaux calcaires aussi arides que sa vieille terre d'Auvergne. C'est au hameau de Prajoux qu'il fit l'acquisition d'une bergerie qui deviendra sa résidence d'été proche de celle qu'avait Jacques Quoirez. Son arrivée dans le Lot s'est faite grâce à sa femme venue se promener sur le Causse en compagnie du marchand de tableaux Raymond Cordier et de Suzanne, la sœur de Françoise, qui travailla un temps dans la galerie de celui-là, rue Guénégaud, où Georges et Claude Pompidou ne manquaient aucun vernissage.

Cordier ayant lui-même aménagé un moulin dans les environs de Cajarc, le futur couple présidentiel se trouvait en pays de connaissance. Paul Laubard l'accueillera souvent dans sa magnifique propriété de Sauzac. Ensemble ils iront pêcher les écrevisses et savoureront l'extraordinaire tranquillité de « ces Causses interminables qui passent, le soir, du rose au mauve, puis au bleu-nuit ». [1] Mais lorsque Georges Pompidou accédera aux plus hautes fonctions de l'Etat la vie locale en sera perturbée. Des touristes font un détour pour tenter d'apercevoir sa résidence protégée par les gendarmes. C'est

1. « Cajarc au ralenti » de Françoise Sagan in *L'Humanité*.

l'inflation sur les vieilles pierres car des courtisans sont prêts à acheter la moindre ruine à n'importe quel prix.

La fameuse Mme Claude essaye en vain de s'installer à proximité des Pompidou. Elle devra se contenter d'une maison isolée qui avait appartenu à un ancien ministre gaulliste. Invités par Jacques Quoirez, des viveurs descendent de Paris presque chaque week-end pour faire la bamboula. Feux d'artifices, lâchers de mongolfières figurent parfois au programme des festivités. Les retours ne sont pas tristes non plus. La bande louait un car pour rejoindre la gare de Cahors où elle prenait le Capitole. Une fois elle tomba dans le train sur l'équipe de rugby de Brive-la-Gaillarde. Ce fut une sacrée mêlée au grand dam et à la colère des autres voyageurs.

Françoise Sagan avait connu Georges Pompidou alors homme de confiance et conseiller écouté du baron Guy de Rothschild qui en fit le directeur de sa banque. C'est grâce à son premier époux Guy Schoeller qu'elle le rencontre. Les Schoeller et les Pompidou s'invitent mutuellement, soit dans l'appartement de la rue de l'Université, soit au 24 quai de Béthune où ces derniers viennent d'aménager dans un très beau quatre-pièces donnant sur la Seine.

« Georges Pompidou m'avait demandé de connaître mes amis, raconte Guy Schoeller. J'ai organisé un dîner de seize personnes avec notamment Jacques Chazot, Raymond Cordier, Sophie Litvak, Jacques et François Gall, Francis Fabre, mon frère Jacques. » Le dimanche, il est souvent à Louveciennes l'hôte de Pierre et Hélène Lazareff. « A présent introduit dans les cercles les plus fermés, invités fréquemment au château de Ferrières, propriété des Rothschild, il fait partie du "Tout-Paris" note son biographe Eric Roussel[1]. L'été venu il met le cap sur Saint-Tropez qu'il fréquentait déjà avant-guerre. Il y retrouve son nouveau groupe d'amis au milieu desquels

---

1. *Georges Pompidou* (J.C. Lattès, 1984).

Françoise Sagan incarne ''le soleil perçant et corrompu de la gloire'' [1]. »

« Quand il est devenu Premier ministre, nous nous sommes chamaillés discrètement une fois ou deux, en particulier sur l'Algérie, dit Françoise. Par la suite on ne se voyait pratiquement plus. N'étant pas pompidolienne je n'ai jamais mis les pieds à l'Elysée lorsqu'il y était. »

D'après les proches de l'ancien Président de la République, c'est Georges Pompidou qui aurait pris l'initiative de s'écarter de ce monde un peu trop tapageur. « Dès son arrivée à Matignon, en avril 1962, soulignent-ils, Pompidou a prudemment rompu avec le milieu de Françoise Sagan et quittera Saint-Tropez pour passer des vacances en Bretagne, préférant l'intimité familiale à la petite société cancanière du Midi. »

Dans l'entourage de la romancière, il y a un personnage dont la fébrilité mondaine ne passe pas inaperçue : c'est Albert Debarge, P.D.G. de l'industrie pharmaceutique, locomotive de la dolce vita tropézienne. En révolte contre son épouse volage et une famille à laquelle il s'était entièrement consacré, Albert Debarge jettera sa gourme à l'âge où les play-boys s'assagissent. Son remariage avec une jeune femme de vingt-quatre ans, à Saint-Tropez, sera l'occasion d'une fête fastueuse avec des centaines d'invités descendus dans deux « Caravelle » frétées spécialement et dans un wagon particulier accroché au « Train Bleu ».

Pendant deux jours le « Tout-Paris » à Saint-Trop fait la noce. Guardians montés sur des chevaux blancs, bataillons de majorettes, fanfares, ont été réquisitionnés. A « l'Epi-Plage », au bout de la plage de Pampelonne, Debarge tient table ouverte. L'endroit lui appartient comme « l'Epi-Club » qu'il a

1. *Avec mon meilleur souvenir.*

lancé après celui de Montparnasse, une boîte aussi réputée que le « New Jimmy's » de Régine ou le « Club Princesse » de Jean Castel. L'ex-roi des produits pharmaceutiques s'est couronné lui-même empereur de la nuit pour chasser ses vieilles hantises et vivre de fantasmes. Mais en voulant ainsi oublier son passé, il est devenu féroce et a fait des victimes. Plusieurs filles sont mortes à cause de lui.

Toxicomane, Albert Debarge entraîna dans sa déchéance, outre sa femme Josyane, quelques-unes des jolies créatures qui lui ont été présentées, notamment par Mme Claude à Cajarc. « Je lui en ai voulu, dit-elle, d'avoir remis de la drogue à une de mes amies, Françoise Jeanmaire, qui se désintoxiquait en Suisse. »

« C'était une loque quand j'ai fait sa connaissance, raconte Françoise Sagan. Je l'ai ramenée chez moi où elle est restée huit ans. Ça s'appelle le droit d'asile. Belle fille saine, enfantine, elle vivait un véritable enfer sous la coupe de cet homme. »

Les policiers de la brigade mondaine vont entrer en action lorsque le petit ami de Françoise Jeanmaire est découvert mort d'une overdose dans les toilettes de « l'Alcazar », un cabaret de la rive gauche.

« Le commissaire Le Taillanter a débarqué un jour chez moi, rue Guynemer, après avoir fait fouiller l'appartement le matin par ses assistants, dit Françoise Sagan. J'étais exaspérée à l'avance mais l'après-midi, vers trois heures, le voilà qui arrive pour m'interroger. Je me suis calmée devant cette homme superbe qui ressemblait à Gregory Peck. »

« Nous avons éclusé une bouteille de whisky », raconte l'ancien chef de la brigade mondaine et de la brigade de répression du banditisme.

Le flic[1] et la romancière tombent vite d'accord sur la nécessité de combattre la drogue dont on commençait à mesurer en France l'étendue du désastre. « Françoise Sagan était scandalisée par Debarge qui se croyait assuré de l'impunité, explique Roger Le Taillanter. J'avais entendu son frère et recueilli la déposition de Françoise Jeanmaire qui, à vingt-cinq ans, était terriblement marquée. Finalement j'ai réussi à le coincer en appréhendant d'abord sa femme qu'il envoyait à Amsterdam se procurer des doses de LSD et des comprimés de Méthadone, un dérivé de l'héroïne. »

L'affaire Debarge se terminera de la façon la plus dramatique qui soit. Après trois mois passés en prison, Albert Debarge, le 23 novembre 1972, se donnait la mort dans son appartement du boulevard Flandrin. Apparemment guérie, huit ans plus tard, Françoise Jeanmaire mettra, elle aussi, fin à ses jours. En vacances à la Barbade, la jeune femme est entrée dans la mer et a nagé vers le large jusqu'à ce que ses forces l'abandonnent. « J'étais sa voisine sur la plage, dit Charlotte Aillaud. J'occupais la maison de l'actrice Claudette Colbert et elle vivait seule dans la villa d'un de ses amis. Je la croyais sauvée. Jamais je n'aurais pu soupçonner qu'elle était sur le point de se suicider. »

De retour à Paris c'est elle qui annonça sa disparition à Françoise Sagan. Engloutie dans l'océan Atlantique comme sa tante Madeleine, l'artiste-peintre qui avait peut-être enjambé le bastingage du paquebot la ramenant en France. Ce geste fatal Andréas, le gigolo de *la Femme fardée*, l'osa sur le pont du *Narcissus* parce que, pour lui aussi, « sa solitude passée et à

---

1. Roger Le Taillanter s'est reconverti dans la littérature policière. L'un de ses romans *Paris-sur-drogue* s'inspire en partie de l'affaire Debarge.

venir, l'inutilité de sa vie, son absence de force, de résistance et de réalisme, son besoin éperdu et puéril d'être aimé, tout cela lui parut tout à coup trop dur, trop lourd (...). »

Mais en passant par-dessus bord un filin s'enroula autour de son cou, « un filin auquel, pensa-t-il pendant un millième de seconde, il allait pouvoir s'accrocher. Et Andréas mourut en se croyant sauvé ». C'était suspecter la mort d'accorder in extremis sa grâce au désespéré. Amère constatation d'une romancière qui tout au long de sa vie a reçu de plein fouet le suicide de gens proches. Sur cette liste funèbre le compositeur Michel Magne, le journaliste Jean Marvier, et le photographe Philippe Charpentier.

Mentir vrai

« Ecrire un roman, c'est faire un mensonge... j'aime mentir. J'ai toujours menti. » Françoise Sagan saura tromper son monde pour éviter une situation trop embarrassante. C'est se jouer la comédie comme les personnages qu'elle met en scène dans ses livres et ses pièces de théâtre. Exigeante, voulant tout très vite, elle manifeste une volonté de domination sur les êtres et sur les choses qui est le propre des natures orgueilleuses. Chez elle le mensonge est une façon d'échapper à la réalité qui les ennuie ou, pire encore, les désespère. Dans ces conditions, mieux vaut mentir effrontément, quitte à vexer son interlocuteur si la ficelle est trop grosse.

Ainsi Françoise Sagan n'a pas hésité à télégraphier à Marie-Hélène de Rothschild qui l'avait invitée à Ferrières, en 1971, au « Bal Proust », à l'occasion du centenaire de l'écrivain : « Empêchée. Double pneumonie. » Marie-Hélène téléphona à son amie : « Tu me mens. Pourquoi double pneumonie ? ». « Je ne sais pas. Ça me paraissait plus vraisemblable », marmonna Françoise, confuse d'être prise en flagrant délit de mensonge. Comme l'a écrit son mari[1], la baronne de Rothschild « ... aime la fête pour la fête, parenthèse qu'on ouvre dans le temps, comme la respiration, le sourire de la vie ».

---

1. *Contre bonne fortune...* de Guy de Rothschild (Belfond, 1983).

C'est son trait d'union avec la romancière qui dans sa hâte de vivre a donné à la fête des résonances fitzgeraldiennes. Ce peut être un bal masqué dans un superbe palais vénitien, une simple réunion d'amis autour d'une table (« Nous sommes tous intimes, déclare Jacques Chazot. Cela signifie que nous savons qui va au lit avec qui »), une sortie en couple dans la tradition de Scott et Zelda Fitzgerald. Et voilà justement comment Françoise Sagan les imagine en goguette :

> « Vers 1925, et vers sept heures du matin, une bouteille de Dom Pérignon calée entre eux deux dans leur fiacre, Scott Fitzgerald, l'un des meilleurs écrivains américains de son époque et sa femme, la belle Zelda, rentraient au Ritz. Erreur, d'ailleurs, car elle n'aimait pas vraiment, je crois, ni les grands hôtels, ni les grands crus, ni même les grandes amours. Néanmoins, dans cette aube fragile, ils étaient tous les deux évidemment jeunes, riches, beaux et gais. »[1]

Ce peut être aussi une randonnée nocturne en solitaire :

> « Il vous reste tout Paris dans l'ombre, souligne Françoise Sagan, toutes les rues, toutes les avenues, tous les cafés, tous les ciels et toutes les aubes. Prenez votre voiture et roulez. Paris, la nuit, ne se défend plus. »[2]

Faire la fête, c'est également le moyen de reprendre pied au sortir d'une période difficile. Après son accident de Bogota, Françoise voulut réunir ses amis à son retour d'hôpital. « Une guérison se fête », dit Zelda, l'héroïne de *Il fait beau jour et nuit*.

1. *Vogue* n° 350, daté d'octobre 1972.
2. *Playboy*, édition française, datée d'avril 1980.

Elle s'appelle Zelda comme Zelda Fitzgerald qui mourut folle, brûlée vive, dans un asile psychiatrique. Elle aussi a connu l'enfermement et en a conservé un terrible souvenir :

« Les asiles sont des endroits atroces, tu sais, même ceux de luxe. C'est beige, tout est beige, un beige imposé partout, tout le temps. Ça devient avilissant, ce beige (...). »

C'est l'une des meilleures pièces de Françoise Sagan qui l'écrivit d'une traite après la mort de son père. Montée à la Comédie des Champs- Elysées, le 18 octobre 1978, la répétition générale tourna à la catastrophe. Dès le lever du rideau on comprit qu'Anna Karina, dans le rôle de Zelda, et ses compagnons d'infortune allaient faire naufrage.

Le spectacle avait d'ailleurs débuté par la chute d'une dizaine de mètres de l'ascenseur du théâtre avec à l'intérieur la princesse Caroline de Monaco qui connut une belle frayeur. Françoise Sagan, très superstitieuse, vit dans cet incident le triste présage de la faillite de ses espérances. Ce sera le plus beau four de sa vie mais elle n'était pas accablée pour autant :

« Comme chaque fois dans ces cas-là, je sifflotai gaiement pendant une bonne quinzaine : un échec au théâtre est, en tout cas pour moi, beaucoup plus dopant qu'un succès. »[1]

Marie-Hélène de Rothschild avait prévu un souper chez elle à l'Hôtel Lambert, rue Saint-Louis-en-l'Ile où les invités essayèrent de faire bonne figure même si chacun avait à l'esprit le cauchemar d'une pièce transformée en œuvre de patronage. Françoise était accompagnée d'un ami italien, Massimo Gargia, qui a conservé une partie du manuscrit de *Il fait beau jour et nuit*. Rédigé sur des cahiers Clairefontaine, elle lui en donna

---

1. *Avec mon meilleur souvenir.*

un avec cette dédicace : « Pour Massimo qui est beau, bon, gai, intelligent et tendre ; ce que peu de gens sont chez les amis des Van den Berg ».

Zelda qui sort d'une riche famille flamande, genre aciéries, a été internée en Suisse, après avoir incendié son appartement. Mais plus que ses nerfs fragiles on lui reproche surtout ses plaisirs : l'alcool, le jeu, la drogue, les voyous, l'insomnie, le gaspillage, la débandade. La folie quoi ! Elle-même le confesse quand elle dit à Laurence, la jeune maîtresse de son mari : « Par exemple, j'ai beaucoup aimé la cocaïne, j'ai beaucoup aimé les gouapes, dans les ruelles, j'ai beaucoup aimé les excitants : j'entends, les gens et les comprimés excitants. »

Françoise Sagan a tiré de sa propre expérience des répliques qui se sont imposées d'elles-mêmes.

« Ça s'est déclenché tout seul, dit-elle, comme si tout était inscrit d'avance. Après il ne me restait plus qu'à dicter le texte à Isabelle, ma collaboratrice. Je l'ai fait sans hésitation ni retour en arrière. Cela tient vraiment du miracle. En quelque sorte, ma pièce est née terminée. »

Comme le remarque son ami le romancier américain William Styron, « ce sont les aspects mythiques d'une vie d'écrivain qui engendrent les ragots, les rancœurs sordides comme les tendres sentiments, et Fitzgerald s'est depuis longtemps attiré une part disproportionnée des deux »[1]. Chez lui comme pour Sagan le mythe et l'œuvre sont indissolublement confondus. Leurs rêves de bonheur et une incapacité à s'aimer les mèneront l'un et l'autre aux confins de la mort et de la démence.

C'est en 1973 que Françoise devint Zelda, accablée par une dépression épouvantable qui faillit l'engloutir. Ses excès conjugués avaient eu raison de son équilibre mental et il fallut

---

1. *Cette paisible poussière et autres écrits* (Gallimard, 1985).

l'emmener d'urgence dans une maison de repos de la région parisienne, la clinique Jeanne-d'Arc à Saint-Mandé. Cette même année, elle fera un séjour à l'hôpital de la Salpêtrière, dans le service de neurologie des professeurs Castaigne et Lhermitte où passèrent également André Malraux, Jules Romain et le syndicaliste Benoît Frachon. « Elle s'était aménagé un coin bureau dans sa chambre, la 7 située devant l'arrivée des ambulances, raconte son infirmière, Marie-Christine Cayeux. A deux heures du matin il lui prenait l'idée de m'appeler pour vérifier si j'étais là. Ma présence la rassurait. Elle s'excusait ensuite de m'avoir dérangée inutilement. »

En dépit des circonstances, Françoise Sagan s'efforcera toujours de prêter attention à l'autre, quel qu'il soit. C'est un principe de courtoisie qu'elle applique comme un réflexe naturel qui surprend en pareil cas. Charlotte Aillaud fut stupéfaite de l'entendre dire sur son lit du Val de Grâce, après son rapatriement de Colombie : « Quelle horreur ! Vous savez que j'ai bien failli vous perdre. » La sœur de Juliette Gréco avait les larmes aux yeux en entrant dans la chambre de la romancière : « Par cette réflexion, elle voulait me faire éclater de rire. »

Cette forme de politesse chargée d'humour, on la retrouve chez les Fitzgerald. Leur fille Scottie, de passage à Paris en mai 1985 pour le lancement d'une nouvelle traduction de *Tendre est la nuit*, releva l'étroite parenté entre les livres de Sagan et ceux de son père. C'est sur le plateau télé d'*Apostrophes* que Scottie Fitzgerald et Françoise, venue présenter *De guerre lasse*, échangèrent leurs impressions. Curieusement ce roman était né à l'occasion d'une autre émission diffusée en 1977 où, cette fois, Bernard Pivot l'avait invitée en compagnie de Roland Barthes et de Anne Golon.

Celle-ci, qui créa avec son mari le personnage éminemment romanesque de la Marquise des Anges, s'était étonnée du manque d'action dans les livres de Françoise Sagan. « Imaginez, lui dit-elle, qu'un SS entre au moment où Béatrice, votre héroïne, embrasse Edouard. Que ferait Edouard ? ». « J'étais restée hébêtée, raconte Françoise, car l'histoire du *Lit défait* se déroulait chez des gens de théâtre, en 1972. Mais la question d'Anne Golon dut me trotter dans la tête puisque ça a fini par faire un livre de guerre. »

C'était le premier du genre dans son œuvre. Depuis longtemps la romancière, âgée de cinq ans en 1940, voulait aborder ces années tragiques qu'elle traversa ingénument. « Du moment que les parents n'ont pas l'air d'avoir peur, les enfants se sentent en sécurité », dit-elle. C'est la critique, en lui reprochant de se cantonner dans le même univers d'oisifs fortunés à l'écart des coulisses de la vie, qui l'empêcha de tenter l'expérience plus tôt :

> « Ça m'énervait tellement d'entendre constamment parler de mon petit milieu doré, de ma petite musique, que je ne voulais rien faire d'autre. En plus il y a toute la panoplie, whisky, Ferrari, dolce vita, qui pratiquement m'interdisait les sujets sérieux. Et puis je me suis dit : ''Flûte, après tout je ne vais pas mourir sans parler de ces choses graves qui m'intéressaient''. »

Sur la lancée de ce roman elle publiera ensuite *Un sang d'aquarelle* qui se passe toujours sous l'Occupation. Son ami François-Marie Banier s'extasie dans *Elle* : « Jamais Françoise Sagan n'a mieux écrit. Jamais ses personnages n'ont été aussi forts, les scènes aussi profondes. On ne peut pas parler de décor ici tant il est vu de l'intérieur. L'écriture est juste, précise, sensuelle, intelligente. L'intelligence de Sagan, visionnaire qui plonge avec science son regard au fond des âmes, servie par une parfaite connaissance des êtres (...). »

Comme Chazot, Banier, un écrivain découvert par Aragon, est le chevalier servant-type de Françoise. Ensemble ils allèrent à New York, saluant à l'improviste Gloria Swanson, une star du muet, qui leur avait montré quels mouvements elle faisait chaque matin sur le sol, pour garder la ligne. Fascinée par les monstres sacrés du cinéma et du théâtre[1], Françoise Sagan aura une tendresse particulière pour Marie Bell, la tragédienne hors pair de *Phèdre* qui était dans le privé d'une drôlerie parfois féroce. A Equemauville une allée de la propriété s'appelle Marie Bell ce dont elle sera aussi fière que de sa rosette de la Légion d'honneur.

C'est chez un grand coiffeur du faubourg Saint-Honoré que Marie, également directrice de théâtre, est présentée à Françoise par l'ex-mannequin Bettina. Toutes les trois parlent fort pour couvrir le bruit des séchoirs. « De dessous son casque, telle une souveraine wisigoth, elle m'ordonna, d'une voix d'autant plus tonnante qu'elle ne s'entendait pas elle-même, de lui écrire une pièce pour son théâtre du Gymnase », raconte Françoise dans *Avec mon meilleur souvenir*. La romancière séduite par ce personnage inouï, « la vamp gavroche » de la Comédie-Française selon la trouvaille de Jacques Charon dans ses mémoires, lui promet un manuscrit.

Ce sera *Les violons parfois*. Le titre a été tiré d'une réplique : « Méfie-toi, Charlotte, les violons parfois font des ravages... ». Charlotte, l'héroïne de la pièce, Charlotte qui aime la vérité toute nue, l'argent, les bijoux, le confort, et succombera au charme naïf de Léopold qu'elle a voulu gruger, c'est évidemment Marie Bell dans un rôle sur mesure. Elsa Triolet qui a aimé la pièce dira de sa principale interprète : « Marie Bell-Charlotte, femme de tête et du reste, a un cynisme vigoureux, d'une santé animale, et l'électricité entre elle et le jeune Léopold-Pierre Vaneck, passe la rampe (...). »[2] Dans son

1. Voir sa biographie de Sarah Bernhardt *Le rire incassable* (Robert Laffont, 1987).
2. *Les Lettres Françaises*, datées du 14.12.1961.

"Bloc-Notes" François Mauriac s'intéressera, lui, surtout à l'auteur :

« Ce je ne sais quoi qui me touche toujours chez cette jeune femme, même dans le moins bon et même dans le pire de ce qu'elle a écrit, n'est plus ici un je ne sais quoi. Je sais fort bien ce qui me touche. C'est la vue qu'elle prend du mal, la connaissance qu'elle en a, et qu'elle reconnaît, et dont elle témoigne. » [1]

Mais ces éloges sont exceptionnels car la critique sera sévère y compris la presse anglaise au lendemain de la présentation de la pièce au Piccadilly Theatre de Londres. Après le triomphe de *Château en Suède* Françoise Sagan pouvait s'offrir un échec, l'essentiel étant de surmonter le premier et de survivre au second. Ce qu'elle a fait chaque fois gaiement.

Pour illustrer le quitte ou double d'une générale, Françoise se remémore des histoires de casino. Celle-ci par exemple. C'était en Angleterre, s'étant faite interdire de casino en France, elle ne pouvait s'empêcher de fréquenter les tapis verts étrangers. Tout à coup, dans une salle de Londres, au Crockford's Club, Françoise Sagan ressentit cette petite douleur qui brusquement vous paralyse d'angoisse. Elle venait de perdre cent vingt millions de centimes sans s'en rendre compte, prise par l'atmosphère excitante des bancos et ayant comme d'habitude joué au-dessus de ses moyens :

« Pour rembourser, il m'aurait fallu au moins travailler pendant deux ans. Alors j'ai tenté le tout pour le tout en continuant à jouer. Eh bien ! A la fin de la soirée, ma dette n'était plus que de cinquante livres. »

1. *Le Figaro Littéraire*, daté du 16.12.1961.

Les feux de la rampe

Dès sa première pièce Françoise Sagan se révéla un auteur pouvant faire penser à Feydeau, Musset, Marivaux, Tourgueniev ou Porto-Riche. En fait, dans *Château en Suède*, elle avait retrouvé ce ton extraordinaire de *Bonjour Tristesse* et nous disait encore les jeux et les cruautés de l'adolescence. Ce n'était rien d'autre que du Sagan, inimitable pour traduire les passions selon les bonnes recettes du théâtre bourgeois.

C'est au moulin du Coudret, en février 1957, quelques semaines avant son accident, qu'elle se mit à écrire cette pièce. Françoise Sagan venait juste de finir *Dans un mois, dans un an...*. Sur sa lancée, elle jeta sur le papier des répliques destinées à distraire ses amis qui étaient plutôt déprimés. L'idée première de *Château en Suède* datait de l'hiver 1954. En compagnie de Florence Malraux et de Bernard Frank, elle faisait un séjour dans le Bugey, chez François Michel, à Montaplan. La maison était sombre, vaste, isolée, à plusieurs étages. Elle ressemblait à un bunker.

Un soir, Bernard Frank raconta l'histoire d'un coq de village que des circonstances particulières métamorphosèrent en un amoureux transi doublé d'un pleutre. « Cela m'avait frappée », dit Françoise Sagan qui, trois ans plus tard, imaginait le personnage de Frédéric, ce charmant et infatué jeune homme confronté à ses étranges cousins vivant dans un château isolé dans les neiges.

Des extraits de la première version de l'acte I de *Château en Suède* ont paru dans *Les Cahiers des Saisons*, la revue de Jacques Brenner financée par Claude Perdriel avant qu'elle ne soit reprise par René Julliard. « C'est Bernard Frank, également très lié à Perdriel[1], qui m'a permis d'avoir ce texte inédit, explique Jacques Brenner. Pour présenter la revue en province j'avais organisé une tournée comme pour une troupe de théâtre. La première étape a été Rouen où nous nous sommes produits dans une église désaffectée.

Grâce à la publicité faite autour du nom de Françoise Sagan qui lut un manifeste en faveur des *Cahiers*, les gens affluèrent. Au programme figurait aussi le chanteur Jean-Claude Darnal mais, par la suite, sans la présence de Françoise, nos réunions attireront beaucoup moins de monde. »

En octobre 1959, André Barsacq tombe par hasard sur la revue et lit cette esquisse de comédie dont il aime aussitôt le ton. Françoise Sagan n'aurait certainement jamais terminé la pièce[2] si le directeur du théâtre de l'Atelier ne lui avait pas apporté son précieux savoir-faire avant de la mettre en scène. Un auteur dramatique était né, il faut le dire, servi par une belle interprétation où Claude Rich et Françoise Brion, dans les rôles de Sébastien et d'Eléonore, le frère et la sœur, ainsi que Philippe Noiret dans celui d'Hugo, le mari d'Eléonore, apparaissent tels que Françoise voulait les voir en chair et en os.

« Je regardais, émerveillée, ces gens que je ne connaissais pas, qui ne me devaient rien et qui, pour moi, se pliaient

---

1. Claude Perdriel habitait à l'époque un vaste appartement, 3 rue François-1er où il accueillit un temps Bernard Frank. A l'étage au-dessus se trouvait Alain Delon.
2. En trois semaines, à Klosters, en Suisse, dans une atmosphère de neige un peu drue comme celle qui enveloppe ses héros.

aux caprices de mon imagination : je leur en avais une grande gratitude (...). »[1]

Interrogé lors de l'émission de Jérôme Garcin *Boîte aux lettres*[2], consacrée à l'écrivain, Claude Rich, également dramaturge, avait évoqué l'heureux souvenir des répétitions de *Château en Suède* : « Françoise venait dans la salle. Elle s'amusait énormément. Je ne comprenais pas toujours ce qu'elle disait. On allait boire un coup après. » « C'est, ajoute-t-il, une pièce d'un romantisme un peu cruel, drôle, que j'ai beaucoup aimé jouer. »

Au cours de la même émission de télévision, Jacques François qui, lui, interpréta le rôle du baronnet Henry-James Chesterfield dans *le Cheval évanoui*, monté au Gymnase en 1966 avec *L'Echarde* en complément de programme, dit son admiration pour le style elliptique de l'auteur : « Je n'aime pas qu'on s'appesantisse sur les choses. Cette forme d'écriture crée une complicité entre les spectateurs et vous. » La philosophie de Henry-James filtre à travers des répliques comme celles-ci :

« On ne se fatigue pas de quelqu'un, vous savez, en fait, on se fatigue d'aimer. D'éprouver de l'amour. On veut bien avoir froid si le chauffage saute, mais on ne veut plus avoir mal si le cœur en fait autant. Cela s'appelle l'expérience. »

« Que tout ce qui nous rassure dans la vie, sans nous plaire vraiment, nous attache d'une manière affreuse, insidieuse comme des serpents. Ces pelouses sont venimeuses et cette belle demeure aussi. On se rend compte qu'il faut être libre de tout pour être libre de soi. Et qu'il ne faut rien supporter jamais que la passion ; parce que justement, elle, n'est pas rassurante (...). »

1. *Avec mon meilleur souvenir.*
2. F.R. 3 (novembre 1984).

S'il fallait découvrir derrière le baronnet un inspirateur on pense d'abord à Guy Schoeller. D'où qu'ils viennent, les héros de Sagan finissent toujours par rejoindre la réalité. Ainsi Henry-James Chesterfield a trouvé aujourd'hui son double dans cet ancien ami britannique de Françoise, devenu lord, qui plus de vingt ans après la première représentation du *Cheval évanoui*, incarne parfaitement ce type de personnage : « Je lisais à voix haute *Un certain sourire* en anglais pendant qu'elle le lisait en français à côté de moi », dit-il, encore plein de tendresse pour la romancière se souvenant également de leurs soirées spirites où ils faisaient tourner les tables.

Françoise Sagan ne songeait pas à Danielle Darrieux en écrivant *la Robe mauve de Valentine*, sa troisième pièce montée au théâtre des Ambassadeurs-Henry Bernstein le 16 janvier 1963. Mais lorsque l'actrice paraît pour la première fois en Valentine c'est un moment magique car elle représente corps et âme le personnage disant à son neveu Serge peu après leur entrée en scène : « Je finis toujours par ressembler, inexorablement, à ce qu'on veut. »

En l'occurrence elle était exactement la Valentine qu'avait voulue Françoise. Cette adéquation qui tient du miracle a été l'élément déterminant du succès de l'entreprise mais il faut que tout le reste suive pour que la mayonnaise prenne. Dans *Bonheur, Impair et Passe*, présenté au théâtre Edouard-VII un an jour pour jour après la générale réussie de *La Robe mauve de Valentine*, elle sera complètement ratée. Ayant voulu s'occuper de la mise en scène, Françoise Sagan qui manque d'autorité se retrouva comme un commandant de bord dont les directives resteraient sans effet. D'autant qu'elle avait choisi des amis, Jean-Louis Trintignant, Daniel Gélin, Juliette Gréco, Michel de Ré, pour interpréter une pièce qui se passait vers 1880 à Saint-Petersbourg et à Odessa :

« Incapable de leur crier des ordres du fond de l'orchestre comme c'est l'habitude des metteurs en scène, je me suis installée près du plateau et je leur ai parlé doucement, sans me fatiguer et... sans les fatiguer non plus ! »

C'était une joyeuse pagaille très arrosée ; l'équipe, sans doute pour se mettre dans l'ambiance, ingurgitait de la vodka à longueur de journée dans un restaurant-bar russe voisin. « On savait tous qu'on allait à la catastrophe, raconte Jean-Louis Trintignant. Quelques jours avant la générale Françoise, qui se rendait compte du gâchis, nous a proposé d'engager un vrai metteur en scène. Mais on l'aimait tellement que nous avons préféré continuer comme ça plutôt que d'essayer de rattraper la pièce. »

Claude Régy fut pourtant appelé à la rescousse après les premières représentations mais si la pièce était bonne, son destin scénique ne pouvait plus être modifié. « Il est arrivé trop tard, dit Juliette Gréco. Pour ne rien arranger je m'étais foulé la cheville la veille de la générale et je ne m'entendais pas avec Alice Cocéa, dans le rôle de ma mère, qui avait de la haine pour moi. Quant à Françoise elle semblait quand même beaucoup s'amuser. Son "capital enfance" très fort la préserve de tout. Ensemble nous n'avons pas arrêté de faire des bêtises. »

La bande de *Bonheur, Impair et Passe* était soudée par une complicité correspondant à la fois à l'esprit de Saint-Germain-des-Prés (Gréco, Gélin et Michel de Ré qui s'appelait en réalité Michel Gallieni — il était le petit-fils du général — en avaient été des figures) et à l'histoire tropézienne des années 55. A l'exception d'Alice Cocéa dont ce fut le dernier rôle au théâtre, on était en famille.

Jean-Louis Trintignant, vedette de *Et Dieu créa la femme...*, aux côtés de Brigitte Bardot et de Curd Jurgens connut Françoise Sagan à l'époque du tournage : « La maison de BB et de moi à l'écran, c'est celle qu'avait louée Sagan à la

Ponche. J'ai revu Françoise pendant le tournage du film adapté de sa pièce *Château en Suède*, également réalisé par Roger Vadim. Ce fut un échec malgré l'enthousiasme que nous avions tous mis à le faire. » « Françoise Sagan et Brigitte Bardot, souligne-t-il, sont restées marginales tout en étant très sollicitées. Leur insolence a été extrêmement bénéfique car sans être féministes elles étaient deux drapeaux de la libération de la femme. »

« En revanche leurs rapports avec l'argent sont très différents, poursuit Jean-Louis Trintignant. Françoise faisait profiter du sien parce qu'elle ne se reconnaissait pas le droit de garder des sommes gagnées trop facilement. Vadim était comme ça. C'est un type qui ressemble assez à Sagan. » Le cinéaste était au bras de Jane Fonda quand il assista à la générale de *Bonheur, Impair et Passe*. A Saint-Tropez, après sa rupture avec Brigitte Bardot, tombée follement amoureuse de Trintignant, il passait ses nuits à « l'Esquinade » : « Françoise était là, dit-il, on dansait le cha-cha-cha en rang. » Dans son livre de souvenirs *D'une étoile l'autre* il rapporte cette confidence de la romancière :

« Il faut célébrer la fin d'un amour comme on célèbre la mort à la Nouvelle-Orléans, avec des chants, des rires, de la danse et beaucoup de vin. L'amour, comme la vie, ne se met pas en banque. Il se dépense. Et plus tard, il se pense. » Elle-même mit en pratique cette belle théorie après sa séparation avec Guy Schoeller en rejoignant des amis en train de faire la nouba à Saint-Tropez. « Elle est arrivée à ''la Colombière'', une villa sur la baie des Canebiers, vers onze heures du soir, au volant de sa Jaguar type E. Elle avait roulé à fond pour fêter son divorce avec nous », raconte Jean Wetzel qui, comme les frères Gall surnommés les frères Brontë par le spirituel et caustique Jacques Chazot, gravitait autour de Georges Pompidou.

Viens voir les comédiens...

Ecrire un roman c'est la liberté totale. Il n'y a pas de règles comme au théâtre où l'action progresse d'une manière constante suivant des impératifs précis de temps, de lieu, de personnages. Françoise Sagan établit une comparaison avec le squash, ce jeu qui consiste à lancer une balle contre un mur : « Qu'on la lance à droite ou à gauche, elle revient toujours au milieu. Au théâtre c'est pareil avec les mots. » La romancière dit encore : « Au théâtre, ce doit être du ping-pong, tout le temps, sans faillir. » [1]

Avec son talent lapidaire elle se révélera aussi une excellente scénariste et dialoguiste, particulièrement en collaborant au *Landru* de Claude Chabrol. Le producteur Georges de Beauregard qui s'était mis en tête de faire travailler des écrivains comme Jacques Laurent et Françoise Sagan demanda à celle-ci de penser à un *George Sand* que réaliserait Chabrol, un des piliers de la « nouvelle vague ». En 1960 la sortie de son film *les Bonnes Femmes* s'était soldée par une critique désastreuse à l'exception d'un article de Françoise qui avait pris sa défense dans *L'Express*.

Ce fut donc sous les meilleurs auspices qu'eut lieu la rencontre entre le cinéaste et l'écrivain, d'autant que l'ironie du premier pour dépeindre les noirceurs humaines s'alliait volontiers au ton drôle et à la finesse d'esprit du second. Après

---

1. *Cinématographe* (les Ecrivains et le Cinéma).

avoir séché sur George Sand, l'idée de faire un Landru les a tout de suite séduits. « C'était beaucoup plus marrant, dit Claude Chabrol. J'en ai parlé à Beauregard qui a interrogé Carlo Ponti, l'autre producteur du projet initial. Lui aussi a trouvé l'idée bien meilleure. Landru, me dit-il, est plus connu en Amérique que George Sand, OK pour Landru. »

Fraîchement remariée et dans l'attente d'un heureux événement, Françoise invite Chabrol à venir dans son appartement du boulevard des Invalides où très vite, en s'amusant comme des fous, ils écrivent le script. Leur entente est parfaite sauf sur un point : pour l'épisode du procès Claude Chabrol préfère s'appuyer sur les documents d'archives alors que la romancière aurait voulu se servir de ses propres répliques. « L'horreur comique du début disparaissait, ça devenait pesant »[1], regrettera-t-elle. La critique n'en fera pas la remarque et saluera la réussite de leur collaboration comme l'a souligné Robert Chazal : « Le talent de metteur en scène de Claude Chabrol dont certains films nous avaient fait désespérer retrouve ici son efficacité de s'appliquer à une histoire solidement charpentée, bien racontée, et pour laquelle Françoise Sagan a fait — outre sa participation essentielle au scénario — un dialogue de tout premier ordre (...). »[2]

Le tandem Sagan-Chabrol faillit se reconstituer pour un *Casanova* qui restera à l'état de projet. Claude Chabrol envisagea également de tourner *Le Garde du cœur* mais la Fox avait acheté les droits 100 000 dollars et les adaptations successives n'ont jamais abouti. « Alors qu'il aurait suffi qu'ils reprennent page à page le roman : il est fait comme un scénario », dit Françoise.

Chabrol pensa aussi faire la mise en scène de *la Robe mauve de Valentine* : « Je me suis heurté à la corporation qui n'acceptait pas de voir un réalisateur occuper son terrain », explique le

1. *Cinématographe.*
2. *France-Soir*, daté du 26.1.1963.

cinéaste. A l'époque il était en effet difficile de diriger des comédiens au théâtre si l'on venait du cinéma. Aujourd'hui, rien n'empêche Michel Blanc de mettre en scène la nouvelle pièce de Françoise Sagan, *L'Excès contraire*, créée le 11 septembre 1987 au théâtre des Bouffes-Parisiens.

Son héros Frédéric de Combourg, lieutenant du 3e régiment de Uhlans de Saxe, ressemble assez au Frédéric Falsen de *Château en Suède*. C'est un garçon un peu jeune chien, un peu capon, qui craint pour sa vie après avoir été provoqué en duel par le mari d'une belle Viennoise, Adèle. « Je n'ai que ma vie et j'y tiens moi, comme un perdu, et depuis toujours, figure-toi », confie-t-il à son ami Wenceslas. On croirait entendre l'autre Frédéric s'exclamant : « Et pourquoi n'aurais-je pas peur ? Pourquoi aurais-je envie de mourir ? » Lui s'inquiète auprès d'Eléonore que Hugo, le mari de celle-ci, ne le roue de coups de bâton.

Cette comédie vaudevillesque mal accueillie par une critique qui en son temps aurait fait un mauvais sort à Feydeau déchaîna les rires chez les spectateurs. Une femme enceinte dut même avoir recours au médecin de service tant elle s'amusait aux pitreries de Dominique Lavanant s'en donnant à cœur joie dans le personnage d'Hanaë, un personnage d'amazone farouche et rousse au tempérament ardent.

Avec Martin Lamotte, autre transfuge du café-théâtre, elle est l'interprète idéale d'une Sagan en verve « tantôt grave, tantôt libertine, mais toujours raffinée, malicieuse et incisive », comme l'écrit Michel Blanc dans le programme. C'est chez Jean-Pierre Bouvier, comédien qui anime un club au-dessus de Lucas Carton, place de la Madeleine, que Dominique Lavanant rencontra Françoise[1].

---

1. « Extrasagante ! on se sent très petite fille devant ce phénomène plein de sagesse arrogante », dit la comédienne (*Le Nouvel Observateur*).

La romancière lui parla de sa pièce rédigée en dix jours à partir d'une nouvelle de son recueil *Des yeux de soie*[1]. Emballée par cette Hanaë follement excessive, la comédienne sut communiquer son enthousiasme à Michel Blanc. C'était parti pour une joyeuse équipée : *L'Excès contraire* ou Dominique Lavanant dans « Occupe-toi d'Hanaë ! ».

Huit ans après *Il fait beau jour et nuit*, Françoise Sagan renouait avec le monde agité des comédiens et retrouvait l'atmosphère passionnelle des répétitions.

« Quand on monte une pièce, remarque-t-elle, le public n'existe pas. On supporte quelques éléments étrangers, des gens qui s'occupent du décor, de la musique, de la lumière. Mais ce qui compte, c'est la troupe, les comédiens. Au point d'en perdre la tête (...). »

Françoise Sagan a toujours beaucoup de joie à rejoindre cette famille du spectacle souvent en train de se chamailler.

« Même avec leurs pires défauts car il leur arrive d'être parfaitement lâches et écœurants, les comédiens me plaisent, dit-elle. Leur fausse modestie, leurs enfantillages, leurs petits jeux, ces trois mois d'efforts passés auprès d'eux pour une heure et demie de représentation, tout ce truc extravagant m'apporte de grands moments d'émotion. »

Quelques-uns sont entrés dans son intimité comme Christian Marquand, le copain de Brando, Françoise Fabian, Marie Daems, Jeanne Moreau, sans compter Juliette Gréco, Marie Bell, Melina Mercouri, devenue ministre de la Culture en Grèce, qui partagèrent des « fêtes » mémorables avec la romancière.

1. Flammarion (1976).

Dans *Avec mon meilleur souvenir* elle a consacré tout un chapitre à Orson Welles qu'elle rencontra au Festival de Cannes en 1959 :

> « Quelle superbe silhouette que celle de cet homme immense en tout, condamné à vivre parmi des demi-nains sans imagination et sans âme, et leur extorquant juste, par un souverain mépris, de quoi nourrir ou abreuver sa carcasse (...). »

En février 1973, elle le retrouvait à Paris à l'occasion de la nouvelle sortie de son film *Le Procès* avec Jeanne Moreau. Déjeunant ensemble « Aux Belles Gourmandes », Orson Welles décréta que Françoise était son meilleur critique français avant de se trouver une passion commune pour Laurel et Hardy.

« Alors tu n'y coupes pas, lui dit-elle. Je pars demain pour la Normandie. J'ai là-bas plusieurs films de Laurel et Hardy. » « Tu as aussi un projectionniste ? C'est en pleine campagne ?... » « Oui. C'est mon fils Denis, dix ans, qui fait fonctionner l'appareil... Oh ! Viens, tu verras : le jardin est beau. Et tu sais, en hiver, les arbres sont en bois, c'est splendide ! »

Federico Fellini appartient aussi au panthéon cinématographique de Françoise Sagan qui est allée le voir tourner à Cinecitta en 1986. Elle l'avait connu quinze ans plus tôt lors d'une soirée donnée dans son appartement de la rue Henri-Heine (XVIᵉ arrondissement), une de ses rares adresses de la rive droite. Il était resté très effacé tandis que sa femme, l'actrice Giulietta Masina, avait chanté *La Vie en rose* accompagnée au piano par Frédéric Botton. Dans les studios romains, c'est un autre Fellini qui se manifeste sous ses yeux de reporter, car elle a l'intention de faire le portrait du « maestro » pour *Egoïste*, le magazine ultra-chic de Nicole Wisniak :

« C'était l'empereur, le roi, le tyran et surtout, semblait-il aussi, l'ami de chacun et le tsar de tous », écrit-elle. Gênée de le regarder travailler, Françoise ajoute « Que ferais-je, me disais-je si Fellini venait s'asseoir sur mon fauteuil en face de moi à la maison pendant que je remplissais mes petits cahiers (...) ». Devant ce génie du cinéma la romancière a le sentiment d'être confrontée au mystère de la création en proie à d'affreuses angoisses. Toute cette agitation correspondait à des problèmes moraux perçus à travers une œuvre d'art en gestation.

« Le principal en société n'est-il pas l'enveloppe ! s'interroge-t-elle. Or l'enveloppe fellinienne est la plus brillante et la mieux refermée sur ces distortions, sur ces sursauts de l'âme que ne peuvent pas éviter la nuit, le jour, les passagers provisoires de cette planète, ces invités, ces bannis à la fois que nous sommes tous avec plus ou moins de lucidité et de grâce (...). »

C'est également dans *Egoïste* que Françoise Sagan trace le portrait d'une star : Catherine Deneuve (« Une lueur mate parfois surgit du châtain de ses yeux, s'affole et laisse deviner une fêlure dans toute cette blondeur »). Ce long article devait, en réalité, paraître dans le journal américain *Vanity Fair* mais il fut refusé parce qu'il n'y avait pas assez de confidences sur la vie privée de la vedette. Prévu pour être payé 9 000 dollars, Françoise Sagan obtint, en compensation, un chèque de 1 000 dollars qu'elle refusa de toucher en précisant que la somme aille à une association d'enfants handicapés.

Cette rencontre avec Catherine Deneuve, « la fêlure blonde », lui fournit l'occasion de traiter du mythe de la vedette :

« La célébrité, ses soleils et ses casseroles, certaines femmes comme Garbo ont passé la moitié de leur vie à la fuir.

D'autres comme Bardot ont failli lui abandonner la leur. D'autres, tant d'autres, tellement d'autres, l'ont recherchée jusqu'à leur mort, et certaines sont mortes de n'avoir pas pu la trouver. Mais chez toutes ces vedettes, hommes ou femmes, qu'ils soient transformés en passion ou en horreur, en nécessité ou en névrose, il y avait au départ un désir de résonance, d'écho, de reflet. Si l'on peut, je crois, devenir innocemment, par simple et dévorante passion de jouer, un monstre sacré du théâtre, je ne crois pas en revanche qu'on puisse aussi innocemment devenir une vedette ou une star de cinéma (...). »

En 1966, la célèbre actrice avait prêté son charme, sa beauté et sa blondeur au personnage de Lucile, l'héroïne de *la Chamade*, le film d'Alain Cavalier adapté du sixième roman de Françoise Sagan [1]. Celle-ci, contrairement aux autres films tirés de ses œuvres, participa à l'adaptation à la demande du réalisateur :

« C'était très agréable ; on a écrit quelques semaines à Saint-Tropez sur les plages... un petit devoir de vacances. J'ai ajouté quelques scènes, quelques répliques. J'aime le film mais Cavalier tenait surtout à la fidélité au roman et peut-être que nous avons été trop fidèles justement. En règle générale, je crois que dans l'adaptation, on ne doit surtout pas couper dans le dialogue, mais plutôt couper des scènes. Supprimer carrément certains morceaux plutôt que de les mutiler. » [2]

Pour incarner Lucile, une femme de trente ans qui s'insurge contre les contraintes de la vie sociale, Catherine Deneuve

1. Paru en 1965 chez Julliard, il est dédié à ses parents.
2. *Cinématographe* (les Ecrivains et le Cinéma).

était la comédienne adéquate. De même Michel Piccoli[1] sera l'interprète parfait dans le rôle de Charles, son riche amant qu'elle quitte pour un jeune homme, Antoine, avant de retrouver le quinquagénaire et son argent. C'était le couple idéal alors que Brigitte Bardot et Jean-Paul Belmondo, d'abord pressentis par les frères Hakim, ne correspondaient pas aux personnages imaginés par Françoise.

Autre couple saganesque à l'écran mais moins bien assorti : Marc Porel et Claudine Auger choisis pour être Gilles et Nathalie dans le film de Jacques Deray adapté de *Un peu de soleil dans l'eau froide*. « Marc Porel était beaucoup trop jeune pour jouer un personnage plus proche du *Feu follet* que de *Chéri* », a regretté la romancière au demeurant plutôt contente du résultat. *De guerre lasse* devient aussi un film avec Christophe Malavoy, Pierre Arditi et Nathalie Baye dans les rôles respectifs de Charles, à la tête d'une petite fabrique de chaussures à Romans, de son ami d'enfance Jérôme qui fait partie de la Résistance et d'Alice la femme à conquérir.

C'est Robert Enrico qui a mis en scène cette comédie à trois personnages sur fond de tragédie puisque l'histoire se déroule durant l'été 42. Quant au dernier roman de Françoise Sagan *Un sang d'aquarelle*, sans nul doute suivra-t-il le même chemin des studios de cinéma d'autant que son héros Constantin Von Meck, réalisateur allemand naturalisé américain comme Ernst Von Lubitsch, est déjà à l'œuvre. En pleine guerre on le voit, en effet, tourner dans le Midi de la France une adaptation de *la Chartreuse de Parme* pour la U.F.A. (Universum Film Allgemeine) sous le contrôle de Gœbbels.

En dehors de l'intrigue elle-même, Françoise Sagan raconte avec minutie le métier de metteur en scène en s'appuyant sur

---

1. A l'époque il vivait une aventure amoureuse avec Juliette Gréco qu'il épousera et que l'on voyait tous les jours sur le lieu de tournage. D'autre part Florence Malraux était l'assistante du metteur en scène.

sa propre expérience. En 1974 Georges de Beauregard l'incita à aborder la réalisation par un court-métrage *Encore un hiver*, tourné en trois jours. La musique démarre sur *La Traviata*. Une vieille femme et un jeune homme sont assis sur un banc dans un parc. Lui attend une jeune fille mais il n'en est pas amoureux. Elle, au contraire, paraît anxieuse de ne pas voir arriver son amant, car ils n'ont l'occasion de se rencontrer que pendant les beaux jours. « Il est marié, voyez-vous », dit-elle au jeune homme.

C'est le début du printemps et elle ne l'a pas vu de tout l'hiver. Elle a peur qu'il soit mort. Ses yeux se remplissent de larmes. La caméra fait un gros plan sur ses jambes fatiguées et les épaisses chaussettes qui enveloppent ses chevilles. Finalement, la petite amie du garçon arrive. Il est évident qu'au-delà de l'attirance physique, il n'y a rien entre eux. Puis apparaît un beau vieillard au regard malicieux. Le visage de la vieille femme rayonne de bonheur. Elle se lève et ils marchent côte à côte. « Qui est-ce ? », demande la jeune fille à son ami. « Personne, dit-il, juste une folle. » Mais on sent que le garçon éprouve une certaine jalousie devant ce vieux couple qui s'aime.

En tout treize minutes seulement se sont écoulées. C'est une très jolie et brève réflexion sur l'amour, la solitude, la fuite du temps.

« J'avais convenu que si *Encore un hiver* ne me plaisait pas, on le brûlait, explique Françoise. En fait, il a obtenu une sorte d'Oscar dans un festival du film à New York. J'étais enchantée. Du coup mon producteur m'a dit : « Puisque le petit a du succès, pourquoi ne pas en faire un grand ?''. »

Ce sera *les Fougères bleues* adapté de sa nouvelle *les Yeux de soie*, un huis clos à la montagne avec deux couples et le gardien du chalet. Ce drame psychologique interprété par Françoise

Fabian, Jean-Marc Bory, Gilles Segal, Caroline Cellier et Francis Perrin, sera tourné à Mégève pendant l'été 1975. Très intimidée, Françoise Sagan mit bien huit jours à pouvoir articuler les rituels « Moteur » et « Coupez ». Regardant la caméra avec circonspection, elle était encadrée par des techniciens à qui elle offrait à boire pour les remercier de faire leur travail.

« On a trente hommes à votre dévotion, dit-elle, on s'amuse comme des fous, on rit, on se promène, on tourne... » La sortie du film, en mai 1977, sans aucune publicité, en pleine Festival de Cannes, passera presque inaperçue. En tout cas ce n'est pas la critique qui incitera à aller voir *les Fougères bleues* programmé plus tard au Ciné-Club d'Antenne 2 : Sagan réalisatrice fut jugée décevante. « Peut-elle apprendre ce nouveau métier ? Doit-elle l'apprendre ? se demande H.R. dans *La Croix*. Je le lui souhaite. Réponse au prochain film. Si prochain il y a. Mais lisez *les Yeux de soie* : c'est beau, on dirait du cinéma. »

Questions de confiance

« J'irai à Cannes en simple spectatrice, comme cela m'arrivait quand j'avais le temps d'aller au cinéma. » C'était prendre la résolution de la sagesse la plus élémentaire mais en faisant cette déclaration [1] Françoise Sagan s'illusionnait beaucoup. On n'est pas impunément présidente du Jury du Festival de Cannes, fonction qu'elle accepta d'occuper pour sa trente-deuxième édition, du 10 au 24 mai 1979.

Le jour de l'inauguration la romancière, en robe longue, entourée de Jean-Philippe Lecat, le ministre de la Culture de l'époque, de Robert Favre-Lebret, président du Festival et de son ami le réalisateur Jules Dassin, ne se doute pas encore dans quel guêpier elle s'est fourrée. En lever de rideau de la section « Un Certain Regard », son court-métrage *Encore un hiver* avait été applaudi par ses collègues du jury invités à la projection. Chez ces gens de bonne compagnie la présidente du Jury se sent parfaitement à l'aise car personne n'eût admis qu'une autre volonté que la sienne prévalût dans le choix de la Palme d'Or.

Une compétition comme celle de Cannes, aux enjeux commerciaux énormes, implique toutefois un système d'influences occultes. Conquise par le film de Volker Schloendorff *Le Tambour* et ravie de constater que la plupart des membres du jury le préféraient aussi, Françoise Sagan s'apprêtait donc à

1. *France-Soir*, daté du 7 avril 1979.

couronner l'œuvre du réalisateur allemand quand un revirement inattendu en faveur d'*Apocalypse Now*, de l'Américain Francis Ford Coppola, la laissa abasourdie.

Pressions ou pas, elle y vit une manœuvre de Robert Favre-Lebret et décida de quitter le Festival en claquant la porte. Rattrapée in extremis elle acceptera de participer à un ultime vote : 5 voix pour Coppola, 5 voix pour Schlœndorff. Françoise voulut alors utiliser sa double voix de présidente afin de trancher en faveur du *Tambour*. « Non, lui rétorqua bizarement Favre-Lebret, vous n'en avez qu'une. » Finalement la Palme d'Or fut partagée entre les deux films.

Mais sept mois plus tard Françoise Sagan, après avoir attendu, pour ne pas gêner leur carrière, que les deux films soient sortis en France met l'affaire sur la place publique. Dans une interview accordée au *Matin de Paris*, elle engage la polémique avec Robert Favre-Lebret qui réplique en l'accusant d'avoir trahi le « secret » des délibérations, pour elle des magouilles, et pour faire bonne mesure parle d'une note de bar impayée après son départ du Carlton (pas de chance, mais elle ne boit plus depuis cinq ans). Pour clore le débat la romancière, dans un esprit égalitaire, suggérera que l'on remplace les jurés du Prix Goncourt par des gens de cinéma et ceux du Festival de Cannes par des écrivains. Là encore elle montrait de la candeur envers les usages d'institutions que rien ne peut ébranler.

C'est le comportement d'un Don Quichotte qui fera encore sourire lorsqu'il sera question de privatiser TF1. Résolument contre, Françoise Sagan organise le mardi 3 juin 1986 une soirée anti-privatisation dans son appartement de la rue du Cherche-Midi. Il y a là, entre autres, l'ancien ministre socialiste de la Culture, Jack Lang, l'architecte Roland Castro, ex-soixante-huitard pro-chinois, Françoise Verny, Alain Resnais et sa femme Florence Malraux, le PDG de TF1, Hervé Bourges, et son directeur des programmes Pascal Joseph.

« Nous sommes une trentaine dans le salon, la plupart assis par terre dans une atmosphère exaltée qui me rappelle mai 68 », écrit Hervé Bourges dans son livre *Une chaîne sur les bras*[1] Son intervention fait l'effet d'une douche froide car devant ces gens qui parlent de la résistance des personnels à la « mainmise du grand capital sur la chaîne », il s'étonne de leur manque de réalisme. Françoise Verny, suffoquée elle aussi par tant de puérilité, traite l'assemblée de rêveuse et d'irréfléchie. Dans son ouvrage Hervé Bourges note alors : « Avec son débit précipité et d'une voix blanche, Françoise Sagan objecte à son amie : Mais alors, pourquoi es-tu venue et qu'avons-nous à faire ? Pourquoi sommes-nous réunis ? Et chacun d'avancer des propositions plus farfelues les unes que les autres. Oui, un "remake" assez dérisoire de mai 68 ! » Cette interprétation a fait bondir Françoise qui avait accepté d'organiser la réunion à la demande de Monique Lang : « Je trouve ça peu courtois : il s'invite chez moi, boit du champagne, crie comme les autres et me décrit en passionaria. Il est ingrat cet homme. »

Un an après la romancière annonçait la préparation d'un feuilleton intitulé du nom de son chien *Banco*, pour TF1 devenue, entre-temps, la chaîne de Francis Bouygues. Cette série, où il serait question de jeu et de rivalité entre deux familles, lui paraissait possible vu l'exemple de Françoise Verny qui dans le genre a fait ses preuves, par exemple en adaptant pour la télé le best-seller de Linda da Suza *la Valise en carton*. Comme quoi être normalienne, agrégée de philo et une des têtes de l'édition française successivement chez Grasset, Gallimard et Flammarion, n'est pas incompatible avec la création populaire. La personnalité de Françoise Verny « qui s'amuse de la vie avec toutes les perspectives que ce passe-temps suggère »[2] devait séduire la romancière d'emblée.

1. Seuil (juin 1987).
2. *Egoïste* n° 9 (« Elle travaille dans l'ombre » par Jean-François Josselin).

La journaliste-écrivain Annick Geille fut à l'origine de leur association à un moment où Françoise Sagan s'interrogeait sur sa carrière littéraire après avoir brusquement rompu ses relations de travail avec Jean-Jacques Pauvert. C'est pendant l'été 1979 qu'elle avait apporté son concours à l'éditeur de *Réponses*, ce recueil d'interviews qui les avait renfloués dans une période de débâcle financière. « Je suis allée à Equemauville, raconte Pauvert. Françoise cherchait une épaule sur laquelle s'appuyer car avec Henri Flammarion le torchon brûlait déjà. Elle m'a remis une lettre dans laquelle elle m'accordait sa collaboration et j'ai donc pu suivre son manuscrit en cours *la Croisière du "Narcissus"* qui devait devenir *la Femme fardée* et connaître un succès international. »

Ce gros roman elle devait le publier au cours de l'été 1981 en déclarant ravie : « Eh bien, voilà, ma vengeance est arrivée... ». Puisqu'on lui reprochait son éternelle petite musique et ses romans filiformes, elle s'offrit le luxe de composer *la Femme fardée*[1]. C'est son treizième roman, cinq cents pages bien tassées, un million de caractères d'imprimerie, à peu près quatre *Bonjour Tristesse* ou *Bleus à l'âme*. Deux ans durant, Françoise Sagan se colleta avec les difficultés d'une histoire dont l'idée lui est venue en voyant une réclame pour une croisière musicale.

En septembre, à Cannes, quelques dizaines de mélomanes privilégiés par la fortune, embarquant sur le *Narcissus*, paquebot de grand luxe, pour une croisière musicale et gastronomique de dix jours en Méditérranée. Escales de rêve : Capri, Portofino, Carthage, Syracuse, Alicante, Palma... Cuisine raffinée : « l'escale déterminait l'œuvre musicale, et l'œuvre musicale déterminait le menu. »

Cet étonnant roman de cruauté et de drôlerie est unique dans la production de Sagan . Sans avoir préparé aucun plan,

1. Coédition Ramsay-Pauvert, 1981.

ne sachant pas comment ses personnages allaient réagir, elle s'est laissée entraîner à leur suite au point de se retrouver avec un manuscrit de huit cents feuillets. Ce travail harassant correspond à une période particulièrement pénible de son existence.

Accusée de plagiat à propos de son précédent roman *le Chien couchant*[1], inspiré d'une nouvelle de Jean Hougron, elle doit également se battre contre Flammarion qui publie ses livres depuis treize ans.

« René Julliard, un homme charmant, avait peur de jouer l'apprenti sorcier, raconte Françoise. Il me disait : "Ça marche tellement bien vos affaires que je ne voudrais pas vous gêner avec mes remarques". Après sa mort, j'ai pris Flammarion comme éditeur. C'est mon ami Bernard Frank qui m'avait recommandé cette maison familiale, sérieuse... Effectivement je n'ai pas eu à m'en plaindre... jusqu'au jour où la banque Rothschild a voulu vérifier ma comptabilité, après quinze ans d'ignorance. »

Entre l'éditeur et son auteur s'étaient établies des relations passionnelles basées sur un accord tacite qui impliquait brouilles et réconciliations. « La photo de Françoise a toujours été sur le bureau de Henri Flammarion mais après leur rupture il fit pilonner ses livres », dit Claude Dalla Torre[2]. Henri Flammarion qui depuis dix ans versait une mensualité de 25 000 francs à son auteur sans plus et sans relevé de comptes et depuis quatre ans l'avait portée à 60 000 francs se vexe et décide de bloquer ses comptes devant cette demande classique de la banque.

1. Flammarion, 1980.
2. Ancienne attachée de presse de Françoise Sagan chez Flammarion.

Comment y voir clair dans cet infernal imbroglio financier ? L'affaire sera portée devant les tribunaux et l'on entendra des propos insultants de la part de l'éditeur [1].

« C'est dur d'écrire après une journée vécue dans une atmosphère pestilentielle, remarque Françoise Sagan. Ce livre était une espèce de bouée de sauvetage. D'une certaine façon, je me préservais en me plongeant tous les soirs dans une fiction qui était mille fois plus séduisante pour moi que la réalité. »

Bernard Frank arrive à la rescousse et de sa plume acérée résume la situation : « Je vais de surprise en surprise. Flammarion, dans ses attendus, après avoir écrit qu'il fallait être fou pour parler de plagiat à propos du *Chien couchant* de Sagan, ce qui tombe sous le sens, dans un deuxième mouvement, veut lui supprimer ses mensualités et lui réclame même de l'argent. Je ne savais pas que Henri Flammarion et son fils Charles étaient à ce point des fervents de Jarry : Ubu roi, Ubu fils. » [2]

Nous sommes loin de ce jour radieux de l'été 1966 où Françoise Sagan et Henri Flammarion sont tombés dans les bras l'un de l'autre. Depuis la mort de René Julliard et après le retrait de son épouse Gisèle d'Assailly, Françoise se sentait orpheline. Elle avait besoin de se faire dorloter par un « autre » papa éditeur qui saurait lui parler de son avenir sans que les questions d'argent soient mises en avant.

« Mon père, lui dit Henri Flammarion, avait une danseuse, c'était Colette ; aujourd'hui il nous en manque une. » « Vous

---

1. Me Isorni, l'avocat de Flammarion, qualifiera de véritables torchons les nouvelles que Françoise Sagan venait de remettre à l'éditeur. Ce qui n'empêchera pas celui-ci de parler de « tempo stendhalien » dans la publicité de ce recueil (« Musiques de scènes »).
2. *Arts Magazine*, daté du 23 janvier 1981.

tombez bien, répondit Sagan, je danse admirablement. »
L'éditeur a un côté rassurant et puis c'est un vieil ami de ses
parents... Il lui propose 25 000 francs par mois d'avance sur
ses droits d'auteur de 20 % par volume. Mais Françoise, la
cigale, est incapable de gérer elle-même son budget ; aussi
fait-elle confiance à son banquier, Elie de Rothschild, qui a
demandé à une de ses collaboratrices, Marylène Detcherry, de
prendre en charge la romancière impécunieuse.

Par son intermédiaire la banque paie tout directement : le
loyer, le gaz, l'électricité, le téléphone, le personnel de
maison, les fournisseurs, etc. c'est encore elle qui s'occupe des
déménagements car Françoise, à ce moment-là, s'en va et ne
réapparaît que lorsque les meubles ont retrouvé leur place et
son décor familier reconstitué. Privée, un temps, de carnet de
chèques, elle devra se contenter de 1 000 francs d'argent de
poche par quinzaine. En revanche, elle paye ses impôts rubis
sur l'ongle, au point de recevoir une remise de 10 % sur sa
déclaration, sans l'avoir demandée, en 1970.

Rupture avec Flammarion donc, et au mois de novembre
1980, Françoise Sagan et Jean-Jacques Pauvert officialisent
leur collaboration par un échange de lettres équivalant à un
contrat. « Pour la bonne règle, et parce qu'il faut aujourd'hui
des ''papiers écrits'', comme disait une de mes grand-mères,
je vous propose de préciser un peu nos rapports de travail »,
souligne l'éditeur qui demande à la romancière de lui céder
« les droits d'édition, traduction, adaptation en tous genres,
en toutes langues et en tous pays » de ses deux prochains
romans dont *La Croisière du ''Narcissus''*.

Pour chacun de ces livres il garantit trois millions de francs
de droits d'auteur, « cette somme vous étant versée suivant
des modalités que nous allons étudier ensemble ». Il termine
en l'embrassant et en lui redisant tout le bonheur qu'il avait à
être son éditeur.

Sous le label « Jean-Jacques Pauvert » paraîtront *la Femme fardée*, mais édité avec Ramsay, en 1981, et *Un Orage immobile*, édité avec Julliard, en 1983. Quoi qu'il en soit le tableau idyllique prend des teintes contrastées avant de virer à l'aigre. Françoise indique sans aucune animosité : « Pauvert avait un double rôle : éditeur et imprésario, ce qui lui permettait de toucher partout. » Trêve de querelle, elle lui est surtout redevable de lui avoir fait rencontrer le romancier Erik Orsenna[1],devenu son ami, alors directeur littéraire chez Ramsay, et de lui avoir donné son appui contre les attaques de Flammarion « comme lui-même m'est redevable de l'avoir fait vivre quatre ans ».

Quand elle voit Françoise Verny en 1983, c'est donc dans l'espoir que s'établisse à nouveau une atmosphère de travail basée sur la sympathie mais durable cette fois. Annick Geille qui a servi d'intermédiaire évoque les circonstances de cette rencontre entre la romancière et la directrice littéraire, installée depuis peu chez Gallimard, rue Sébastien-Bottin : « Françoise m'avait dit : "J'en ai assez de Pauvert. Il m'a fait signer un papier pour dix livres. J'ai besoin d'un éditeur mais qui voudrait encore de moi aujourd'hui ?"

« Elle était presque persuadée qu'elle n'intéressait plus personne. Je lui ai alors parlé de Françoise Verny. D'autre part le soir même, je dînais avec Jean-Claude Lattès, responsable de l'édition du groupe Hachette. "Est-ce que Françoise Sagan vous intéresse ?", lui ai-je demandé. "Son offre sera la nôtre", m'a-t-il répondu et le lendemain je l'accompagnai chez Françoise, rue du Cherche-Midi. Le surlendemain c'était Verny qu'elle recevait. Ce fut le coup de foudre. L'affaire a été conclue avec Gallimard à cause de leurs affinités car

---

1. De son vrai nom Eric Arnoult, il a appartenu au cabinet de l'Elysée comme conseiller culturel. A ce titre il accompagnera François Mitterrand pendant son voyage en Amérique Latine et se trouvait donc à Bogota lorsque Françoise Sagan eut son accident.

financièrement les propositions étaient supérieures chez Lattès. » [1]

Premier livre né de leur collaboration *Avec mon meilleur souvenir*, paru en 1984, révèle un écrivain qui, mine de rien, est devenu un classique. Dans ce volume, Françoise Sagan évoque à travers le prisme d'une mémoire affective des impressions fugaces qui correspondent au meilleur d'elle-même. En dressant l'inventaire de ses richesses intimes où se marient l'intelligence la plus prompte à une générosité naturelle, elle donne une leçon de bonheur et son amour de la littérature devient une vérité en soi.

« Au départ, dit Françoise Verny, elle ne croyait pas à ce livre. Rassembler simplement des articles [2] ne l'excitait pas beaucoup. Peu à peu elle s'y est complètement investie au nom de la sympathie qu'elle éprouve pour les gens. » Suivront deux romans *De guerre lasse* et *Un sang d'aquarelle*, publiés respectivement en 1985 et 1987, qui sont également le résultat de leur parfaite entente. Une fois par semaine, généralement le samedi ou le dimanche, les deux amies se retrouvent pour parler du livre en cours.

Après avoir écrit la nuit sur ses cahiers, la romancière enregistre le texte qu'une secrétaire tapera à la machine à partir des cassettes. Lorsque plusieurs chapitres sont terminés

1. Trois ans plus tard Françoise Sagan quittera Gallimard, déclarant qu'elle en avait marre des dynasties, des familles... (interview de Claudine Vernier-Palliez dans *Paris-Match* du 2 octobre 1987). Elle continue néanmoins à travailler avec Françoise Verny qui, elle, est partie chez Flammarion. Ne signant plus de contrat qu'au coup par coup, Sagan publiera son prochain roman chez Christian Bourgois dont la maison dépend du groupe des Presses de la Cité, racheté par la C.G.E. Ce qui amuse Françoise car son père fut, on le sait, un des éminents collaborateurs de la Compagnie Générale d'Electricité.
2. *Avec mon meilleur souvenir* se compose de textes presque tous inédits. Seuls ceux sur Noureev, Saint-Tropez et la première partie de la « lettre d'amour à Sartre » étaient parus dans des revues.

elle les transmet à Françoise Verny : « On a discuté du sujet du livre, explique la directrice littéraire, et l'on continue pendant son élaboration. Françoise accepte les critiques et les suggestions. Elle n'a aucune vanité de femme de lettres. Des images très fortes la font démarrer. C'est souvent un personnage comme le réalisateur Constantin Von Meck dans *Un sang d'aquarelle*. Après un premier jet où il y a déjà la grâce d'écriture, elle reprend tout. Elle travaille beaucoup plus qu'on ne le croit et doute formidablement. »

« Pendant quelques années, ajoute Françoise Verny, elle a été un peu négligente à l'égard de son œuvre. Il me semble que depuis sa cinquantaine qui a marqué un tournant décisif, Françoise fait beaucoup plus attention à son travail. »

Son ancien mari Bob Westhoff[1] a plus d'une fois, comme premier lecteur, dû affronter la romancière qui le réveillait en pleine nuit pour avoir son avis : « Elle me regardait fixement dans les yeux pendant que je lisais ses pages. ''Quelle est ton impression ?'' me disait Françoise d'un air sévère. Il fallait faire très attention à la réponse. Si jamais je lui signalais une répétition ou autre chose sans grande importance, elle remarquait agacée : ''Je ne te demande pas ça. Je veux seulement savoir si cela t'amuse ou pas ?''. »

En fait, pendant très longtemps, une seule personne a pu porter un jugement sur son œuvre, c'est son complice de la première heure Bernard Frank : « Nous n'étions pas du tout le genre Sartre-Simone de Beauvoir, dit-il. Ça n'a jamais été l'ébauche d'un couple ou d'une sorte de surveillance sur ce que faisait l'autre. En se lisant mutuellement on se rassurait. Il y avait un coup de chapeau de part et d'autre. Personnellement, je n'ai jamais pensé beaucoup à notre amitié : elle me semblait une évidence. J'ai souvent été bien et heureux chez

---

1. Il est l'auteur de la traduction en langue anglaise des romans *la Chamade* et *le Garde du cœur*.

Françoise et je crois qu'à un certain moment elle était assez contente que je sois là. » Signe manifeste de leur entente à Cajarc, le seul endroit où Françoise Sagan peut écrire le jour, elle allait avec lui passer l'hiver chez sa grand-mère. « On pelait de froid, dit-elle — il n'y avait pas de chauffage central — mais on travaillait là un mois ou deux. »

Les amis de Françoise

« Avec Sartre, je m'entendais merveilleusement bien. Nous étions nés tous les deux un 21 juin, moi trente ans après lui. Il me manque beaucoup », dit Françoise Sagan. Elle lui témoignera publiquement son affection un an avant sa mort[1], à l'occasion de ce qui fut son dernier anniversaire, le 21 juin 1979. Cette « lettre d'amour à Jean-Paul Sartre » parut dans *Egoïste* avec l'accord du philosophe et écrivain et sera reprise dans *Avec mon meilleur souvenir*.

La romancière renouait le fil d'une relation interrompue depuis près de vingt ans. Cette amicale complicité s'était manifestée par intermittence, le plus souvent lors de repas auxquels participaient Simone de Beauvoir et Bernard Frank chez qui Sartre avait jadis flairé le talent au point de lui confier, à vingt et un ans, la chronique littéraire des *Temps Modernes*. « J'ai revu Sartre en 1963, au bar du Pont Royal, raconte l'auteur des *Rats*. Il m'a proposé une rencontre avec le Castor et Françoise. Nous nous sommes retrouvés tous les quatre à déjeuner au ''Relais Bisson''. J'ai commandé des huîtres et du poisson. C'était presque de la provocation : Sartre avait horreur des huîtres et détestait le poisson. Françoise qui ne l'aime pas non plus s'est rabattue comme lui sur un pavé de bœuf. Brusquement Simone de Beauvoir me demanda si je voulais reprendre le feuilleton des *Temps Modernes*.

---

1. Jean-Paul Sartre mourut le 15 avril 1980 à l'hôpital Broussais.

Devant mon air accablé elle m'a dit : "Je vois que vous ne me faites pas confiance". Malgré mon admiration pour elle j'ai bredouillé un "oui" car c'était très mal payé et la revue n'avait plus l'éclat des années 50. Le Castor qui était venu quelques années plus tôt au moulin, près de Milly, en compagnie de Claude Lanzmann, me semblait assez drôle mais Françoise avait plus d'atomes crochus avec Sartre. A cause de son bredouillement, il lui disait : "Je ne comprends pas toujours ce que vous racontez mais votre babil ne me fatigue jamais". Ils se réconfortaient mutuellement car ça ne marchait pas très fort pour l'un et l'autre. Françoise était particulièrement anorexique à ce moment-là. Elle habitait rue d'Alésia, dans le quatorzième arrondissement, et c'est à proximité, à "l'Abbaye Saint-Guillaume", rue de la Tombe-Issoire, qu'elle dînait souvent avec lui après être allée le chercher boulevard Edgar-Quinet. Ils formaient un couple de légende sans en avoir conscience. »

Pendant un an, Jean-Paul Sartre et Françoise Sagan dîneront ensemble presque chaque semaine.

« Quand j'arrivais chez lui, un trois pièces dans un immeuble moderne assez sinistre, il m'attendait derrière la porte, prêt à partir. J'avais à peine le temps de sonner qu'il sortait et qu'on filait. Au restaurant, moi bégayant pour demander une table et lui me tenant par la main, on faisait des entrées de comiques. Ça l'amusait d'ailleurs. Je me sentais sa mère. Comme il était quasiment aveugle, je lui coupais sa viande. Nous conversions comme des voyageurs sur le quai d'une gare. On parlait de la vie, on parlait de l'amour, on parlait des gens en général, mais jamais de nos livres.

En revanche, on discutait des œuvres que nous aurions voulu écrire. Je me souviens d'une nouvelle qu'il n'avait pu rédiger à cause de sa cécité. C'était une situation tragique

que la sienne. Mais jusqu'à la fin, il s'est comporté de la manière la plus tonique, la plus morale, la plus tolérante qui soit. Il m'avait expliqué que les gens très intelligents n'étaient jamais méchants. ''Je n'ai connu, me disait-il, qu'un seul type à la fois fort intelligent et méchant, c'était un pédéraste qui vivait dans le désert !''. »

Ne pouvant plus écrire Jean-Paul Sartre avait accepté, en 1975, de témoigner sur son siècle par le biais de la télévision. L'éditeur et écrivain Marcel Jullian, dès sa nomination comme président de la Société nationale de télévision Antenne 2, s'était enthousiasmé pour cet ambitieux projet qui s'enlisera dans la polémique. Avec Françoise Sagan il aura plus de chance en lançant le feuilleton *le Sang doré des Borgia* que la romancière écrivit en collaboration avec son frère chargé des relations extérieures de la chaîne.

Jacques Quoirez avait été mis à ce poste sur la recommandation de Françoise qui s'était inquiétée de voir son ami plongé dans un milieu d'intrigues et d'oppressions. « Tout de suite elle m'a dit vous ne pouvez pas rester seul avec ces monstres, raconte Marcel Jullian. A ses yeux la télévision était un univers peuplé de gens méchants et nocifs. Pour m'en préserver elle m'avait prêté Jacques, en quelque sorte son ange des ténèbres, le Porthos des Trois Mousquetaires. »

Françoise Sagan très attentive aux états d'âme de l'ardent et sensible président d'Antenne 2[1], lui apportera également son aide en lui soufflant quelques bonnes idées et en le soutenant contre ses détracteurs : « Elle m'avait suggéré de faire des émissions sur les animaux avec Brigitte Bardot, dit Marcel Jullian. J'ai d'ailleurs rencontré BB chez Françoise qui

---

1. Après sa démission le 31 décembre 1977, Marcel Jullian reçut ce télégramme : « Félicitations — Stop — Vous revenez chez les vôtres — Stop — Signé : Françoise Sagan. »

me mettait sur des pistes et n'hésitait pas à se compromettre pour moi. Un jour j'ai été accablé par la presse. Le téléphone a sonné dans ma voiture : c'est elle qui m'appelait pour me lire l'article qu'elle avait fait en ma faveur pour *France-Soir*. Il s'intitulait : ''Je vous défends d'y toucher.'' »

Marcel Jullian n'a pas oublié non plus l'intervention en catastrophe de Françoise Sagan qui le sortit d'un mauvais pas : « Elle habitait à l'époque rue Guynemer, en face du Luxembourg, et moi j'occupais l'appartement tout proche d'un ami, rue Férou. On venait de me faire une piqûre de cortisone et j'étais en train d'échanger un coup de fil avec elle lorsque je me suis évanoui. Françoise a vite accouru, poussa la porte heureusement ouverte et me voyant inanimé appela Police-Secours. »

C'est un de ses traits de caractère : Françoise Sagan perd rarement son sang-froid. Cette propension à se comporter avec le plus grand calme il y a trente-six anecdotes pour l'attester. « Vous avez le réflexe altruiste », s'était-elle exclamée comme passagère de la voiture du photographe Jean-Loup Sieff. Celui-ci venait de freiner brusquement et avait lâché le volant pour la retenir. Ce souvenir qui date de 1956 peut paraître insignifiant mais il correspond bien à l'état d'esprit de la romancière : de l'humour et du naturel.

Il lui en fallut plus que d'habitude lorsque deux cambrioleurs firent irruption dans sa chambre du premier étage rue d'Alésia, en pleine journée et sans alerter Pepita la cuisinière noire ni Ahmed qui faisait office de maître d'hôtel :

« Tiens des ramoneurs, me suis-je dit. Ils parlaient entre eux sans me regarder. J'ai compris quand l'un des types m'a menacée avec un pistolet. ''Pourquoi êtes-vous venus chez moi ?'', leur ai-je demandé. ''On fait la rue'', m'ont-ils répondu en exigeant la clef du coffre. ''Vous n'y trouverez que des lettres d'amour". C'était marrant de les voir devenir tout rouges quand ils commencèrent à les lire.

Au moment de partir je leur ai crié : "Ne touchez pas au chien". "C'est promis." Et dans l'escalier ils ont enjambé Werther qui n'a pas bronché. Occupant une chambre à l'étage au-dessus, Bernard Frank est sorti presque aussitôt. "A qui parles-tu ?". "A deux cambrioleurs qui viennent de filer avec mes bijoux." Les assurances m'ont remboursé dix-huit millions d'anciens francs. Ce n'était pas énorme mais ça m'arrangeait bien. »

Werther était un berger allemand impressionnant. Son père se rendit célèbre à Dortmund en arrêtant quarante et un voleurs ; mais lui n'aurait pas fait de mal à une mouche.

« C'est de ma faute, dit Françoise Sagan. Je l'avais dressé comme un gros chat. A cause de son pedigree exceptionnel, des dames se présentaient chez moi avec leur chienne en chaleur. Le rendez-vous avait lieu dans le garage. Au bout d'une heure la personne revenait en me disant l'air pincé : "Ma chienne ne doit pas être assez belle pour votre chien car il ne s'est pas du tout intéressé à elle. Il a juste voulu jouer au ballon." J'expliquai, gênée, que Werther était resté très enfant et qu'il avait toujours été un peu nigaud. Au bout de trois ou quatre fois j'en ai eu assez de m'excuser. Werther est mort puceau à seize ans et apparemment très content de l'être. »

Françoise Sagan ressentit comme un véritable drame la fin de ce berger allemand aussi doux qu'un agneau. Etant paralysé de l'arrière-train elle le hissa jusque dans sa chambre et passa une dernière journée près de lui avant de le faire piquer. Pendant cinq ans la romancière refusa d'avoir un autre chien, puis le fils de Lulu, le fox de son amie Peggy Roche, est entré dans sa vie. Elle l'appela Banco en souvenir des casinos.

« C'est certainement le plus intelligent des quatre chiens que j'ai eus, dit Françoise Sagan. Quand on me demande de spécifier de quel genre de fox il s'agit je dis : "C'est un trotte avec deux T. Un fox trotte, quoi…" "Ah ! Un fox-trot", s'exclament les gens émerveillés avant de prendre l'air absolument furieux d'avoir été blagués. »

Invitée de l'émission de Jean-Pierre Hutin, *30 millions d'amis*, sur TF1, elle a exprimé son amour des animaux (à l'exception de ceux à sang froid comme le serpent ou la grenouille) et dit le plaisir qu'elle avait à toucher leur pelage.

« Depuis mon enfance je suis au contact de bêtes. C'est un élément de la vie physique et sentimentale. Par moments j'ai l'impression d'avoir des rapports beaucoup plus normaux avec mon chien qu'avec certaines personnes. »

La nuit les animaux de la maison dorment sur son lit. C'est à cause de Minou, son gros chat roux, que la romancière rêve parfois de la fin du monde :

« Le soleil grandit, se rapproche. Je descends dans la rue, j'accoste les passants, je leur dis que c'est grave, mais ils ne m'écoutent pas. Le soleil grossit toujours et tout explose. »

En se réveillant elle découvre le chat en boule qui pèse de tout son poids sur ses jambes, et a occasionné l'affreux cauchemar. Alors Françoise donne un grand coup de pied et envoie valdinguer Minou qui lui fera la tête toute la journée.

Dans sa propriété d'Equemauville avaient trouvé refuge le cheval Pimpin, un âne et une chèvre dont Werther adorait

manger les oreilles. Cette chèvre a une histoire[1]. Françoise
Sagan fit sa connaissance rue de Verneuil, dans le septième
arrondissement. Déjeunant chez une amie, elle aperçut d'une
fenêtre la charmante Carmen qui jouait du tambour sur un
escabeau comme lui avaient appris ses maîtres, trois gitans
saltimbanques.

Après avoir fait affaire avec eux, la romancière très heureuse
de lui offrir une retraite anticipée au manoir du Breuil était
pleine d'indulgence pour Carmen qui saccageait le jardin et
de temps en temps sautait sur la table de l'apéritif.

« A ma grande surprise, raconte Françoise, elle mourut...
de vieillesse l'année suivante. Elle s'étendit au soleil et ne
se releva pas, un coquelicot entre les dents. Le vétérinaire,
consulté trop tard, nous déclara qu'elle avait cent ans ou
l'équivalent de cent ans pour un être humain. Carmen
n'avait pas eu à briser son instinct, Carmen était une vieille
théâtreuse qui m'avait fait du charme parce qu'elle était
fatiguée de jouer du tambour. Et j'avais marché. »

Le cheval de course Hasty Flag a également beaucoup
compté dans sa vie affective avec les animaux. Il eut vraiment
du mérite à gagner car sa propriétaire lui disait avant le
départ : « Fais attention... Si tu vois que c'est fichu n'insiste
pas... Ne cours pas trop vite... En sautant prends ton temps »...
« Cela dit, ajoute-t-elle, ce cheval m'a rendu des services
énormes en me dépannant au moment opportun. »

Une silhouette de cheval vient quelquefois agrémenter ses
phrases de dédicaces. Mais rares sont ceux qui bénéficient
aujourd'hui de ce petit dessin auquel eurent droit les lecteurs
de la première séance de signature de *Bonjour Tristesse*. Organisée
par Gérard Mourgue elle se déroula le vendredi 14 mai 1954,

1. *Alma* n° 1, daté de novembre 1986, (« La chèvre de Mme Sagan »).

à partir de 17 heures, dans sa librairie 9, avenue de l'Opéra, où furent vendus 84 exemplaires du roman. « Il y avait du champagne et des petits fours, se souvient Mourgue. J'ai presque liquidé l'édition originale. Après ce succès j'ai proposé à Françoise de baptiser la librairie de son nom. "Pourquoi pas Bonjour Tristesse ?", disait-elle. "Non, non, l'avenir c'est Sagan", ai-je répondu, approuvé par René Julliard, empressé. »

En tout cas, plus d'un quart de siècle après, en 1980, le représentant cubain en Guinée Equatoriale saluait toujours d'un cordial « Bonjour Tristesse » son homologue français, Jean-Marie Franc[1], quand il le rencontrait à Malabo, la capitale, lors d'une réception d'ambassade. Pour le diplomate de Fidel Castro en poste dans ce pays d'Afrique, le fameux best-seller de la romancière — il l'avait peut-être vue lors de son séjour à Cuba — c'était l'image de la France comme de Gaulle, Brigitte Bardot, Maurice Chevalier en Amérique.

---

1. En poste à Bogota lorsque la romancière eut son accident. A cette époque l'ambassadeur de France en Bolivie était Pierre de Boisdeffre qui avait écrit « le secret de Françoise Sagan », en avant-propos au *Françoise Sagan* de Gérard Mourgue.

A la recherche du temps présent

« J'ai beaucoup d'affection pour Françoise Sagan, et pourtant, je n'ai lu aucun de ses livres, sinon le scénario tiré de *Bonjour Tristesse*. Je la sais si secrète que je redoute inconsciemment de ne pas l'y trouver. Je me suis aussi mis en tête — à tort peut-être — qu'elle écrivait pour les femmes.

Françoise me donne l'impression d'être perpétuellement insatisfaite, perpétuellement à la recherche de quelque chose. Une Ava Gardner, une Rita Hayworth à la "sauce" française.

Je la rencontre souvent, et avec beaucoup de plaisir, mais je n'ai jamais envie de la lire (...). »

Ces lignes sont extraites de l'autobiographie d'Omar Sharif *l'Eternel Masculin*[1]. Le célèbre interprète du *Docteur Jivago* partage avec Françoise la passion du jeu et des chevaux ce qui les fait se côtoyer beaucoup à Deauville. Le casino, le champ de courses et les ventes de yearlings sont leurs principaux centres d'intérêt dans la station normande.

L'acteur égyptien avait une mère « flambeuse » qui eut pour partenaire le roi Farouk en personne, lequel, en septembre 1956, se retrouva face à la jeune romancière à une table de baccara du casino de Monte-Carlo. Son expérience des tapis verts se limitant à trois mois, Françoise Sagan ne savait pas encore bien lire ces cartes muettes. Pour avoir confondu un 1 avec un 7, elle bluffa involontairement Farouk qui était au

1. Stock (1976).

bord de l'apoplexie. « Je gagnai certes, ce soir-là, mais je ne me rappelle pas avoir jamais été si gênée de le faire », dit-elle en évoquant cette péripétie[1].

Bernard Frank a été lui aussi un rude joueur. Un soir d'août 1960, dans son studio de la rue des Saints-Pères, l'idée lui vint de rendre visite à son amie Sagan à Equemauville. Avec en poche cinq plaques de cent francs qu'il n'avait pas échangées, Frank prit un taxi pour la rejoindre, en passant malencontreusement par Deauville, à douze kilomètres du manoir. Sa halte au casino devait lui être fatale, faisant les bancos qu'il ne fallait pas faire. A l'aube il laissait pour huit mille francs de chèque à encaisser dans une semaine.

En arrivant enfin au manoir il trouva sur la porte d'entrée un mot de Françoise : « Bernard, nous te félicitons tous pour ton héroïque expédition. Nous sommes trop fatigués pour t'attendre. A demain, je t'embrasse tendrement. » Lui ne pensait plus qu'à dormir, « dormir comme on se couche sur un affreux secret, l'irrémédiable ».[2] C'est Françoise Sagan, bien sûr, qui lui sauvera la mise. Bertrand Poirot-Delpech qui était là, avec notamment Jean-Paul Faure et Jacques Chazot, se rappelle que la romancière emmena tout le monde manger des crevettes à Honfleur et qu'après elle est allée au casino de Deauville déchirer les chèques que Frank avait faits et rattrapa sa dette sans sourciller : « Françoise gagnera même une jolie somme d'où elle a raflé cinq cents francs pour faire les courses du dîner », précise-t-il.

Le manoir du Breuil est une belle bâtisse blanche sans prétention. On apprécie le pot-au-feu ou la poule au riz de la maison mais surtout cette atmosphère de tendresse et de complicité tissée autour de Françoise Sagan. Le petit salon

1. *Avec mon meilleur souvenir.*
2. *Playboy*, édition française, daté de juillet 1981 « Souvenirs d'un flambeur ».

rustique, très peu meublé, où l'on a allumé en plein mois d'août un feu de bois pour faire joli, est en quelque sorte le cœur de la propriété. On y joue aux cartes, parties de gin, de poker, de bridge, de belote ; c'est selon l'humeur des invités et des gens de passage. On y voit aussi bien la chanteuse Barbara pour qui Françoise avait acheté un piano demi-queue Pleyel, que le couturier Yves Saint-Laurent, escorté de Pierre Bergé, venu réfléchir à ses futurs modèles, ou encore James Jones l'auteur de *Tant qu'il y aura des hommes* qui y restera un mois.

Ce va-et-vient bruyant de l'été n'était pas toujours pour plaire à Marc et Fernande, le couple de gardiens qui aura vu défiler à Equemauville le ban et l'arrière-ban d'une « jet society » dont les clameurs mondaines sont répercutées par les magazines internationaux tels que *Vogue* ou *The Best*, la revue animée par Massimo Gargia, un play-boy italien que Françoise faillit épouser. « Nous avons pensé au mariage en 1973, dit-il, une année où nous vécûmes chacun des moments difficiles. Pendant cette mauvaise période on s'est redonné du courage en étant ensemble. »

Scandalisée par un article de l'hebdomadaire *Minute* qui évoquait son état de santé, la romancière avait annoncé son intention de quitter la France et de s'installer définitivement en Irlande.

« L'Irlande, expliqua-t-elle, est un pays où l'on protège les libertés des autres. Là-bas, j'aurai tout le temps d'écrire un très beau livre, car, jusqu'à présent, je n'ai écrit que des livres charmants. »

Dans ses rêves écologiques Françoise Sagan se voyait dans une roulotte pimpante tirée par un cheval. Las ! La roulotte en question n'était pas en bois peint mais en plastique, et sans marchepied, avec de tout petits hublots. Escortée d'amis dont Elke, une brune piquante qui travaillait à la télévision

allemande, à Munich, elle se rabattit sur une maison de garde-
côte et loua une vieille guimbarde.

Au programme des réjouissances : visite de pubs, randonnées
à cheval, lectures, pêche au saumon, parties burlesques de
golf. Dans le bout de la prairie, devant la maison, Sagan et sa
bande s'amusèrent à creuser des trous signalés par des piquets
coiffés de mouchoirs blancs en guise de parcours. La dernière
fois qu'elle avait joué au golf, c'était dans un club très chic,
en Allemagne. Maladroite comme tout, elle « laboura » le
terrain à coups de club, à la grande fureur du directeur.
« Pour une fois qu'on fait des tranchées chez vous... », avait
protesté Françoise.

Mal commencée, la balade irlandaise s'achevait dans une
ambiance de folles vacances mais, bien évidemment, pour rien
au monde Françoise Sagan n'aurait voulu vivre ici, ni dans
aucun autre endroit à l'étranger.

En voyage elle se contente souvent de la beauté d'un coucher
de soleil et d'une fin de soirée avec trois ou quatre personnes
complices pour avoir une idée du pays tout entier. « Elle n'a
pas la curiosité de se promener comme n'importe quel touriste,
dit Peggy Roche. Plutôt que de visiter les sites, Françoise
préfère lire dans sa chambre d'hôtel, au calme, sans téléphone.
Aux Seychelles, elle s'est débrouillée pour trouver un casino
avec une roulette américaine. » En avril 1987 la romancière,
qui n'avait jamais fait jusqu'ici la moindre croisière, ce qui
étonnera les lecteurs de *la Femme fardée*, s'est embarquée sur
un paquebot pour un périple d'une semaine en mer Adriatique
et en mer Egée à partir de Venise.

La cité des Doges appartient au monde de ses obsessions où
se retrouvent la poésie, l'imagination, l'élégance, c'est-à-dire
la beauté même. C'est toujours le choc émotionnel qu'elle
ressentit la première fois en 1954 quand l'hebdomadaire *Elle*
lui proposa de connaître l'Italie et de faire sur ce pays un

reportage. Le retour à Venise, à la fin de la croisière, Françoise Sagan l'évoque comme l'apparition subite d'une réalité cachée :

« C'est au retour que l'on peut surprendre l'aube grise et bleue sur cette ville, assoupie et flottante dans ses brouillards et dans son sommeil. L'arrivée par la mer à Venise ne ressemble à rien d'autre. Et cette entrée dans le port devait à la fois fasciner et effrayer les bateaux des barbares envahisseurs ; toutes ces avenues liquides si larges et silencieuses, tout ce port grand ouvert si accessible et si vulnérable dans son immobilité, si dangereux aussi car ces chemins de la mer se resserrent, ces estuaires deviennent des avenues, qui deviennent des boulevards, puis des rues, puis des ruelles et font deviner quelque parking meurtrier, quelque impasse tragique, quelque merveilleux piège (...). »[1]

La première nouvelle de Françoise Sagan publiée aux Etats-Unis, *Murder and the menu* (« Un meurtre au menu »)[2], se passe à Venise. Deux jeunes couples mariés sont assis à la terrasse du Gritti : Gilles et Pamela Mendille, Anna et André Bassen. Gilles vient d'annoncer à Anna sa maîtresse qu'il veut rompre. Le mari d'Anna est au courant de leur liaison mais Pamela toujours gaie et insouciante, l'ignore. L'on voit peu à peu la tension monter et Anna supporte de moins en moins l'idée de perdre son amant.

Ils dînent tous les quatre, dansent ; en revenant à leur table, Anna sort son revolver et tire sur Gilles à bout portant.

Sagan excelle à montrer le cynisme de ces êtres jeunes, beaux, riches qui jouent à vivre, à aimer, jusqu'à ce que l'un d'entre eux ne respecte plus les règles du jeu : la jalousie transforme en drame ce qui n'était qu'un simple vaudeville.

1. *Expression* n° 6, daté de juillet/août 1987.
2. *Vogue* (1955).

Ce thème de la jalousie elle en avait fait le sujet de son cinquième roman *les Merveilleux Nuages*, titre emprunté aux « Poèmes en Prose » de Baudelaire. En quête de bonheur Josée et son mari américain Alan vont se déchirer. Comme toujours chez Sagan c'est la femme qui supporte le mieux cette lutte exténuante d'un couple en danger à la recherche de l'amour partagé.

Ainsi Josée à « l'optimisme inattaquable qui était le seul élément constant de son caractère » ; cela vaut pour Françoise Sagan qui écrit encore en pensant à sa propre expérience :

> « Elle ne se rappelait pas avoir jamais été désespérée. Simplement déprimée parfois jusqu'à l'abrutissement. Elle se rappelait avoir sangloté sur un chat mort, son vieux siamois, mort du typhus, il devait y avoir quatre ans de cela. Elle se rappelait les secousses violentes de son chagrin, l'espèce de raclement affreux en elle-même qui amenait ses larmes. Elle se rappelait avoir évoqué complaisamment les mimiques du chat, ses sommeils devant le feu, sa confiance. Oui, c'était bien là le pire : la disparition de quelqu'un qui ait entièrement confiance en vous, qui vous ait remis sa vie. Il ne devait pas être supportable de perdre un enfant. Il devait l'être plus de perdre un mari jaloux (...). »

« Si tu ris avec une autre je serai jalouse, pas si tu sors avec elle », disait la romancière à Massimo Gargia. « Françoise c'est la tendresse, l'intelligence de comprendre les choses avant qu'elles ne soient dites », remarque Massimo qui fit cette observation dans un article[1] : « Pour la plupart des hommes, la femme est un objet à posséder, et souvent à acheter. Cette forme de pouvoir sur la femme est d'autant plus forte que le pouvoir social de l'homme est faible. C'est que, fort souvent,

---

1. *Playboy* édition française de juillet 1981.

les frustrations sociales de l'homme s'expriment dans les rapports amoureux. Ce qui explique que certains recherchent la jeune fille vierge ou la femme esclave (...). »

Comme en réponse à cette appréciation de son ami italien, Françoise Sagan écrivait de son côté :

> « Un homme se donne aussi bien qu'une femme (si l'on utilise ce langage) et une femme choisit son amant en fonction de critères impunissables. Restée objet elle est aussi devenue sujet. Elle a automatiquement fait de son compagnon un autre objet. Et bien sûr, le goût de posséder un bel objet n'appartient plus aux seuls hommes ; même si la plupart des femmes ne se l'avouent pas en ces termes (...) »[1]

Quel est le plus bel âge pour une femme selon Françoise Sagan ? La romancière avait vingt-huit ans quand elle écrivit un texte sur les avantages d'avoir trente ans.

> « ... Tout d'abord, les hommes auront beaucoup plus de mal à vous faire souffrir et ce n'est pas rien et ils le savent bien. D'ennemis passionnés et trop aimés quand nous avions vingt ans, ils deviennent les tendres complices (j'ajouterai : vaguement dangereux comme avant) de nos trente ans. Ils saluent nos armes en passant : cette petite ride au coin de la bouche qui nous tracasse devant un miroir, les hommes savent que c'est la cicatrice d'un autre amour, un grand amour, et que cela nous empêchera de nous jeter par la fenêtre à cause d'eux ou d'obéir aveuglément à tous leurs caprices (je vous conseille quand même de toucher du bois). On ne peut imaginer un âge plus heureux. »

1. *F* n° 5, daté d'octobre 1983.

Sagan cite Balzac à propos de la femme de trente ans et termine ainsi :

« Nous ferons aux hommes la délicieuse confession de notre faiblesse — je n'ai plus vingt ans, vous savez — oui j'ai beaucoup aimé X j'étais très jeune. Les hommes deviendront tendres, plongeront gentiment dans notre passé, agiront avec tact, sans s'apercevoir que dans notre vie présente, nous sommes triomphalement sans soucis. Il n'y a pas de faiblesse qui, bien utilisée, ne devienne une force. » [1]

Passée la cinquantaine Françoise Sagan reste fidèle à elle-même, ayant toujours su que « l'on naît, l'on meurt et l'on vit seul ». Dans une interview faite par Pierre Dumayet [2], la romancière questionnée sur la vieillesse avait répondu :

« Pour moi vieillir c'est que plus personne ne vous plaît et ne plus plaire à personne. En espérant que les deux coïncident. »

Aujourd'hui elle déclare simplement :

« J'ai l'impression que je n'aurai jamais le temps d'être vieille. »
« Je n'arrive pas à m'imaginer enterrée, ajoute-t-elle. Je me vois disparue, volatilisée. Cela dit comme il y a un caveau de famille à Sauzac, on me mettra avec les autres, on les poussera un peu. »

Quant à la postérité, à l'image qu'elle laissera après sa mort, c'est le cadet de ses soucis :

1. *Vogue*, daté juillet 1963.
2. *Elle*, daté du 24 avril 1969 « Françoise Sagan avez-vous changé ? ».

« Je ne suis même pas sûre qu'il y aura une suite à notre existence ; à cause des machines atomiques, le XXIᵉ siècle n'arrivera peut-être jamais. Dans ces conditions, ce qui compte, c'est la vie vécue. Quant à la vie rêvée... Je vous renvoie à la citation de Chateaubriand que j'ai mise en exergue de *la Femme fardée* : ''Quelle importance pourrions-nous attacher aux choses de ce monde ? L'amitié ? Elle disparaît quand celui qui aime devient puissant. L'amour ? Il est trompé, fugitif, ou coupable. La renommée ? Vous la partagez avec la médiocrité ou le crime. La fortune ? Pourrait-on compter comme un bien cette frivolité ?''. »

En vérité, elle ne se préoccupe que du présent dans lequel s'inscrit son œuvre, et ses attitudes frivoles n'ont servi qu'à fortifier ses livres, tout comme Marcel Proust avait eu besoin de fréquenter la société snob des salons parisiens. Son goût de la fête a été d'abord une façon de se protéger, car son regard sur les êtres est l'expression d'une solitude à l'épreuve des mondanités. Françoise Sagan est toujours allée jusqu'au bout de ses passions, ne trouvant dans l'excès rien d'autre qu'une manière élégante de ne jamais donner l'impression de s'ennuyer et de ne pas sombrer dans les délices d'un calme désespoir.

Lorsque j'écris...

Faut-il haïr Sagan ? C'est l'écrivain-diplomate Romain Gary qui posait la question dans *Elle*[1], après avoir lu *Un peu de soleil dans l'eau froide*. L'aventurier, expert en désespoir, avait remarqué chez cette romancière qui en était à son huitième livre, la volonté farouche de continuer à décrire une certaine réalité sociale. Sa fidélité au « réalisme bourgeois » en exaspéra plus d'un, surtout au lendemain des événements de Mai 68. A la lueur d'une idéologie gaucho, c'est l'écrivain à abattre d'où la provocation de l'auteur des *Racines du ciel*, en se demandant s'il fallait haïr Sagan.

Oui, sans doute, répond-il, si vous êtes de ceux que met hors d'eux une société plus forte que sa propre mort, puisqu'elle ne cesse de renaître de ses cendres, à elle-même pareille. Non, si vous aimez dans le roman la fidélité du miroir. »

« Il y a de l'immortalité, là-dedans. Si décadence il y a, le moins qu'on puisse dire, c'est que la décadence conserve. J'admire son refus de céder à la terreur dans les Lettres, cette terreur qui exige du romancier qu'il veuille changer le monde, qu'il se donne un alibi idéologique, qu'il soit pour le grand chambardement. Si le romancier est ''bourgeois'', on exige qu'il ait au moins la pudeur de se révolter, de faire mine de se haïr, d'être contre ce qu'il est. Françoise est complètement dépourvue de ''culpabilité''. »

1. *Elle*, daté du 1er mai 1969.

Pendant les événements de Mai 68, la romancière dont la légende dorée attire les sarcasmes, est montrée du doigt par des étudiants qui occupent l'Odéon. On lui reproche de rouler en Ferrari. Son sens de la repartie la sauve : « Non, non, c'est une Maserati ! ». Autour d'elle tout le monde a ri et la voilà en train de parler avec ses contradicteurs, séduits à leur tour par le ton naturel de Sagan l'ensorceleuse. « Il y a eu des moments excessivement graves mais il y a eu des moments très gais », dit-elle de ces journées exceptionnelles où un grand débat s'était instauré dans la rue. Fait de propos sérieux et de conversations légères, il correspondait assez à un état d'esprit libertaire et libertin qui a toujours prévalu chez Françoise.

Les émeutes du Quartier latin n'empêchaient pas les joyeux noctambules de continuer à fréquenter les boîtes à la mode. Françoise Sagan, fidèle au « Jimmy's » de Régine, vit choir à ses pieds une grenade lacrymogène. Affolement des dames lorsque leurs maquillages se mirent à couler.

« On ne les reconnaissait plus, dit la romancière. J'avais sur les genoux un type qui saignait. Il s'était refugié dans la boîte après une charge de C.R.S. Régine a organisé l'évacuation... Les amis sont montés dans son appartement où elle avait préparé des bains pour les yeux. »

De cette période agitée, elle tirera une morale dans sa pièce *Un piano dans l'herbe* dont la première représentation publique a été donnée au Théâtre de l'Atelier le 15 septembre 1970. Maud, 44 ans, richissime, belle, personnage interprété par Françoise Christophe, décide de réunir ses amis à la campagne dans des conditions identiques aux vacances passées ensemble il y a vingt ans. La bande revivra-t-elle les jours heureux d'autrefois ? Maud parle du fossé des générations à propos de son fils de dix-neuf ans : « Par exemple, il n'a jamais voulu que j'aille brûler les voitures avec lui et ses amis. Il prétendait

que je les dérangerais, que je ne courrais pas assez vite après...
Dieu sait quoi ! »

Louis, 45 ans, alcoolique, du charme, mais fichu, rôle joué
par Daniel Ivernel, déclare pour sa part à Isabelle (Evelyne
Buyle), la stupide jeune femme d'Henri (Dominique Paturel) :
« Vous êtes un robot, ma petite, comme tout le monde. Vous
êtes téléguidée. Et Dieu sait si vos petits copains qui font les
barricades m'assomment souvent, mais j'avoue qu'ils ont bien
des raisons d'être exaspérés d'eux-mêmes. Qu'en pensez-
vous ? ». Isabelle, ahurie : « Mais de quoi ? ». Louis : « Que
pensez-vous des jeunes de votre âge qui font des barricades et
que la vie moderne énerve ? » Isabelle : « Moi, je trouve que
c'est bien joli de tout casser, mais qu'il faut savoir ce qu'on
va mettre à la place. »

Louis incarne le bonheur enfui d'une jeunesse qui ne
manquait pas d'idéaux mais que les trahisons de la vie ont
rendu amère. « C'est que la vie est insupportable, ma belle
amie, tu ne le comprends pas, dit-il à Maud. Le LSD, l'alcool,
les tranquillisants, la morphine, tout cela a la même fonction.
Faire passer le temps. » Selon lui, à trente-cinq ans, on a
forcément raté quelque chose : « une histoire d'amour, une
ambition, une idée de soi-même. Après, ça va en s'accélérant ».
Pour Maud qui espérait retrouver le Prince Charmant de ses
vingt ans, Jean-Loup (Jacques Harden), son ex-grand amour,
la déception sera encore plus cruelle. Ne supportant pas de
voir le visage terrible de la réalité (Jean-Loup est devenu un
homme d'affaires banal), elle tente de se suicider en s'ouvrant
les veines. Ce qui fera dire à Louis : « Il faut rudement aimer
la vie pour essayer de la quitter. »

Françoise Sagan s'ouvrit aussi un jour d'abandon les veines
des poignets avec un rasoir :

« L'accablement du désespoir mais je ne voulais pas
vraiment mourir puisque je suis là. Et puis c'est dégoûtant,

il y a du sang partout, ça brûle. Les gens se tuent pour emmerder les autres. Il est très rare de voir des suicides élégants. »

Celui de Romain Gary, le 2 décembre 1980, en sera un, comme en témoigne la dernière phrase de sa lettre d'adieu : « Je me suis enfin exprimé entièrement. »[1]

L'auteur, sous le pseudonyme d'Emile Ajar, d'une formidable mystification littéraire avait fait l'admiration de Françoise Sagan qui a souvent rêvé se cacher derrière un pseudonyme.

« Mais écrire un livre, dit-elle, ce n'est pas une plaisanterie. Il y avait le risque qu'il passe à l'as, ne soit ni critiqué ni lu, que ce livre ne me rapporte rien. D'autre part si l'on découvrait la mystification, ça allait me retomber sur le nez. C'est l'acte gratuit parfait, car les écrivains sont contraints d'avoir un visage, un nom, des habitudes. Ils doivent monter sur des tréteaux où on leur fait jouer les ours savants. Et s'ils n'essaient pas de profiter du personnage qu'ils représentent, on le leur reproche amèrement. A la limite, on les taxerait de fraude. Alors, à quoi bon vouloir porter un masque. C'est tellement fatigant de se dépêtrer de son déguisement, même si ça a la commodité d'une voilette. »

Opérée d'une pancréatite aiguë à l'Hôpital Broussais en 1976, Françoise Sagan pensait être arrivée à sa dernière heure car elle croyait avoir un cancer du pancréas.

« Eh bien la mort n'a rien de romantique. C'est plat, très terne, ça fait horriblement peur ; c'est dramatiquement concret, minable... »

1. *Romain Gary* par Dominique Bona (Mercure de France, 1987).

Rien à voir avec ce qu'elle avait écrit : « Sans doute la mort n'est-elle que cela, un brouillard bleu, une chute légère » (*Un certain sourire*), « la mort je la vois de velours gantée noire et en tout cas irrémédiable, absolue » (*Des bleus à l'âme*).

Dans sa chambre d'hôpital, Françoise, une fois encore, se réveille vivante mais, désormais, interdite d'alcool. En effet, l'inflammation n'est jamais guérie par une opération et la moindre incartade fait terriblement souffrir. Sodas, jus de fruits et de temps en temps un verre de vin blanc sont ses boissons, ayant dû renoncer à tout le reste. Ce manque d'alcool a pesé sur l'écrivain mais, ayant toujours la passion d'écrire et le goût du bonheur, Françoise Sagan n'avait pas le loisir de se plaindre.

Il fallait qu'elle puisse continuer de raconter des histoires en vivant la sienne plus calmement. Entre la styliste Peggy Roche[1] et sa secrétaire Marie-Thérèse Bartoli, entourée d'amis fidèles, elle continue sa route à l'écoute des « vrais problèmes de ce temps ». Ainsi, en compagnie de Jack Lang, elle s'est rendue à Gdansk, en Pologne, pour rencontrer Lech Walesa : « C'est une force d'âme incroyable. Il résiste à tout. On ne peut plus le déshonorer. Nous nous sommes promis d'aller à la chasse en France. »

Son engagement politique aux côtés de François Mitterrand s'inscrit également dans ses préoccupations de l'heure[2]. Lecteur attentif de son œuvre celui-ci constate : « C'est un des talents

---

1. A l'occasion de sa collection automne-hiver 1985-1986, Françoise Sagan écrivit notamment dans le programme de présentation : « Si elle se soucie peu de la mode, Peggy Roche en revanche fait plus que se soucier de l'élégance : elle en est obsédée. C'est sans doute la seule personne qui au cinéma, lorsque l'héroïne doit être sauvagement poignardée remarque la forme de son turban ou la cambrure de ses chaussures. Elle est une des rares femmes dans ce métier qui croit surtout chaque femme susceptible d'y parvenir elle-même. »
2. Elle appartient au Conseil National de la Gauche et des Forces de Progrès, créé en novembre 1986.

les plus vrais de sa génération dont le registre est beaucoup plus étendu qu'on ne le croyait au début. » Françoise Sagan est un personnage historique. Au printemps 1980, invitée au Japon, elle découvrit qu'elle symbolisait « la liberté » pour les trois quarts des femmes japonaises, et qu'il existait des « clubs Sagan ».

« Lorsque vous écrivez, dit-elle, vous êtes libre. Sartre expliquait : "Etre libre, ce n'est pas faire ce que l'on veut, c'est vouloir ce que l'on peut". Lorsque j'écris, j'ai le sentiment que je fais exactement ce pourquoi j'étais née. »

L'œuvre de Françoise Sagan

BONJOUR TRISTESSE	Julliard	1954
UN CERTAIN SOURIRE	Julliard	1956
NEW YORK, *textes de F. Sagan*	Tel	1956
DANS UN MOIS, DANS UN AN	Julliard	1957
CHATEAU EN SUEDE *(théâtre)*	Julliard	1960
AIMEZ-VOUS BRAHMS..	Julliard	1959
LES VIOLONS PARFOIS *(théâtre)*	Julliard	1962
LES MERVEILLEUX NUAGES	Julliard	1961
LA ROBE MAUVE DE VALENTINE *(théâtre)*	Julliard	1963
LANDRU *(scénario)*	Julliard	1963
TOXIQUE	Julliard	1964
BONHEUR IMPAIR ET PASSE *(théâtre)*	Julliard	1964
LA CHAMADE	Julliard	1965
LE CHEVAL EVANOUI *suivi de* L'ECHARDE *(théâtre)*	Julliard	1966
LE GARDE DU CŒUR	Julliard	1968

UN PEU DE SOLEIL DANS L'EAU FROIDE	Flammarion	1969
UN PIANO DANS L'HERBE *(théâtre)*	Flammarion	1970
DES BLEUS A L'AME	Flammarion	1972
IL EST DES PARFUMS *(en collaboration avec G. Hanoteau)*	Jean Dullis	1973
UN PROFIL PERDU	Flammarion	1974
REPONSES 1954-1974	Jean-Jacques Pauvert	1974
DES YEUX DE SOIE *(nouvelles)*	Flammarion	1975
BRIGITTE BARDOT *(avec le photographe G. Dussart)*	Flammarion	1975
LE LIT DEFAIT	Flammarion	1977
LE SANG DORE DES BORGIA *(dialogues de F. Sagan, scénario de F. Sagan et J. Quoirez, récit d'E. de Montpezat)*	Flammarion	1977
IL FAIT BEAU JOUR ET NUIT *(théâtre)*	Flammarion	1978
LE CHIEN COUCHANT	Flammasion	1980
MUSIQUES DE SCENE *(nouvelles)*	Flammarion	1981
LA FEMME FARDEE	(coédition Ramsay-Pauvert)	1981
UN ORAGE IMMOBILE	(coédition Julliard-Pauvert)	1983

AVEC MON MEILLEUR SOUVENIR	Gallimard	1984
DE GUERRE LASSE	Gallimard	
SAND ET MUSSET, LETTRES D'AMOUR, *présentées par F. Sagan*	Hermann	1985
AVEC MON MEILLEUR SOUVENIR *(lu par l'auteur, prologue de M. Chapsal, musique originale de F. Botton t. 1 et 2)*	Des Femmes (La bibliothèque des voix)	1986
UN SANG D'AQUARELLE	Gallimard	1987

Crédits des illustrations

Table des matières

Achevé d'imprimer en février 1988
sur presse CAMERON
dans les ateliers de la S.E.P.C.
à Saint-Amand-Montrond (Cher)

Nº d'édition : 7251. Nº d'impression : 180.
Dépôt légal : février 1988.

7251